N 또는 M

N or M?

Copyright © 1975 Agatha Christie Ltd.

Korean translation edition is published by arrangement with Agatha Christie Ltd., a Chorion group company.

애거서 크리스티 추리 문학 40

N 또는 M

유명우 옮김

AGATHA CHRISTIE MYSTERY AGATHA CHRISTIE MYSTERY AGATHA CHRISTIE MYSTERY AGATHA CHRISTIE MYSTERY AGATHA CHRISTIE MYSTERY AGATHA CHRISTIE MYSTERY AGATHA CHRISTIE MYSTERY

해문

■ 옮긴이 **유명우**

　호남대학 영문과 교수, 한국추리작가 협회 총무 이사
《오리엔트 특급살인》, 《죽음과의 약속》, 《ABC 살인사건》,
《애크로이드 살인사건》 외 다수

N 또는 M

초판 발행일	1987년 07월 31일
중판 발행일	2011년 08월 01일
지은이	애거서 크리스티
옮긴이	유 명 우
펴낸이	이 경 선
펴낸곳	해문출판사
주 소	서울시 서초구 서초동 1328-11 도씨에빛 2차 1420호
TEL/FAX	325-4721 / 325-4725
출판등록	1978년 1월 28일 (제3-82호)
가격	6,000원
ISBN	978-89-382-0240-6 04840
	978-89-382-0200-0(세트)

※잘못된 책은 구입하신 곳에서 바꾸어 드립니다.

● 등 장 인 물 ●

터펜스(프루던스 베레즈포드)— 호기심 많은 수다쟁이 중년 부인.

토미(토머스 베레즈포드)— 멍청하지만, 전형적인 중년의 영국 신사.

그랜트— 정보부 고관. 토미에게 스파이를 찾아줄 것을 요청함.

피레나 부인— 상 수시 여관의 주인으로 다소 단정하지 못한 중년 부인.

실라 피레나— 피레나 부인의 딸로 과묵하고 반항적이며 매우 아름다움. 칼 폰 다이님을 좋아함.

칼 폰 다이님— 나치의 박해를 피해 온 독일 망명객. 화학 연구원으로 일하며 스파이로 의심받음.

오루크 부인— 큰 키, 굵직한 목소리, 턱수염, 그리고 몹시 반짝이는 눈을 가진 부인.

밀리슨트 스프롯 부인— 전쟁의 공습을 피해 온 리햄프턴에 처박혀 지내는 것에 몹시 싫증을 내는 젊은 아기 엄마.

베티 스프롯— 스프롯 부인의 두 살 된 딸.

블레츨리 소령— 전형적인 퇴역장교.

민턴 양— 매우 말라서 뼈만 앙상한 뜨개질을 좋아하는 노부인.

앨프리드 케일리— 사업이 파산한 후 병을 앓기 시작한 중년의 우울증 환자. 휴식과 안정을 취하러 아내와 함께 리햄프턴에 옴.

헤이독— 고함을 지르면서 말하는 습관을 가진 아주 몸집이 크고 건장한 해군 출신 사내. 상 수시 여관 옆 절벽 위에 별장을 갖고 있으며 지방 A. R. P.(공습 경보대) 책임자.

앨버트— 호텔의 보이였던 20년 전 터펜스와 함께 모험을 겪었던 사람.

앤소니(토니) 마스든— 머리가 좋고 장래가 유망한 청년. 데보라의 친구.

데릭, 데보라 남매— 베레즈포드 부부의 아들과 딸.

차 례

차 례

1

토미 베레즈포드는 아파트 현관에 들어서서 외투를 벗었다. 그는 천천히 조심스럽게 옷걸이에 외투를 건 다음, 모자도 벗어 걸었다.

그는 어깨를 으쓱하고는 얼굴에 미소를 띤 채, 아내가 카키색 털실로 모자를 짜고 있는 거실로 갔다.

베레즈포드 부인은 남편을 흘끗 쳐다보고는 다시 빠른 속도로 뜨개질에 몰두했다. 그녀가 잠시 뒤에 말했다.

"석간신문에 무슨 소식이라도 있나요?"

토미가 말했다.

"드디어 전격전이 개시되었군. 프랑스는 사태가 좋지 않은 것 같아."

터펜스가 말했다.

"바야흐로 울적한 세상이군요."

잠시 대화가 중단되었다가 토미가 입을 열었다.

"그런데 나한테 궁금한 게 없소? 뭐 그렇게 민감할 필요는 없잖아."

"알아요." 터펜스는 그 말에 수긍했다.

"신경이 아주 예민해져서 짜증 날 때가 있긴 해요. 하지만, 내가 물어본다면, 당신도 그것 때문에 짜증 낼 거예요. 하여튼 물어볼 필요가 없어요. 당신 얼굴에 다 쓰여 있으니까."

"난 우울한 데스데모나(셰익스피어의 비극 〈오델로〉에 나오는 정숙한 여주인공)의 얼굴을 보리란 생각은 안 했는데."

터펜스가 말했다.

"그래요, 여보. 당신은 일부러 그 고집스러운 미소를 짓고 있는데, 무엇보다도 그런 표정만 보면 가슴이 찢어지는 것 같아요."

토미는 히죽 웃으며 말했다.

"아니, 그게 그렇게도 기분 나쁘단 말이요?"

"이젠 그만하죠. 그런데 일거리는 없대요?"

"틀렸어. 나 같은 건 아무짝에도 쓸모없다는군. 정말이지, 터펜스, 남자 나이 마흔여섯에 늙어 비척거리는 노인으로 취급받는 건 정말 참을 수 없는 일이야. 육군이나 해군이나 외무성이나 다 똑같이 말하더군. 난 너무 늙었다고. 혹시 나중엔 필요할지도 모른다더군."

터펜스가 말했다.

"하긴, 나도 마찬가지예요. 나같이 나이 먹은 사람은 간호사로 써줄 수 없다는군요—아니, 괜찮아요. 다른 것도 다 마찬가지예요. 그들은 1915에서 1918년까지 3년 동안 외과병원과 수술실에서 간호사로 일했으며, 상품 배달 트럭의 운전사로 있다가 나중엔 장군의 운전사로 일한 다양한 경력의 소유자인 나를 쓰느니, 차라리 한 번도 상처를 본 일이 없거나 붕대조차 소독해 본 경험이 없는 풋내기 처녀를 쓰려 할 거예요. 지금까지 이러저러한 잡다한 일을 모두 다 성공적으로 해냈다고 난 확신할 수 있어요. 난 지금 가난하고 밀려난데다가 지쳐 있지만, 조용히 집 안에 틀어박혀 어쩔 수 없이 뜨개질이나 하고 있을 중년 부인은 아니라고요."

토미가 침울하게 말했다.

"이 전쟁은 지옥이야."

"전쟁이 일어날 만큼 험악한 상황이에요. 하지만, 그렇다고 해서 아무런 일도 할 수 없다는 건 말도 안 돼요."

토미가 위로하듯이 말했다.

"글쎄, 그래도 데보라는 직장을 구했잖아."

이 말에 데보라의 엄마가 말했다.

"그 애라면 아무 문제없어요. 그 애는 일을 아주 잘할 거예요. 하지만, 여보, 난 아직도 데보라와 비교해서 그렇게 꿀리는 게 없다고 생각해요."

토미는 싱긋이 웃으며 말했다.

"그 애는 그렇게 생각 안 할걸."

터펜스가 말했다.

"딸애도 견디기 힘들지 몰라요. 특히 당신에게 친절히 대하려고 할 때는요."

그 말에 토미가 투덜거렸다.

"하긴, 나이 어린 데릭이 나를 생각해 준다는 태도가 참기 힘들 때도 있어. 그 애 눈에는 내가 '불쌍한 늙은 아버지'로 보일 테니."

터펜스가 말했다.

"사실, 우리 애들은 귀엽긴 해도 우리를 아주 속상하게 만들 때도 있어요."

그러나 쌍둥이 남매 데릭과 데보라 이야기를 할 때면 그녀의 눈은 아주 흐뭇한 빛을 띠었다.

"사람들이 중년에 접어들어 한창 일할 나이가 지났다는 사실을 스스로 깨닫기는 정말 힘들다고 생각해." 토미가 말했다.

터펜스는 자신의 윤기나는 검은 머리를 번쩍 쳐들고 분노에 찬 비웃음을 지으면서 무릎에 있던 카키색 털실 뭉치를 내팽개쳤다.

"일을 할 수 없다고요? 우리가? 그게 아니라, 우리가 일을 할 수 없다고 사람들이 계속 암시를 주는 것에 불과해요. 가끔 나는 우리가 아무짝에도 쓸모가 없다고 느끼곤 해요."

"정말 그래." 토미가 말했다.

"아마 그럴지도 몰라요. 하지만, 우리는 한때 아주 중요한 인물이라고 자부한 적도 있었잖아요. 그렇지만, 지금 생각해 보니 다 착각이었어요. 토미, 정말로 당신이 한때 독일 첩자한테 머리를 얻어맞고 갇힌 적이 있었던가요? 우리가 한 번이라도 위험천만한 범인을 추적해서 체포한 사실이 있었나요? 정말로 한 처녀를 구하고, 중요한 기밀문서를 찾아 준 공로로 우방국으로부터 감사패를 받은 적이 사실 있었던가요? 우리가! 당신과 내가! 우린 항상 멸시받고 별볼일 없는 베레즈포드 부부였을 뿐이에요."

"자, 여보, 이제 그만 해요. 이런다고 무슨 소용이 있겠소."

"아무래도 좋아요."

터펜스는 쏟아지려는 눈물을 참으며 말을 계속했다.

"나는 카터 씨에게 실망했어요."

"우리한테 멋진 편지를 보냈잖소."

"그가 한 일은 아무것도 없어요. 아무런 희망도 보여주지 않았으니까요."

"그는 요즈음 그 일에서 모두 손을 뗐어. 우리와 마찬가지로 그도 아주 늙었거든. 스코틀랜드에서 낚시질이나 하며 살고 있다더군."

터펜스는 애원하듯이 말했다.

"정보부에서 우리에게 어떤 일거리를 줄지 몰라요."

"아마 그렇게는 안 될 거야. 요즈음 같아선 우리가 그런 긴장을 견뎌낼 수 없을 거야."

"누구나 다 똑같다고 생각하진 않아요. 그렇지만, 당신이 말한 대로 중대한 위기에 봉착하면 그럴 수도 있겠죠." 터펜스가 말했다.

그녀는 한숨지으며 계속했다.

"어떤 직업이든 구할 수 있었으면 좋겠어요. 너무 생각에만 몰두하다 보면 마음이 약해지기 마련이에요."

그녀는 토미처럼 활짝 미소 짓고 있는 공군 제복 차림의 젊은이 사진을 잠시 쳐다보았다.

토미가 말했다.

"남자에겐 더 불리해. 여자라면 뜨개질도 하고, 소포도 꾸리고, 작은 상점에서 일할 수도 있잖아."

"난 앞으로 20년 동안은 뭐든지 다 할 수 있어요. 그런 것 따위에 만족할 정도로 늙진 않았으니까. 현재로선 비록 이래저래 아무것도 아니지만요."

그때 현관 벨이 울렸다.

터펜스가 일어섰다. 문을 열자 텁수룩한 금빛 턱수염에 명랑하고 붉은 얼굴을 한, 어깨가 건장한 사내가 발판 위에 서 있었다.

그는 날카로운 시선을 그녀에게 던진 뒤 유쾌한 목소리로 물었다.

"베레즈포드 부인이시죠?"

"예, 그런데요."

"내 이름은 그랜트라고 합니다. 이스댐프턴 경의 친굽니다. 그분이 부인과 부군을 방문하라고 했지요."

"오, 그러세요! 안으로 들어오세요." 그녀는 거실로 그를 안내했다.

"제 남편이에요. 저……, 무슨 대위신지……."

"아니, 민간인입니다."

"그랜트 씨예요. 카터 씨, 아니, 이스댐프턴 경의 친구시랍니다."

전에 정보부장 시절에 불리던 카터란 옛날 가명은 옛 친구인 그들에게는 아주 익숙해 있어서 항상 본명보다 더 쉽게 먼저 입에서 나오곤 했다.

잠시 동안 그들 셋은 모처럼 담소를 나누었다. 그랜트는 자연스러운 태도를 지닌 매력적인 사람이었다. 터펜스는 곧 그 방을 나와서 조금 뒤에 셰리 주(酒)와 술잔을 준비해 들어갔다.

"베레즈포드 씨, 당신이 직장을 구하고 있다는 얘기를 들었는데요?"

이 말을 듣자 토미는 몹시 반가워하는 눈치였다.

"물론 그렇습니다만, 설마……."

그랜드는 고개를 저으며 웃었다.

"아, 그런 종류의 일은 아닙니다. 절대 아니지요. 유감스럽지만, 그런 일은 이제 팔팔한 젊은이들이나 오랫동안 그 일을 해온 전문가들에게 맡겨야죠. 다만 내가 소개해 줄 수 있는 일이란 게 좀 지루한 것이라 말씀드리기가 좀 뭣하군요. 사실은 사무직입니다. 서류들을 붉은 끈으로 묶어서 정리해 두는 일이죠. 뭐 대수롭지 않은 일입니다."

토미는 풀죽은 표정으로 대답했다.

"아, 알았습니다!"

그랜트는 용기를 북돋워 주려고 애썼다.

"아 물론, 아무 직장도 없는 것보다야 백번 낫죠. 하여간 내 사무실을 한번 찾아주십시오. 조달청 22호실입니다. 그러면 당신에게 일자리를 알선해 드리죠."

그때 전화벨이 울렸다.

터펜스가 수화기를 집어들었다.

"여보세요. 예, 뭐라고?"

몹시 흥분하여 격앙된 목소리가 수화기를 통해 저편에서 들려왔다.

터펜스의 안색이 변했다.

"언제? 오, 맙소사…… 물론이지, 내가 곧장 그리로 갈게……."

그녀는 수화기를 내려놓고 토미에게 말했다.

"모린이에요."

"그럴 줄 알았지—여기까지 목소리가 들렸으니."

터펜스는 가쁜 숨을 몰아쉬며 대충 설명했다.

"죄송합니다, 그랜트 씨. 친구한테 잠깐 가봐야겠어요. 넘어져서 발목을 삐었다는데, 어린 딸밖엔 아무도 없다는군요. 가서 좀 들여다보고, 그녀와 아이를 보살펴 줄 사람을 구해 보아야겠어요. 괜찮으시겠어요?"

"물론입니다, 베레즈포드 부인. 염려 마십시오."

터펜스는 그에게 미소 지으며 소파 위에 있는 코트를 집어들더니, 팔을 꿰기가 무섭게 밖으로 허둥거리며 나갔다.

쾅하고 문이 닫혔다.

토미는 손님에게 셰리 주를 한 잔 더 따라주었다.

"좀더 얘기하다 가시죠." 토미가 말했다.

"감사합니다."

그랜트는 잔을 받으면서 대답했다. 그는 잠시 침묵을 지키며 술을 홀짝홀짝 마셨다.

이윽고 그가 입을 열었다.

"사실은, 부인이 나간 것이 천만다행이군요. 시간을 번 셈입니다."

토미가 물끄러미 쳐다보았다.

"무슨 얘기신지……."

그랜트는 신중히 말했다.

"베레즈포드 씨, 만일 당신이 사무실로 나를 찾아온다면, 나는 당신에게 한 가지 제안을 할 생각입니다."

주근깨가 난 토미의 얼굴에 서서히 변화가 일기 시작했다.

"설마 농담은 아니겠죠……."

그랜트는 고개를 끄덕이며 말했다.

"이스댐프턴 경이 당신을 추천하셨습니다. 그분은 당신이야말로 그 일에 적임자라고 하시더군요."

토미는 깊은 한숨을 내쉬며 다그치듯 말했다.

"계속하시지요."

"물론 이 사실은 극비입니다."

토미는 고개를 끄덕였다.

"당신 부인조차 알아서는 안 됩니다. 아시겠습니까?"

"물론이죠, 당신이 그렇게까지 신신당부하는데 어떻게 누설하겠습니까. 하지만, 아내와 나는 전에 함께 일한 적이 있는데."

"예, 알고 있어요. 그렇지만 이 제안은 당신에게만 해당됩니다."

"알겠습니다. 좋아요."

"표면상으로 당신은 일자리를 얻게 될 겁니다. 방금 말한 대로 사무직이죠. 스코틀랜드에서 활동하는 정보부의 한 분과인데, 당신의 부인도 찾아와선 안 되는 보안지역입니다. 당신은 아는 사람도 없는 아주 낯선 장소에 가게 될 겁니다."

토미는 묵묵히 듣고만 있었다.

그랜트가 계속 말해 나갔다.

"신문에서 '제5열(전시에 후방 교란, 스파이 행위 따위로 타국의 진격을 돕는 자)'에 관한 기사를 읽어 보셨지요? 하여튼 대충이나마 그 말이 뭘 뜻하는지는 아시겠죠?"

"내부로부터의 적." 토미가 중얼거렸다.

"바로 그겁니다. 베레즈포드 씨, 이 전쟁은 낙관론적인 생각 속에서 시작된 겁니다. 우리는 처음부터 우리가 직면한 문제점이 무엇인가를 알고 있었습니다만, 국민들이 실제로 적의 능력과 공군력, 악착같은 결단력, 그리고 철저히 계획된 전쟁장비의 배치 능력을 알고 있다는 뜻은 아닙니다.

사람들은 대충 알고 있을 뿐이죠. 선량하고 우매한 민주 시민들은 자기들이 믿고 싶은 것만을 믿습니다. 즉, 독일은 약해질 것이고, 바야흐로 독일 내부에 선 혁명이 일어나기 직전이고, 무기는 양철로 만들어졌으며, 독일 병사들은 식량이 충분하지 않아서 진군을 개시하자마자 쓰러질 거라는 등등 그런 부질없는 소리들이죠. 속담에도 있듯이 비현실적인 희망적 관측뿐입니다.

그러나 전쟁은 그런 식으로 되진 않았습니다. 우리에겐 불리하게 시작돼서 갈수록 더 불리해질 뿐이죠. 병사들은 완벽했죠—전함에 탄 해군이나 공군, 심지어 참호 속의 보병들조차. 하지만, 실수도 있었고 준비가 불충분했던 점도 있었습니다. 아마 우리의 질적인 결함이겠죠.

우리는 전쟁을 원하지 않았고, 그것을 진지하게 생각해 본 적도 없었을 뿐만 아니라, 전쟁에 대처하는 방법도 서툴기 그지없었습니다.

하지만, 최악의 경우는 모면했지요. 우리의 실책을 수정해서 점차 병사들을 적재적소에 잘 배치하고 있으니까요. 우린 끝까지 버틸 작정입니다. 그리고 우리는 승리할 겁니다. 실수없이 말입니다. 하지만, 그건 우리가 전쟁 초반에 깨지지 않는다는 가정하에서만 가능한 얘기입니다.

그리고 패전할 위험성은 외부—독일 폭격기의 위력적인 공격이나, 독일이 중립국을 공격하거나, 또는 공격하기에 용이하면서도 전략적으로 유리한 교두보를 확보하는 것으로부터가 아니라, 바로 우리 내부에서 닥쳐옵니다.

우리는 트로이 목마의 위험성, 우리 성 안에 첩자들이 숨어 있는 트로이 목마를 끌어들인 상태에 처해 있습니다. 그것을 '제5열'이라고 불러도 무방하겠죠. 그들은 여기 우리들 중에 있습니다. 지위가 높은 사람들도 있고 별로 알려지지 않은 보통 사람들도 있습니다만, 그들 모두는 나치의 목표와 강령을 신봉하며, 태평스럽고 혼란한 민주제도의 자유 대신에 엄격하고 효율적인 체제를 갈망하고 있습니다."

그랜트는 허리를 구부렸다. 그는 여전히 쾌활하면서도 무감각한 목소리로 얘기해 나갔다.

"우리는 그 작자들이 누군지 모릅니다……."

토미가 말했다.

"하지만, 확실히……."

그랜트는 참을 수 없다는 듯이 말을 가로막았다.

"아, 이류 첩자들이야 잡아들일 수 있죠. 그건 아주 쉽습니다. 하지만, 거물들이 문제죠. 그들이 누군지 대충은 알고 있어요. 해군성의 고위직 인물 중 최소한 두 명을 꼽고 있습니다. 육군에선 G장군의 참모 중 하나가 틀림없어요. 공군에는 세 명 내지 그 이상이 있고, 정보부 요원 중 최소한 두 명이 내각의 극비 사항을 알고 있습니다. 이 일이 시작된 경위부터가 요직인물 중심으로 이루어져 있어 그 사실을 알아냈습니다. 고위층으로부터 정보가 적게 새어 나가는 걸로 봐서 틀림없습니다."

토미는 유쾌한 표정을 찡그리더니 힘없이 말했다.

"하지만, 내가 어떻게 도움을 줄 수 있겠습니까? 나는 그런 사람들을 하나도 모르는데."

그랜트는 고개를 끄덕였다.

"맞습니다. 당신은 그들 중 아무도 모르죠. 하지만, 그들도 당신의 정체를 모르기는 매한가집니다."

그는 그 말의 여운이 가라앉길 기다렸다가 계속했다.

"그러한 고위층의 첩자들은 우리 정보부의 요원을 대부분 파악하고 있습니다. 그들에게는 정보를 숨길 수가 없어요. 그래서 고심 끝에 이스댐프턴 경을 찾아갔죠. 그는 지금 병약한 몸이라서 그 방면에서 완전히 손을 뗐지만, 내가 아는 한 그의 두뇌는 최고입니다. 그는 당신을 꼽더군요. 당신은 그 분야에서 거의 20년 전에 일했기 때문에, 완전무결할 정도로 노출되지 않았습니다. 이름도 얼굴도 알려지지 않았지요. 어떻게 하시겠습니까? 한번 그 일에 가담해 보시겠습니까?"

토미는 한편으론 몹시 기쁘고, 다른 한편 너무나도 갑작스러워 의아해하느라 얼굴 표정이 묘하게 일그러졌다.

"가담하라고요? 내가 도움이 될지 어떨지 알 수도 없는 마당에 당신은 내가 꼭 가담할 거라고 장담하는군요. 나는 희망없는 아마추어에 불과한데도."

"이봐요, 베레즈포드 씨, 우리에게 필요한 것은 바로 아마추어입니다. 지금으로선 전문가가 오히려 불리한 상황이에요. 당신은 우리가 보유한, 아니 보유하게 될 최고 유능한 사람의 자리에 대신 들어서게 될 겁니다."

토미가 설명을 기다리자, 그랜트는 알았다는 듯이 고개를 끄덕였다.

"예, 지난 화요일 정보원 한 명이 세인트 브리짓 병원에서 사망했습니다. 트럭에 치여 겨우 몇 시간 동안 목숨을 부지하다가 죽었지요. 우연한 사고처럼 보이지만, 결코 사고는 아니라고 확신합니다."

토미가 천천히 말했다.

"알겠군요."

그랜트가 조용히 말해 나갔다.

"그 점이 바로 죽은 파쿠어가 뭔가를 알아챘을 거라고 믿는 이유입니다. 그가 어딘가로 추적해 가고 있었다는 거죠. 그의 죽음으로 봐서 결코 우연한 사고는 아닙니다. 하지만, 불행하게도 그가 무엇을 발견했는지는 알 수가 없습니다. 파쿠어는 차근차근 추적해 나가고 있었던 것 같습니다. 우리로서는 어디서 무슨 일이 있었는지 전혀 모르는 상태죠."

그랜트는 잠시 말을 중단했다가 계속했다.

"파쿠어는 죽기 몇 분 전까지 인사불성이었습니다. 그 와중에도 뭔가 말하려고 무척 애를 썼지요. 'N 또는 M 송 수지(N or M Song Susie)' 이게 그가 말한 전부입니다."

"그것만으로는 뭐가 뭔지 알 수가 없겠군요." 토미가 대꾸했다.

그랜트는 웃으며 말했다.

"당신이 추측하는 것보다 더 심할 겁니다. 'N이냐 M이냐' 하는 말은 전에도 들은 적이 있지요. 그것은 가장 중요하고 신뢰할 만한 두 독일 스파이를 언급하는 겁니다. 우리는 외국에서의 그들의 활동을 확인했고, 그들에 관한 정보도 약간 있습니다. 외국에서 소위 '제5열'을 조직해, 본국과 독일 사이의 연락책임자로 활동하는 것이 그들의 임무입니다.

우리가 아는 바로는 N이란 어떤 남자를 가리키고 M은 여자이지요. 그들에 관해 우리가 아는 모든 것은 이 두 명이 히틀러가 가장 신임하는 스파이라는 것과, 전쟁이 시작될 무렵 암호전문에서 가까스로 이런 구절을 해독할 수 있었다는 점입니다.

'영국에서는 N이나 M에게 연락하라—총지휘권을.'"

"알겠습니다. 파쿠어는……."

"내가 알기로는 파쿠어가 그들 둘 중 어느 하나를 미행하고 있었던 게 틀림없습니다. 불행히도 어느 쪽인지는 모르죠. '송 수지'라는 말에 아마도 많은 비밀이 들어 있지 않을까 싶군요. 하지만, 파쿠어는 불어 발음이 엉망이거든요! 그의 비밀 주머니 속에는 리햄프턴으로 가는 왕복표가 있었습니다. 리햄프턴은 남해안에 위치해 있지요. 어쩌면 요즘 발전하기 시작하는 본머스 아니면 토키일 수도 있습니다. 많은 호텔과 고급 여관이 있는 곳이지요. 그 가운데에 '상 수시(Sans Souci)'라고 불리는 곳이 하나 있지요."

토미가 다시 말했다.

"송 수지, 상 수시, 알 만하군요."

그랜트가 물었다.

"아시겠습니까?"

"말하자면 내가 거기에 가서, 정보를 캐내야 한다는 거로군요."

토미가 말했다.

"바로 그겁니다."

토미는 다시 활짝 웃으며 물었다.

"약간 모호하군요, 그렇지 않습니까? 더욱이 뭘 찾아야 하는지도 모르겠고요."

"그건 말할 수 없습니다. 나도 모르니까. 순전히 당신에게 달려 있습니다."

토미는 한숨을 쉬고는 어깨를 으쓱했다.

"나도 대강 짐작은 갑니다. 하지만, 아주 총명하지는 못하니 어쩌죠."

"과거에 아주 훌륭히 해냈다는 얘기를 들었습니다."

"아, 그땐 정말 운이 좋았지요." 토미는 황급히 대꾸했다.

"글쎄, 행운이 따라줘야 하는 것 아니겠습니까."

토미는 한동안 생각하다가 입을 열었다.

"상 수시에 대해서……."

그랜트는 어깨를 으쓱했다.

"단지 보잘것없는 발견일 수도 있어요. 결과가 허탕일 수도 있고 아니면 파쿠어는 '수지 수녀가 군인들 셔츠를 꿰매고 있다'고 생각했는지도 모릅니다. 전부 어림짐작일 뿐이지요."

"그럼, 리햄프턴은?"

"단지 의심 가는 여러 장소 가운데 하나일 거라는 심증뿐입니다. 그런 장소는 여러 군데 있으니까요. 귀부인들, 퇴역 군인들, 나무랄 데 없는 노처녀들, 미심쩍은 손님들, 수상쩍은 거래처, 한두 명의 외국인—사실 잡동사니가 가득한 부댓자루 같은 곳이죠."

"그렇다면, 그들 중에 N이나 M이란 자가 있단 말인가요?"

토미는 의심스러운 듯이 물었다.

"꼭 그렇지는 않습니다. 어쩌면 N 또는 M과 접선하는 제3의 인물일지도 모르죠. 하지만, N이나 M일 가능성도 다분히 있습니다. 그곳은 바닷가 휴양지의 여관으로써, 눈에 잘 띄지 않는 한적한 장소에 있으니까요."

"당신은 내가 찾아야 할 사람이 남자인지 여자인지도 모른다는 겁니까?"

그랜트는 고개를 끄덕였다.

"그렇다면, 정말로 내가 나설 도리밖에 없군요." 토미가 말했다.

"당신에게 행운이 있길 빕니다, 베레즈포드 씨. 자, 세부사항을 말씀드리죠."

2

30분 뒤에 터펜스가 돌아왔다. 호기심에 들떠서 가슴을 두근거리며, 토미는 믿을 수 없다는 듯한 표정으로 안락의자에 앉아서 휘파람을 불고 있었다.

"어떻게 됐어요?"

터펜스는 무수한 감정을 담아서 물었다.

"일종의 일자리야."

"어떤 일자린데요?"

토미는 얼굴을 적당히 찡그렸다.

"스코틀랜드 촌구석에 있는 사무직 자리야. 극비사항이라는데, 다 그런 거지 뭐. 하지만, 스릴에 넘치는 일은 아니야."

"우리 둘 다요, 아니면 당신만요?"

"유감스럽게도 나만이야."

"세상에! 어쩌면 카터 씨는 그렇게 비열할 수가 있죠?"

"내 생각에는 이 일에선 여자를 제외시키려는 것 같아. 너무 정신이 혼란스러우니까."

"암호작성 아니면, 암호해독이에요? 혹시 데보라와 같은 일 아니에요? 토미, 조심하세요. 그런 일을 하다 보면 사람들이 이상해지고 잠도 설치게 돼요. 밤새껏 끙끙 앓으면서 978345286 같은 거나 떠들어대면서 거닐다가, 결국에는 신경과민으로 몸을 망쳐서 집으로 돌아오기 십상이라니까요."

"난 그렇지 않아."

터펜스는 침울하게 말했다.

"조만간에 당신도 그렇게 될 거예요. 그런데 과연 내가 그 생활을 해낼 수 있을까요? 아무런 일도 안 하고, 난로 앞에서 슬리퍼를 말리거나, 저녁나절에 뜨거운 수프나 준비하면서……."

토미는 거북한 표정을 지으려 말했다.

"미안해, 여보. 정말 미안해. 당신을 떠나기는 싫은데……."

"하지만, 당신은 꼭 가야 한다고 생각하고 있잖아요."

터펜스는 옛날을 회상하며 중얼거렸다.

"그렇지만, 당신은 뜨개질을 할 수 있잖아, 안 그래?"

토미는 힘없이 말했다.

"뜨개질? 뜨개질이라고요?"

짜고 있던 모자를 집어들었다가 바닥에 내팽개치며 터펜스가 말했다.

"카키색 털실이라면 이젠 진력이 나요. 그리고 해군 제복 같은 남빛도, 공군 제복 같은 하늘색 털실도 다 싫어요. 난 주홍색 같은 걸로 짜고 싶다고요."

"멋진 군대용어 같군, 꼭 전격전을 암시하는 것 같아." 토미가 말했다.

그는 몹시 착잡한 심정이 되었다. 하지만, 터펜스는 용맹스러운 스파르타인같이 늠름하게 처신했다. 그리고 남편이 당연히 그 일을 택해야 하고, 또 그런 사실이 자신에게는 문제조차 되지 않는다는 것을 기꺼이 인정했다.

그녀는 응급진료소에서 청소원을 구한다는 소문을 들었노라고 덧붙였다. 그녀는 자신이 그 일을 하기에 적합하다는 것을 사람들이 알게 될 거라고 자신했다.

토미는 3일 뒤에 스코틀랜드 동해안의 애버딘을 향해 떠났다. 터펜스는 그를 역까지 배웅해 주었다. 그녀는 눈물을 참느라 빛나는 눈동자를 한두 번 깜빡이긴 했지만, 줄곧 쾌활한 표정을 지어 보였다.

열차가 역으로 천천히 다가왔다. 토미는 플랫폼을 걸어 내려가는 작고 버림받은 그녀를 본 순간, 가슴이 뭉클해져 옴을 느꼈다. 전쟁 중이든 평화 시든 간에 그는 항상 터펜스를 돌보지 않았다는 죄책감에 사로잡혔었다.

그는 애써 마음을 가다듬었다. 명령은 명령이다.

예정대로 스코틀랜드에 도착한 그는 다음 날 맨체스터행 열차에 올랐다. 3일째 되는 날 그는 리햄프턴에 도착했다. 귀빈용 호텔에 여장을 푼 그는 다음 날부터 수많은 호텔과 고급 여관을 돌아보면서 빈방과 장기 투숙자들의 기간 등을 조사했다.

상 수시 여관은 검붉은 빅토리아풍의 별장으로써, 언덕 위에 위치하여 2층 창문에서 보면 바다의 모습이 한눈에 들어왔다. 홀에는 약간의 먼지와 음식 냄새가 나고 카펫은 낡았지만, 바로 그 점이 여태껏 살펴본 여관과는 좀 색다르게 다른 장식물과 썩 잘 어울리는 묘한 건물이었다.

그는 신문지가 아무렇게나 널려 있는 큰 책상이 놓여 있는 협소하고 어수선한 사무실에서 주인인 피레나 부인과 말을 나누었다.

피레나 부인은 다소 단정하지 못한 중년 부인으로서, 수세미처럼 사납게 헝클어진 커다란 검은 머리에다 약간 흐릿하게 화장을 했으며, 매우 흰 이빨을 한껏 드러내 보이며 미소를 지었다.

토미는 다소 머뭇거리면서 2년 전 상 수시 여관에 머물렀던 사촌누이 메도우스 양에 대해 물어보았다. 피레나 부인은 메도우스 양을 아주 똑똑히 기억했다―아주 품위있는 노부인이었는데(그렇게 많이 늙진 않았으며), 매우 활달하고 유머 감각이 풍부한 여자였다고 토미는 조심스럽게 그렇다고 했다.

그가 알기로도 메도우스 양이라는 인물은 실제로 있었다. 정보부는 이런 점에 관해서는 아주 철저했다.

그런데 그 메도우스 양은 어찌되었을까?

토미가 메도우스 양은 이미 이 세상 사람이 아니라고 슬픈 듯이 말하자, 피레나 부인은 동정심에 쯧쯧 하고 혀를 차며 적당한 소란을 피우더니, 그럴 듯하게 애처롭다는 표정을 지었다.

그녀는 곧 다시 수다스럽게 떠들어댔다. 그러고는 메도우스 씨에게 꼭 어울릴 방이 분명히 있을 거라고 했다. 멋진 바다 풍경이 보이는 방이라면서.

그녀는 메도우스 씨가 곧 런던에서 벗어나고 싶어 할 거라고 호들갑을 떨었다. 아주 상심해 있을 메도우스 씨의 지금 심정을 그녀는 충분히 이해할 수 있으며, 더구나 그런 악성 감기를 앓은 뒤니까 어련하겠느냐고 했다.

여전히 수다스럽게 피레나 부인은 토미를 2층으로 데리고 가서 여러 침실을 보여 주었다. 그녀는 1주일치 숙박비를 요구했다.

토미가 실망한 표정을 보이자, 피레나 부인은 물가가 아주 엄청나게 올랐다고 변명을 늘어놓았다. 토미는 불행히도 최근 수입이 준 데다가 세금 관계가 복잡하며, 게다가 이러저러한 사정이 있노라고 설명했다.

피레나 부인은 불만에 찬 소리로 대답했다.

"하기야 이런 지독한 전시에는……."

토미도 맞장구를 치며, 자기의 견해로는 히틀러 그놈은 교수형에 처해져야 한다, 그자가 하는 짓거리를 보면 미친놈이 틀림없다고 흥분했다.

피레나 부인도 이 말에 공감을 표하며 사람들이 원하는(때로는 너무 많이들 원하기 때문에) 고기를 살 때 정량 시비도 생기는 푸줏간 주인들의 어려움에 대해서 늘어놓았다. 그리고 송아지의 지라나 간은 구경도 하지 못하고 사라져 버린다. 이런 모든 현실 때문에 살림이 힘들긴 하지만, 메도우스 씨는 메도우스 양과 친척인 점을 고려해 반 기니 싸게 해주겠노라고 장황하게 늘어놓았다.

토미가 다시 생각해 보겠다는 약속만 한 채 물러서자 피레나 부인은 문밖까지 그를 따라나와 설득하며, 지금까지보다 더욱 수다를 떨었다. 그러고는 토미가 깜짝 놀랄 정도로 교활함을 보였다.

그는 그녀가 꽤 아름다운 여자라고 느꼈다.

그는 그녀가 어느 나라 출신인지 도무지 추측할 수가 없었다. 확실히 영국인은 아닐 테고, 이름으로 봐서는 스페인 사람이나 포르투갈 사람 같았으나,

그건 그녀의 국적이 아니라 남편의 국적일지도 모를 일이었다. 비록 아일랜드 사투리를 쓰지는 않지만, 그쪽 계통일 가능성도 있었다. 그러나 이런 모호한 모습이 오히려 그녀의 생명력과 충만함을 변론해 주고 있는 것이었다.

메도우스 씨는 결국 다음 날 이곳으로 오겠다고 했다.

토미는 6시에 도착하기로 약속했다.

피레나 부인은 홀 밖에까지 나와서 그를 환영해 주면서 백치 같은 하녀에게 그의 짐을 받아 놓으라고 지시를 했다. 그 하녀는 토미를 보자 입을 헤벌린 채로 눈을 희번덕거리며 그를 휴게실로 안내했다.

"전 언제나 우리 집에 묵고 계시는 손님들을 소개한답니다."

피레나 부인은 의아해하는 눈초리의 다섯 사람에게 자신 있는 미소를 지어 보였다.

"이분이 새로 오신 메도우스 씨예요, 오루크 부인."

작고 동그란 눈이 호기심으로 빛나고 있고 코밑에 시커멓게 수염까지 난 아주 놀랄 만큼 큰 키의 부인이 그에게 환한 미소를 지어 보였다.

"이쪽은 블레츨리 소령이에요."

블레츨리 소령은 토미를 평가하듯이 유심히 쳐다보고는, 머리를 절도 있게 숙여 인사했다.

"그리고 폰 다이님 씨."

금발에다 푸른 눈을 한 매우 융통성 없이 생긴 젊은이가 일어서서 인사했다.

"이쪽은 민턴 양이에요."

치렁치렁하게 목걸이를 한 노부인이 카키색 털실로 뜨개질을 하면서 키득거리며 웃었다.

"그리고 블렌켄솝 부인이에요."

뜨개질에 몰두해 정신없이 짜고 있던 모자만 골똘히 쳐다보고 있던 그녀가 단정치 못한 검은 머리를 쳐들었다.

토미는 그 순간 숨이 딱 멎는 듯했다.

방이 빙빙 도는 것처럼 현기증이 났다.

블렌켄솝 부인이라고! 터펜스야!

도저히 있을 수도 없고 믿을 수도 없는 일이었다. 터펜스가 상 수시 여관 휴게실에서 얌전하게 뜨개질을 하고 있을 줄이야!

그녀와 눈이 마주쳤다—공손하면서도 무관심한 낯선 사람의 눈초리였다.

그는 마음속으로 감탄의 말을 부르짖었다.

역시 터펜스야!

제2장

토미는 그날 밤을 어떻게 보냈는지 통 알 수가 없었다.

그는 블렌켄솝 부인 쪽으로 자주 시선이 가지 않도록 특별히 주의했다. 저녁식사에는 상 수시 여관의 투숙객이 세 명 더 참석했다─중년에 접어든 케일리 부부와 런던에서 어린 딸과 함께 리햄프턴에 내려와 어쩔 수 없이 처박혀 지내는 것에 몹시 싫증을 내는 젊은 어머니인 스프롯 부인이 있었다.

토미의 옆자리에 앉은 그녀는 가끔 창백한 구즈베리 열매 같은 눈으로 그를 뚫어지게 쳐다보았다. 그리고 약간 편도선 증식 비대증에 걸린 듯한 목소리로 물었다.

"지금이야말로 아주 안전하다고 생각지 않으세요? 모든 사람들이 옛날로 거슬러 올라가고 있잖아요?"

토미가 이 순진한 질문에 대답하기도 전에 그의 맞은편에 앉아 있던 구슬 목걸이를 한 여인이 불쑥 말참견을 했다.

"내 의견은 어린애를 데리고 모험을 해서는 안 된다는 거예요. 그 귀엽고 자그마한 베티 말이에요. 당신은 결코 자신에게 관대한 법이 없군요. 게다가, 당신도 알다시피 히틀러는 영국에 대한 전격전을 이제 곧 개시할 거라고 했어요. 내가 알기로는 아주 새로운 종류의 가스전이라고 합다."

블레츨리 소령도 끼어들어 한마디 던졌다.

"가스에 관한 터무니없는 풍문이 난무하는군요. 그 작자들은 가스나 만지작거리며 허송세월하지는 않을 겁니다. 아마 고성능 폭약이나 소이탄을 쓰겠죠. 스페인전에서도 그랬으니까."

테이블에 둘러앉은 사람들은 흥미를 가지고 토론에 열을 올렸다. 고음에다 약간 멍청하게 들리는 터펜스의 목소리가 흘러나왔다.

"내 아들 더글러스가 말하는데……."

'더글러스라고, 왜 더글러스지? 정말 알고 싶어지는군.' 토미는 생각했다.

한결같이 다 맛은 없었지만, 격식을 갖추느라 준비된 몇 가지 초라한 요리로나마 저녁을 끝낸 뒤, 사람들은 휴게실로 뿔뿔이 흩어져 갔다. 몇몇 부인들은 뜨개질을 다시 시작하고 토미는 블레츨리 소령의 북서부 전선에 관한 장황하고 몹시 지루한 경험담을 듣지 않을 수 없었다.

빛나는 푸른 눈동자의 잘생긴 젊은이는 문간에서 가볍게 고개 숙여 예의를 표한 뒤 사라졌다.

블레츨리 소령은 대화를 중단하고 토미의 옆구리를 쿡 찔렀다.

"방금 나간 사람 있잖습니까. 그는 망명자예요. 전쟁이 시작되기 약 한 달 전에 독일에서 빠져나왔답니다."

"독일인입니까?"

"예, 유대인은 아닙니다. 그의 아버지는 나치 정권을 비판하다 투옥되었다는군요. 그의 두 형제도 독일의 정치범 수용소에 갇혀 있고요. 저 친구는 아주 적절한 시기에 도망쳐 나왔지요."

소령의 얘기가 끝나자 다시 토미는 자신의 건강 전반에 관해 끝없이 장황하게 늘어놓는 케일리 부인에게 눈을 돌리지 않을 수 없었다. 부인이 그 화제에 너무 열을 올리는 바람에 잠자리에 들 시간이 되어서야 겨우 그 자리에서 벗어날 수 있었다.

다음 날 아침 일찍 토미는 바닷가로 산책을 하러 내려갔다. 상쾌한 기분으로 선창가를 거닐다가 산책길로 돌아서는데, 맞은편에서 낯익은 인물이 다가오는 것이 눈에 들어왔다.

토미는 모자를 들어 올리면서, "안녕하세요." 하고 유쾌하게 말을 걸었다.

"여, 블렌켄숍 부인 아니십니까?"

목소리가 들릴 정도의 거리에는 아무도 없었다.

터펜스가 대답했다.

"당신에게는 리빙스턴 박사가 어울리겠는데요."

"터펜스, 도대체 여기는 어떻게 왔지?" 토미가 속삭이듯 말했다.

"기적이야, 정말 기적이라고."

"기적이 아니에요. 단지 머리를 좀 썼을 뿐이에요."

"당신의 아이디어라고?"

"맞아요. 당신과 그 잘난 그랜트 씨, 이번 기회가 그에게 교훈이 되었으면 좋겠어요."

"확실히 그래야만 되겠군." 토미가 말했다.

"자, 터펜스, 이렇게 여기까지 오게 됐는지 설명해 봐요. 난 정말 궁금해 죽 겠어."

"그거야 아주 간단하죠. 그랜트가 카터 씨에 관해 얘기를 꺼내는 순간 뭔가 있을 거라고 추측했어요. 나는 그게 단지 비참한 사무직은 아닐 거라고 짐작 했죠. 하지만, 그가 말하는 걸 봐서는 내가 그 일에 관여하게 될 것 같지 않더 군요. 그래서 나는 좀더 잘 대처하기로 마음먹었어요. 나는 셰리 주를 가지러 가는 체하고는 잽싸게 브라운의 아파트로 내려가서 모린에게 전화를 걸었죠. 나에게 전화 걸라고 이르고는 그녀가 할 말도 가르쳐 주었어요. 그녀가 연기 를 썩 잘해 주었죠, 아주—고음의 째지는 듯한 소리를 지르며. 당신도 그녀의 소리를 들을 수 있었잖아요. 그러고는 나는 내 일을 했어요. 난처한 표정과 강 요받은 기분, 고민에 빠진 친구, 그리고 안타까워 매번 한숨을 쉬는 것 등등. 거실문을 쾅 닫고는 조용히 있다가 살금살금 침실로 들어가서 장롱 뒤에 가려 진 침실과 통해 있는 문을 살짝 열어놓았죠."

"그럼 다 엿들었겠군?"

"전부 다요." 터펜스는 흐뭇한 표정으로 말했다.

토미는 꾸짖듯이 말했다.

"그렇다면, 당신 절대로 비밀을 누설해서는 안 돼."

"물론이죠. 난 본때를 보여 주려고 했어요. 당신과 '당신의' 그 그랜트 씨 둘 다에게 말이에요."

"그는 엄밀히 말해서 '나의' 그랜트 씨가 아니야. 하여튼 당신이 그에게 교 훈을 주었다고 말하지 않을 수 없군."

"카터 씨였다면 나에게 그렇게 인색하게 대하진 않았을 거예요."

터펜스가 말했다.

"난 정보부가 우리 때와 같지 않다고 생각해요." 토미는 진지하게 말했다.

"우리가 다시 복귀했으니 정보부도 예전의 명예를 되찾게 될 거야. 그런데 왜 하필, 블렌켄솝 부인이라고?"

"안 될 거야 없잖아요?"

"그건 고르는 데도 아주 까다로웠을 것 같군."

"그 이름은 내가 처음 생각했던 거고 속옷만큼이나 편리하던데요."

"터펜스, 무슨 뜻이지?"

"멍청하긴. B자를 생각해 봐요. 베레즈포드도 블렌켄솝도 모두 B로 시작하잖아요. 바로 내 속옷에 수놓은 글자이기도 하고요. 패트리셔 블렌켄솝. 그 머리글자는 바로 프루던스 베레즈포드이기도 하죠. 그런데 왜 당신은 메도우스라고 택했죠? 우스꽝스러운 이름인데."

"우선 내 속옷에는 대문자 B가 수 놓여 있지 않아. 그리고 솔직히 말해 내가 그것을 택한 게 아니야. 나는 메도우스로 미리부터 정해져 있었어. 메도우스는 존경할 만한 과거를 가진 신사야. 그에 대한 모든 것을 내 머릿속에 기억해 두었지." 토미가 말했다.

"아주 멋지군요." 터펜스가 말했다.

"결혼했어요? 아니면 독신?"

"홀아비 신세야. 아내는 10년 전 싱가포르에서 죽었어."

토미가 위엄있게 말했다.

"왜 싱가포르죠?"

"어디선가 죽어야 하거든. 싱가포르가 뭐 어때서 그러지?"

"오, 아니에요. 죽기에는 가장 적당한 장소죠 뭐. 나는 과부예요."

"당신 남편은 어디서 죽었지?"

"그게 뭐 대순가요? 아마 사설요양원이겠죠. 그는 간경화증으로 죽었을 거예요."

"알 만하군. 고통스러운 환자였겠군. 당신 아들 더글러스는 어찌된 거지?"

"더글러스는 해군이에요."

"지난밤에 들은 대로군."

"그리고 아들 둘이 더 있어요. 레이먼드는 공군이고 막내 시릴은 국방의용군 병사예요."

"그렇다면, 누군가 있지도 않은 블렌켄솝 집안을 애써 조사할지도 모른다고 가정해 봤소?"

"그 애들은 블렌켄솝 집안 자식들이 아니에요. 블렌켄솝은 두 번째 남편이 죠. 첫 번째 남편은 힐이었어요. 전화번호부에 힐이란 성은 무려 세 페이지나 차지하고 있어요. 당신이 조사해 보려고 해도 힐이란 이름을 다 알아내긴 힘들걸요."

토미는 한숨을 지으며 말했다.

"터펜스, 과거에도 그것 때문에 말썽이 있었잖아. 당신은 도가 지나쳤어. 두 남편에 세 아들이라니, 너무해. 당신은 너무 세심하게 이것저것 신경을 쓰는 바람에 모순된 말을 할지도 몰라."

"아니, 그렇지 않아요. 오히려 아들들이 도움이 될 것 같아요. 난 명령을 받고 있지 않다는 점을 명심하세요. 나는 자유로운 입장이니까. 즐기기 위해서 이 일에 끼어들었고, 난 앞으로도 재미있게 보낼 거예요."

"그럴지도 모르지."

토미가 말했다. 그는 또한 침울한 표정으로 덧붙였다.

"말하자면, 온통 웃음거리뿐이군."

"왜 그렇게 말하죠?"

"하여간 당신은 나보다 더 오래 상 수시 여관에 머물렀으니까. 지난밤 그곳에 있었던 사람들 중에 위험한 적국 스파이로 주목할 만한 사람을 꼬집어 얘기할 수 있겠어?"

터펜스는 생각에 잠긴 듯이 말했다.

"약간 의심나는 점이 있긴 해요. 그 청년 말이에요."

"칼 폰 다이님? 경찰이 이미 망명객 명단에서 신원을 확인했을 텐데?"

"그래도 난 그렇게 생각해요. 비록 그럭저럭 처리됐을지는 모르지만요. 하여간 그는 매력적인 젊은이예요."

"처녀들이 그에게 뭔가 소곤거리기라도 한단 말이야? 어떤 처녀들인데? 장군이나 제독의 딸들이 이 근처에서 소문내고 다닐 리는 없겠고 아마 그는 여자 국방군 중대장하고 나다닐지도 모르지."

"조용히 해요, 토미. 우린 이 점을 신중하게 생각해야 할 거예요."

"나도 그 문제는 심각하게 생각하고 있어. 단지 우리가 너무 막연한 계획을 꾸미고 있는 것 같다는 느낌이 들어."

터펜스는 진지하게 말했다.

"그렇게 단정하긴 너무 일러요. 이 일에 관해서는 아무것도 분명해지지 않을 거예요. 피레나 부인은 어때요?"

"그래, 피레나 부인이 있지. 그녀도 짚고 넘어가야 한다는 건 나도 알고 있어."

터펜스는 사무적인 투로 말했다.

"우리는 어때요? 우리가 서로 어떻게 협력해 나갈 것인가 하는 것 말이에요."

토미는 신중하게 말했다.

"함께 자주 있는 것이 드러나면 안 돼."

"그럼요. 우리가 예상 외로 서로 가깝다는 것이 발각되면 치명적이죠. 지금 결정해야 하는 것은 피차의 태도예요. 내 생각에는(그래요. 내 생각에는), 애정행각이 최상의 수단이에요."

"애정행각이라고?"

"맞아요. 내가 당신을 따라다니는 거죠. 당신은 벗어나려고 안간힘을 쓰는 거고요. 하지만, 남성으로서 순수한 기사도 정신을 발휘하려다가 항상 실패만 하는 역할이에요. 난 이미 두 번씩이나 결혼한 경험이 있으니, 세 번째 남성을 찾아나서는 게 이해가 가잖아요? 당신은 쫓기는 홀아비 역을 맡는 거지요. 때때로 나는 당신을 카페에 몰아넣거나, 산책하는 당신 앞에 불쑥 나타나기도 하고, 아무 데서나 당신을 꼼짝 못하게 강요하는 거죠. 모든 사람들은 킬킬거리고 웃어대며 무척 재미있어하겠죠."

"그럴 듯한데." 토미가 맞장구쳤다.

터펜스가 말했다.

"여자에게 쫓기는 남성이란 예로부터 웃음거리였잖아요. 그게 우리에게 큰 도움이 될 거예요. 우리가 함께 있는 것을 보고 사람들은 킬킬거리며, '저 불쌍하고 늙은 메도우스 씨 좀 봐요.' 하고 말할 거예요."

토미는 갑자기 그녀의 팔을 꽉 잡았다.

"저기 봐. 당신 앞쪽을 보라고." 그가 말했다.

젊은 남자가 방갈로 옆에서 어떤 여자에게 이야기를 하고 있었다. 그들은 서로 아주 진지하게 이야기에 열중하고 있었다.

터펜스가 부드럽게 말했다.

"칼 폰 다이님이군요. 그린데 저 여자는 누굴까?"

"누군지는 모르지만 상당한 미인이군."

터펜스도 고개를 끄덕였다. 터펜스는 거무스름하면서 정열적인 얼굴에 시선을 못박고 뭔가 골똘히 생각하더니, 다시 몸매가 뚜렷이 드러나 보이는 그 여자의 꼭 끼는 스웨터로 시선을 옮겼다. 그 여자는 진지하고 뭔가 강렬하게 이야기를 하고 있었고, 칼 폰 다이님은 그 여자의 말을 가만히 듣고 있었다.

터펜스가 말했다.

"이제 떠나야 할 것 같군요."

"그러지." 토미도 동의했다.

그는 돌아서서 반대편으로 걸어갔다. 산책을 끝마칠 무렵 블레츨리 소령과 마주쳤다. 소령은 그를 미심쩍은 듯이 쳐다보다 내키지 않는 듯이 내뱉었다.

"안녕하시오."

"안녕하십니까?"

"나처럼 아침에 일찍 일어나시는군요." 블레츨리가 말했다.

토미가 말했다.

"동양에 나가 있다 보면 그런 습관이 드는 법이지요. 물론 지금부터 수년 전 일이지만. 그래도 여전히 일찍 일어나는 편이랍니다."

"정말 그러시군요." 블레츨리 소령이 동조하듯 말했다.

"나 원 참, 요즈음 젊은이들만 보면 아주 한심해요. 더운물에 목욕하고 10시가 넘어서야 아침을 먹으러 내려오니. 독일인들이 우리한테서 그런 인상을 받는 것도 무리가 아니지요. 체력 문제가 아닙니다. 젊은이들이 대부분 심약해서

탈이죠. 어쨌든 육군도 예전 같지가 않으니까. 응석받이로 기르다니. 그게 요즈음 젊은이들 세태죠. 밤에 온수가 들어 있는 고무 주머니로 그런 녀석들을 목매달아도 시원찮다고요. 어휴! 넌더리가 나는군."

토미가 서글픈 표정으로 고개를 젓자 자극을 받은 듯 블레츨리 소령이 말을 계속했다.

"훈련, 바로 그게 우리한테 필요한 겁니다. 훈련 말입니다! 훈련도 없이 어떻게 우리가 전쟁에서 승리할 수 있겠어요? 당신, 이런 거 아십니까? 어떤 녀석들은 작업바지를 입고 사열식에 참가한답니다—나도 들은 얘기죠. 그래 가지고는 전쟁에서 승리하리라고 기대할 수조차 없어요. 작업복 차림이라니! 맙소사!"

메도우스는 세상이 예전 같지 않다고 나름대로의 견해를 얘기했다.

블레츨리 소령이 말했다.

"이게 다 민주주의 때문입니다. 너무 지나칠 수도 있지요. 내 생각으로는 민주주의라는 것이 도가 지나칩니다. 장교와 사병들을 한데 섞어서, 레스토랑에서 함께 식사를 하게 하다니, 어휴! 메도우스 씨, 사병들도 그것을 탐탁지않게 생각한답니다. 나는 알아요. 항상 알고 있습니다."

"그러시겠죠." 메도우스가 말했다.

"나는 군대에 관해서는 잘 모릅니다만……."

소령은 재빨리 곁눈질을 하면서 말을 가로막았다.

"지난번 전쟁(제1차 세계대전)에 참가하셨겠죠?"

"아, 예."

"그럴 겁니다. 당신의 건장한 어깨를 보고 훈련을 받았다는 것을 알았지요. 몇 연대 소속이었습니까?"

"코프셔스에 있는 5연대였죠."

토미는 메도우스의 군경력을 기억하면서 대답했다.

"아, 예, 살로니카(그리스의 도시)!"

"맞습니다."

"나는 메스폿에 있었죠." 그러면서 블레츨리는 회상에 잠겼다.

토미는 공손하게 이야기를 들어주었다.

블레츨리는 몹시 화를 내면서 말을 끝맺었다.

"그렇다고 그들이 이제 와서 나를 써줄까요? 천만에. 너무 늙었답니다. 빌어먹을 이놈의 나이! 전쟁이란 이런 거다 하고 풋내기 한두 명한테 가르칠 자신은 있는데."

"단지 군에 복귀할 수 없는 이유가 그것뿐이라면요."

토미가 웃으면서 넌지시 말했다.

"예? 그게 무슨 뜻이죠?"

블레츨리 소령의 틀에 박힌 사고방식 속에 유머 감각이 있을 리 만무했다.

그는 토미를 수상쩍은 듯이 뚫어지게 쳐다보았다. 그러자 토미는 황급히 화제를 바꾸었다.

"혹시 그 부인에 관해 아는 것이 있습니까? 그녀의 이름이 뭐라더라……, 블렌켄솝이 아니던가요?"

"예, 블렌켄솝이 맞습니다. 그다지 못생긴 여자는 아니지요—약간 늙기는 했지만. 좀 수다스러운 편이죠. 멋있는 여자이긴 하지만, 좀 어수룩해 보이더군요. 잘은 모르겠지만, 상 수시 여관에 온 지는 겨우 2~3일 정도밖에 안 됐을걸요. 그런데 왜 물어보시는 거죠?"

소령은 이렇게 말하고는 토미를 쳐다보았다.

토미가 설명해 주었다.

"조금 전에 우연히 그녀와 마주쳤어요. 항상 이렇게 아침 일찍 나오나요?"

"확실히 잘은 모르겠군요. 여자들은 대개 아침식사 전엔 쏘다니질 않는데, 하나님의 은총이 있길." 소령이 말했다.

"아멘." 맞장구치고는 토미가 계속했다.

"나는 아침식사 전에 점잖은 대화를 나누는 데에는 아주 서툰 편입니다. 그 부인에게 실례가 되지 않았으면 좋겠지만, 그래도 운동은 필요하거든요."

블레츨리 소령도 즉시 공감을 표했다.

"동감입니다, 메도우스 씨. 동감이에요. 여자들이란, 잔뜩 차려입고 제 위치에 있으면 꽤 괜찮아 보이는데, 잠에서 막 깨어났을 때에는 전혀 그렇지가 않거든요." 그러더니 킥킥거리며 웃었다.

"이봐요, 조심하는 게 좋을 겁니다. 알다시피 그 부인은 과부랍니다."

"그래요?"

소령이 재미있는 듯이 그의 옆구리를 쿡 찔렀다.

"과부라는 게 그렇잖소. 그녀는 전 남편을 둘이나 잃었지요. 더 알고 싶다면 말씀드리겠는데, 그녀는 세 번째 남자를 구하는 중이라오. 메도우스 씨, 눈을 크게 뜨고 다니십시오. 조심하시라고요. 이건 충고입니다."

블레츨리 소령은 흐뭇한 기분으로, 사열식을 마치듯이 이야기를 끝마무리 지었다. 그러고는 상 수시 여관으로 아침식사를 하러 경쾌한 발걸음을 옮겼다.

그러는 동안 터펜스는 우아한 자태로 산책길을 따라 거닐고 있었다. 그녀는 젊은 한 쌍이 이야기를 나누고 있는 방갈로 쪽으로 바싹 다가갔다. 그녀는 슬쩍 지나치면서 얘기하는 것을 몇 마디 들었다.

여자가 이야기하고 있었다.

"칼, 당신 조심해야 되겠어요. 아주 사소한 의심이라도……."

터펜스는 소리가 전혀 들리지 않는 곳에 이르렀다. 뭔가를 암시하는 말일 까? 그럴지도 모른다. 그러나 악의없는 해석도 가능한 말이었다. 신중하게 되돌아서서 다시 두 사람 옆을 지나쳤다. 몇 마디 말이 또 들렸다.

"말쑥하고 혐오스러운 영국인……."

블렌켄솝 부인은 눈썹을 약간 치켜세웠다. 그녀는 좀처럼 현명한 대화라고 볼 수 없다고 생각했다. 칼 폰 다이님은 나치의 박해를 피해 탈출해 온 망명객으로서 영국에 피신한 몸이다. 그런 불손한 말을 잠자코 들어주는 것이 현명하다거나 고맙게 여길 만한 처사는 아니었다.

터펜스는 다시 돌아섰다. 그러나 그녀가 그들 근처에 이르기도 전에 두 사람은 갑자기 헤어져서, 여자는 길을 건너 해안가 산책길을 따라가고 칼 폰 다이님은 터펜스 쪽으로 걸어오고 있었다.

아마 그는 그녀가 있다는 것을 알아채지도 못했을 텐데, 도리어 그녀 쪽에서 먼저 망설이며 머뭇머뭇 했다. 그가 터펜스를 보았는지 얼른 달려와서 인사를 했다.

터펜스는 그를 보고 당황해서 몸을 들먹거렸다.

"안녕하세요, 폰 다이님 씨죠? 아주 상쾌한 아침이군요."

"아, 예. 날씨가 아주 좋습니다."

터펜스는 재잘거렸다.

"날씨가 나를 유혹하는군요. 아침식사 전에는 산책을 잘 않는 편인데, 하지만, 오늘 아침은 잠을 설쳤어요—객지에서는 종종 잠을 잘 이루지 못하는 법이거든요. 아마 익숙해지려면 하루나 이틀쯤 더 걸리겠죠."

"아, 예. 사실 누구나 그렇습니다."

"정말이지 잠깐이라도 걷고 나면 아침에 식욕이 왕성해진답니다."

"지금 상 수시 여관으로 가시는 길입니까? 괜찮으시다면 함께 걷고 싶은데요."

그는 그녀의 옆에서 진지한 표정으로 걸어갔다.

터펜스가 말했다.

"당신도 식욕을 돋우려고 나오셨나요?"

그는 신중하게 고개를 저으며 말했다.

"아, 아닙니다. 아침은 벌써 했고, 실은 일하러 가는 중입니다."

"일이라고요?"

"나는 화학 연구원입니다."

역시 그랬었군 하고 생각하며 터펜스는 그를 재빨리 흘끗 쳐다보았다.

칼 폰 다이님은 딱딱한 어투로 계속 말했다.

"나는 나치의 박해를 피해 이 나라에 왔습니다. 돈도 거의 없고 친구도 없습니다. 하지만, 지금 최선을 다해서 유용한 일을 하고 있습니다."

그는 줄곧 앞쪽만 응시했다.

터펜스는 그가 가슴속 깊은 곳에서부터 치솟아오르는 감동으로 인해 격해져 있다는 것을 알 수 있었다.

그녀는 건성으로 중얼거렸다.

"아, 예, 알 만하군요. 알겠어요. 정말 칭찬할 만합니다."

칼 폰 다이님이 말했다.

"나의 두 형제는 정치범 수용소에 갇혀 있습니다. 아버지는 그 가운데에서 돌아가셨죠. 어머니도 슬픔과 공포를 못 이겨 돌아가셨고요."

'말하는 게 마치 암기해 두었다가 외는 것처럼 들리는군.' 하고 터펜스는 생각했다. 다시 그녀는 재빨리 그를 훔쳐보았다.

그는 여전히 무감각하게 앞쪽만을 바라보고 있었다.

그들은 잠시 말없이 걸었다. 두 남자가 그들을 지나쳐 갔다. 그중 한 명이 칼을 흘끗 쳐다보았다. 그러더니 그 사람이 자기 친구에게 소곤거렸다.

"틀림없이 저자는 독일인이야."

터펜스는 칼 폰 다이님의 양볼이 붉어지는 것을 보았다. 갑자기 그는 자제력을 잃었다. 억눌렀던 감정이 밑바닥으로부터 솟구쳐 표출되었다.

그는 말을 더듬었다.

"들으셨죠, 부인도 들으셨죠—바로 저들이 하는 소리를. 나는……."

"이봐요, 젊은이."

터펜스는 갑자기 자신의 본디 모습으로 되돌아갔다. 그녀의 목소리는 분명하고도 호감이 갔다.

"바보같이 굴지 말아요. 사람이란 양다리를 걸칠 순 없는 거예요."

그는 고개를 돌려서 그녀를 뚫어지게 쳐다보았다.

"무슨 뜻이지요?"

"당신은 망명객이에요. 인생의 고난을 의연하게 받아들여야 합니다. 중요한 것은 당신이 살아 있다는 점이에요. 삶과 자유. 또 한편, 운명은 피할 수 없다는 것을 깨달아야 해요. 지금 우리나라는 전쟁 중이에요. 그리고 당신은 독일인이고요." 그러고는 갑자기 미소를 지었다.

"당신은 단순한 보통사람들, 문자 그대로 평범한 사람들이(내 말이 너무 노골적으로 들릴지는 모르겠지만), 나쁜 독일인과 선량한 독일인을 구별해 주기를 기대해서는 안 돼요."

그는 여전히 그녀를 쳐다보았다. 그의 새파란 눈은 억눌린 감정 때문에 매섭게 빛났다. 그러다가 갑자기 그가 웃으며 말했다.

"사람들이 아메리카 인디언에 대해 얘기하면서 선량한 인디언이란 죽은 인디언이라고 하는 것을 들은 적이 있어요."

그는 또 웃었다.

"선량한 독일인이 되기 위해 정각에 내 일자리로 가야겠군요. 자, 그럼, 안녕히 가십시오."

그는 또 딱딱한 인사를 하고는 사라졌다.

터펜스는 사라져 가는 그의 뒷모습을 바라보면서 자신에게 말했다.

"자, 블렌켄솝 부인, 약간의 착오가 있었군요. 앞으로는 사업에 좀더 엄격한 주의를 기울이도록 할 것. 자, 이젠 상 수시 여관으로 아침을 먹으러 가볼까."

상 수시 여관의 현관문은 열려 있었다. 안에서 피레나 부인이 어떤 사람에게 뭔가 열심히 말하고 있었다.

"그리고 마가린이 다 떨어져간다 하더라고 해. 또, 퀼러 가게에 가서 훈제된 햄을 가져오고—지난번 거기에서 2펜스 더 싸게 샀으니까. 참 양배추는 조심해서 다뤄야 해."

터펜스가 들어서자 그녀는 말을 중단했다.

"아, 안녕하세요, 블렌켄솝 부인. 일찍 일어나셨군요. 아직 조반은 안 드셨을 텐데, 식당에 다 차려놓았어요."

그녀는 옆에 있는 사람을 소개했다.

"제 딸 실라예요. 아직 만난 적이 없으시죠? 딸애는 딴 데 있다가 지난밤에 돌아왔답니다."

터펜스는 활달하고 예쁘게 생긴 그녀의 얼굴을 흥미 있게 바라보았다. 이제 더 이상 비극적 기분에 휩싸이지 않고, 따분하지도 않았다.

"실라, 실라 피레나예요."

터펜스는 몇 마디 유쾌한 말을 주고받고는 식당으로 들어갔다.

그곳에는 스프롯 부인과 그녀의 딸, 그리고 몸집이 큰 오루크 부인—세 명이 식사를 하고 있었다. 터펜스가, "안녕하세요." 하고 인사하자 오루크 부인이 따뜻하게 대답해 주었다.

"당신에겐 최고로 좋은 아침인 것 같군요."

그러나 빈혈증에 걸린 듯한 스프롯 부인의 인사 소리는 아예 들리지도 않았다. 그 늙은 부인은 호기심에 가득 차서 터펜스를 관심 있게 쳐다보았다.

"아침식사 전에 산책을 하는 것은 아주 좋은 일이에요. 식욕을 왕성하게 하거든요."

스프롯 부인은 자기 딸에게 말했다.

"아가, 맛있는 빵과 우유란다."

그러고는 베티 스프롯의 입속에 한 숟가락 떠 넣으려고 무척 애를 썼다.

그러나 베티는 영리하게도 한 술 더 떠 그 조그만 머리를 교묘히 흔들어 이런 어머니의 노력을 무산시켰다. 그러고는 계속 크고 동그란 눈으로 터펜스를 쳐다보았다.

그 꼬마는 눈부신 미소를 지으며 우윳빛 손가락으로 새로 들어온 터펜스를 가리켰다. 그러고는 목을 꼴깍거리며 소리를 냈다.

"가—가 부치."

"딸애가 당신을 좋아하는군요."

스프롯 부인은 터펜스에게 미소 지으며 호의에 찬 말을 외쳤다.

"이 애는 낯을 좀 가리는데요."

"부치." 베티 스프롯이 말했다.

"아 푸스 아 백." 하고 다시 힘주어 소리쳤다.

"그 애가 무슨 말을 하는 거예요?"

오루크 부인은 흥미 있다는 투로 물었다.

"이 애는 아직 말을 분명히 못 해요." 스프롯 부인이 말했다.

"이제 겨우 두 살밖에 안 되었거든요. 애가 온통 말도 되지 않는 소리만 하니 걱정돼요. 하지만, 엄마라는 소리는 할 줄 알아요. 그렇지, 아기?"

베티는 생각하듯이 자기 엄마를 쳐다보고는 딱 잘라 말했다.

"거글 빅."

"그건 애들만 쓰는 말이에요. 작은 천사들이라고."

오루크 부인이 쩌렁쩌렁 울리는 큰소리로 말했다.

"얘야, 베티. 자, 착하지, 엄마라고 해봐."

베티는 오루크 부인을 험악한 눈초리로 쳐다보고는 인상을 찡그리면서 매우 강한 악센트로 발음했다.

"나치."

"저런 저런! 저 애가 저렇게 악만 쓰지 않으면 아주 사랑스럽고 귀여울 텐데."

오루크 부인은 일어서서 사납게 그 애를 쳐다보더니 육중한 몸을 어기적거리며 방을 나갔다.

"가, 가, 가."

베티는 아주 민족스럽게 쌀깔거리며 숟가락으로 식탁을 두들겨댔다.

터펜스는 눈을 반짝이며 말했다.

"나치가 무슨 뜻이죠?"

그러자 스프롯 부인은 얼굴을 붉히며 말해 주었다.

"아실지 모르겠지만, 베티가 싫어하는 사람이나 물건을 얘기할 때 쓰는 말이에요."

"나도 그렇게 생각했어요." 터펜스가 말했다.

두 여자는 웃었다.

"결국, 오루크 부인이 친절을 베풀려다가 굵은 목소리와 수염, 그리고 여러 가지 때문에 딸애를 놀라게 하고 말았군요."

스프롯 부인이 난처한 표정을 지었다.

베티는 고개를 갸우뚱하고는 터펜스에게 재롱을 떨며 좋아했다.

"블렌켄솝 부인, 우리 딸애가 부인을 좋아하나 봐요."

스프롯 부인이 말했다.

그때 터펜스는 그 부인의 목소리가 약간 질투에 찬 듯 쌀쌀하다고 느꼈다.

터펜스는 어색한 분위기를 바꾸려고 서둘러 말했다.

"애들이란 항상 처음 보는 얼굴에 호기심을 갖고 좋아하죠."

그때 문이 열리며 블레츨리 소령과 토미가 나타났다.

터펜스는 장난스럽게 굴었다.

"아, 메도우스 씨" 그녀가 외쳤다.

"내가 이겼어요. 처음에 우체국을 지나칠 때는 내가 늦었지요. 하지만, 내가 아침식사 시간에는 당신을 이겼군요!"

그녀는 희미한 동작으로 자기 옆자리를 가리켰다.

그러자 토미는 분명치 않은 말투로 중얼거렸다.

"아, 예, 어쨌든 감사합니다."

그리고 다른 편 식탁 끝자리에 가서 황급히 앉았다.

베티는, "푸치!" 하고 소리치며 블레츨리 소령에게 우유를 튀겼다. 그러자 그의 얼굴이 일그러졌다가는 금방 밝은 표정으로 변했다.

"오늘 아침에는 귀여운 아옹 양이 어떠신가?"

그는 얼빠진 얼굴을 해가지고 물었다. "아옹!" 하며 그가 신문으로 장난을 치자, 베티는 기뻐서 야단법석을 떨었다.

터펜스는 심각한 불안감에 사로잡혀 당황했다.

그녀는 생각에 잠겼다.

'뭔가 틀림없이 잘못된 거야. 여기서 이런 일이 벌어져서는 안 돼. 정말 그럴 순 없어.'

상 수시 여관을 '제5열'의 본거지라고 확신하려면 《이상한 나라의 앨리스》에 나오는 여왕과 같은 정신무장이 필요했다.

제3장

1

민턴 양은 밖의 그늘진 테라스에서 뜨개질을 하고 있었다. 민턴 양은 깡말라서 뼈만 앙상한 데다 목은 힘줄투성이였다. 그녀는 색 바랜 하늘색 점퍼에 목걸이를 주렁주렁 걸치고 있었다. 트위드 천으로 된 치마를 입은 그녀는 풀이 죽은 듯이 고개를 숙이고 있었다.

그녀는 터펜스를 보자 얼른 인사말을 했다.

"안녕하세요, 블렌켄솝 부인. 간밤엔 잘 주무셨는지요?"

블렌켄솝 부인은 잠자리가 바뀌어서 첫날밤과 둘째 날엔 잠을 잘 이루지 못했다고 말했다.

민턴 양이 말했다.

"이제 그렇게 이상하진 않죠? 어쩌면 그렇게 나하고 똑같을까."

"정말 우연의 일치로군요. 그런데 어쩜 이렇게 뜨개질 솜씨가 훌륭하세요?"

블렌켄솝 부인이 말하자, 민턴 양은 기뻐서 얼굴을 붉히며 그것을 보여 주었다.

"예, 좀 드문 거예요. 하지만, 아주 간단하답니다. 블렌켄솝 부인께서 맘에 드신다면 아주 쉽게 짜는 법을 가르쳐 드릴 수 있을 거예요."

"아, 민턴 양, 정말 친절하시군요. 그런데 저는 뜨개질이 아주 서툴답니다. 어려운 무늬는 생각할 수조차 없고, 모자 같은 간단한 것만 짤 수 있는데, 그 것마저 실패하지나 않을까 해서 걱정을 하는 형편인걸요."

"좀 잘못된 것 같지 않아요?"

터펜스가 묻자 민턴 양은 카키색 털실 뭉치를 노련한 눈초리로 쳐다보았다. 그녀는 상냥하게 잘못된 점을 지적해 주었다. 터펜스는 고맙다고 하며 잘못 짠 모자를 건네주었다. 민턴 양은 친절하게 보살펴 주는 습관이 몸에 배어 있는 것 같았다.

"아, 아녜요, 괜찮아요. 오랫동안 뜨개질을 해오셨을 텐데요 뭐."

"유감스럽게도 나는 이런 끔찍한 전쟁이 발생하기 전에는 해본 일이 아무것도 없었어요." 터펜스가 솔직히 말했다.

"하지만, 아주 지겹게 느끼든 그렇지 않든 간에 뭔가 하긴 해야 되겠어요."

"아, 예, 정말 그래요. 그런데 해군에 복무 중인 아들이 하나 있다는 말씀을 지난밤에 들은 것 같은데요?"

"예, 장남이죠. 비록 엄마로서 이렇게 말하면 좀 우습지만, 아주 멋진 애랍니다. 그리고 공군에도 아들이 하나 있고, 막내둥이 시릴은 프랑스에 나가 있어요."

"어머나, 저런, 얼마나 마음 졸이며 지내실까?"

터펜스는 생각에 잠겼다.

'오, 데릭, 내 사랑 데릭……. 지옥 같은 북새통 속에서 얼마나 고생을 할까. 가엾은 것. 나는 여기서 이런 바보짓이나 하고 있으니…….'

그녀는 급히 생각에서 깨어나 아주 당연하다는 투로 말했다.

"우리 모두가 용감해야 한다고 생각지 않으세요? 전쟁이 곧 끝나기를 기원해요. 요 전날 아주 고위층에 있는 사람의 얘기를 실제로 들었는데, 독일은 두 달 이상 버티지 못할 거라고 하더군요."

민턴 양은 구슬 목걸이가 달랑거리면서 소리가 날 정도로 힘차게 고개를 끄덕였다.

"예, 정말일 거예요. 난 믿어요." 그녀의 목소리는 신기할 정도로 낮아졌다.

"히틀러는 아주 치명적인 병으로 고생하고 있답니다. 8월쯤 가면 그는 미쳐버릴 거예요."

터펜스는 활달하게 대답했다.

"이런 무모한 전격전을 편다는 것은 그들이 최후의 발악을 하고 있다는 증거예요. 독일 내에서도 능력부족이라는 걸 알고 모두 지긋지긋하게 생각할 거라고 믿어요. 군수공장의 직공들도 불만이 대단하대요. 사태가 갈수록 엉망이 될 거예요."

"무슨 일이에요? 도대체 이게 무슨 야단들이죠?"

테라스로 걸어 나오면서, 케일리 씨가 성을 내며 물었다. 그가 의자에 걸터앉자 케일리 부인이 그의 무릎에다 모피를 덮어주었다.

그는 짜증을 내듯이 반복해서 말했다.

"무슨 얘기들을 하고 있었습니까?"

"전쟁이 가을이면 끝날 거라고 얘기했어요." 민턴 양이 대답했다.

"말도 안 됩니다. 이 전쟁은 최소한 6년은 갈 겁니다."

케일리 씨가 응수했다.

"오, 케일리 씨, 정말로 그렇게 생각하시는 건 아니겠죠?"

터펜스가 항의하듯이 말했다.

케일리 씨는 의심스러운 듯이 자기 주위를 찬찬히 훑어보며 중얼거렸다.

"말이 새어 나갈까 봐 걱정되는군요. 내 의자를 구석으로 옮기는 편이 낫겠어." 그러고는 자기 부인에게 그렇게 해주도록 부탁했다.

케일리 씨는 다시 자리를 잡았다. 남편 케일리가 원하는 대로 시중드는 것밖엔 인생에서 다른 목적이라고는 없어 보이는 조심스러운 표정의 케일리 부인은 때때로 불편하지 않은가 물어본 뒤, 방석과 모피를 잘 매만져 주었다.

"자아, 앨프리드, 이젠 어때요? 괜찮아요? 혹시, 당신, 선글라스를 껴야 하는 거 아니에요? 오늘 아침은 눈이 좀 부시군요."

케일리가 조바심을 내며 말했다.

"아냐, 아냐, 법석 떨 것 없어, 엘리자베스 목도리는 가지고 왔나? 아니, 아니, 내 비단 목도리 말이야. 아, 글쎄 괜찮대도, 이걸로 족해—두 말 하면 잔소리지. 하지만, 목이 지나치게 더운 건 좋지 않아. 그리고 이렇게 햇볕 쬐는 날에 털실이라나—글쎄, 다른 걸 가져오는 게 나을 것 같은데."

그는 공동 관심사로 화제를 돌렸다.

"아, 예, 내가 6년이나 걸린다고 했지요."

그는 기꺼이 두 여자의 주장을 귀담아들었다.

"두 부인께서는 소위 비현실적인 희망적 관측에 사로잡혀 있군요. 난 독일을 잘 압니다. 매우 잘 알고 있다고 할 수 있지요. 내가 사업에서 손을 떼고

은퇴하기 전에는, 항상 이리저리 떠돌아다녔으니까요. 베를린, 함부르크, 뮌헨 ─그곳을 다 알고 있죠. 나는 독일이 실제로 무한정 저항할 수 있다고 여러분 에게 확신할 수 있어요. 또한, 배후에는 러시아가 버티고 있지요."

케일리 씨는 유쾌한 듯하면서도 우울한 억양으로 목소리를 높였다 낮췄다 변화를 주며 의기양양하게 대화에 몰두했다. 단지 자기 부인이 가져다준 비단 목도리를 목에다 걸칠 때에만 잠시 대화가 중단되었을 뿐이다.

스프롯 부인은 베티를 데리고 나와서 딸에게 귀가 달려 있지 않은 자그마 한, 털로 만든 강아지와 털로 된 인형의 옷을 주며 바닥에 주저앉혔다.

그녀가 말했다.

"자, 베티, 엄마가 밖에 나갈 채비를 하는 동안 본조에게도 옷을 입혀서 데 리고 나갈 준비를 해야지."

케일리 씨는 몹시 낙심하는 청중을 향해 단조로운 음성으로 통계와 수치를 예로 들면서 차근차근 이야기해 나갔다. 그는 베티가 자기만 알아듣는 말로 본조와 부산스럽게 웃으면서 조잘거릴 때는 특히 목청을 높여 얘기하지 않을 수 없었다.

"트러클─트러클라─파─배트." 베티가 말했다.

그때 새 한 마리가 그녀 옆에 내려앉자, 꼬마는 사랑스러운 팔을 내뻗으며 킬킬거리고 웃었다. 새가 날아가자 베티는 좌중을 둘러보고 똑똑한 목소리로 이렇게 말했다.

"작은 새." 그러고는 아주 만족스러운 듯이 고개를 까딱거렸다.

"저 아이는 아주 멋진 방법으로 말을 배우고 있군요." 민턴 양이 말했다.

"고맙습니다. 해봐, 베티. 고맙습니다."

그러자 베티는 쌀쌀맞게 그녀를 쳐다보고 소리 질렀다.

"글룩!"

그러고는 본조의 한쪽 팔을 양털로 된 코트에 억지로 집어넣은 뒤, 의자 옆 으로 아장아장 걸어가서 방석을 들고는 그 밑에 본조를 숨겨 놓았다.

꼬마는 즐거운 듯이 낄낄거리더니 갑자기 아주 눈을 동그랗게 뜨고 말했다.

"숨어! 멍멍. 숨어."

그 애의 대변인인 양 민턴 양이 위엄 있게 말했다.

"이 애는 숨바꼭질을 무척 좋아한답니다. 항상 물건을 숨기고 다니니까요."

그녀는 짐짓 깜짝 놀란 표정으로 소리질렀다.

"본조가 어디 갔지? 본조가 어디 갔어? 도대체 본조가 어디로 도망갔을까?"

베티는 털썩 주저앉아 손뼉을 치면서 한없이 즐거워했다.

케일 씨는 자기가 독일의 원료 대체방법을 설명하는 도중 사람들의 관심이 다른 곳으로 쏠린 것을 알자, 짜증스러운 표정으로 헛기침을 하며 주의를 끌려고 애썼다.

"케일리 씨, 뭐라고 말씀하셨죠?"

터펜스가 물었으나 케일리 씨는 분한 마음에 냉정하게 말했다.

"저 부인은 항상 애를 아무 데나 앉혀 놓고 사람들이 돌봐 주기를 바라고 있군요. 여보, 털목도리를 하고 있어야겠어. 구름이 해를 가려 버렸어."

"아, 하지만, 케일리 씨, 하던 말씀은 마저 계속해 주셔야죠. 아주 흥미진진한데요." 민턴 양이 재촉했다.

마음이 좀 누그러지자, 케일리 씨는 털목도리의 주름을 펴서 힘줄투성이인 자기 목에 꼼꼼하게 두른 뒤 의미심장하게 이야기를 시작했다.

"내가 말씀드린 대로 독일은 아주 완벽한 체제를 갖추고……."

그때 터펜스가 케일리 부인 쪽으로 고개를 돌려 물었다.

"부인께선 전쟁을 어떻게 생각하시죠?"

케일리 부인은 움찔하며 말했다.

"오, 내가 어떻게 생각하느냐고요? 무슨, 무슨 뜻이죠?"

"전쟁이 6년 동안이나 계속될 거라고 보세요?"

케일리 부인은 회의적으로 말했다.

"오, 제발 그러지 않길 빌어요. 너무 긴 기간 아닐까요?"

"예, 아주 긴 기간이지요. 하지만, 정말로 어떻게 생각하세요?"

케일리 부인은 그 질문에 아주 놀라워하는 눈치였다. 그녀가 대꾸했다.

"아, 난, 잘 모르겠어요. 전혀 모르겠어요. 말하기 힘든 문제인 것 같군요, 그렇지 않나요?"

터펜스는 분노의 감정이 치밀어 오름을 느꼈다. 애나 달랠 줄 아는 민턴 양, 오만한 케일리 씨, 얼간이 같은 케일리 부인—이들이 정말로 전형적인 자기 조국의 시민들이란 말인가? 약간 멍한 얼굴에 삶은 구즈베리 열매 같은 눈을 한 스프롯 부인이라고 좀더 나을 게 있을까?

터펜스, 그녀는 이제까지 여기에서 무엇을 발견할 수 있었는가? 이들 중에는 주목할 만한 어느 누구도 없다. 결코……

그녀는 생각을 멈추었다. 자신의 앞쪽으로 그림자가 드리워져 있었다. 그녀 뒤에 누군가가 서서 햇빛을 가로막고 있었다. 그녀는 고개를 돌렸다.

테라스 위에 우뚝 서서 피레나 부인은 시선을 앉아 있는 사람들에게로 던지고 있었다. 그 눈 속엔 무엇인가가 있었다. 경멸일까? 일종의 차가운 조소일까? 터펜스는 이렇게 생각했다.

'피레나 부인에 관해 좀더 알아봐야겠어.'

2

토미는 블레츨리 소령과 가장 친한 관계로 지내고 있었다.

"당신과 함께 골프 클럽에 가입했으면 좋겠는데, 어떻습니까, 메도우스 씨?"

토미는 그리 탐탁지는 않았지만 좀 허풍을 떨며 동의했다.

"하! 정말이지 내 눈은 아주 예리합니다. 감탄할 정도라고 말할 수 있잖겠습니까! 함께 게임을 해봅시다. 이곳 골프장에서 게임을 해본 적이 있습니까?"

토미는 없다고 대답했다.

"그리 나쁘진 않아요. 아주 쓸 만합니다. 미흡한 곳도 있긴 하지만, 바다와 그 밖의 경치를 감상하기에는 아주 훌륭하죠. 사람들도 그다지 붐비지 않고 이봐요, 나하고 오늘 아침 함께 가는 게 어떻겠습니까? 한판 승부 해볼 만하겠는데."

"감사합니다, 물론이죠."

"당신을 여기서 만나게 되어 정말 다행스럽군요."

언덕 위를 터벅터벅 올라가면서 블레츨리 소령이 말했다.

"거기에는 여자들이 워낙 많아서 신경이 쓰입니다. 마음 편히 지낼 친구 하나가 생겨서 난 아주 기쁩니다. 솔직히 케일리 씨는 친구 축에도 못 들어요. 그 남자는, 말하자면 걸어 다니는 약국인 셈이죠. 그는 자신의 건강과 자기가 시도한 처방, 그리고 매일 먹는 약 얘기 빼놓고는 아무것도 할 얘깃거리가 없는 친구거든요. 만일 그에게 약상자를 전부 집어던지고 밖에 나가서 매일 10마일씩만 걸어 다니라고 해보십시오. 그러면 그는 전혀 딴 사람이 되고 말 겁니다. 그 여관에서 또 다른 남자라고는 폰 다이님뿐인데, 메도우스 씨, 당신에게 솔직히 말하자면 그에 관한 한 난 영 미덥지가 않아요."

"그래요?" 토미가 말했다.

"내 말을 믿으셔야 합니다. 지금 같은 상황에서는 망명이라는 게 아주 위험천만이거든요. 만일 내 마음대로 하라고 한다면, 나는 그 패거리들을 모조리 잡아들일 겁니다. 뭐니 뭐니 해도 보안이 제일이거든요."

"약간 과격한 말씀이군요."

"천만에요. 전쟁은 전쟁입니다. 난 칼에게 혐의를 두고 있어요. 우선 그는 유대인이 아니에요. 게다가, 그는 한 달 전에 여기로 건너왔어요. 겨우 한 달 전에, 아시겠어요? 그것도 전쟁이 시작되기 직전에 말입니다. 그 점이 약간 의심스러워요."

토미는 유도심문 하듯이 말했다.

"그렇다면, 당신이 생각하기에는……."

"첩보활동, 그게 바로 그의 얕은 수작입니다."

"하지만, 이 근처에는 중요한 육군이나 해군 군사시설이 없는 게 틀림없잖습니까?"

"아, 여보세요, 그러니까 그들이 교활하다는 거죠—이런 곳에 침투할 만큼! 만일 그가 플리머스나 포츠머스 근방에 있었다면 감시를 받았을 테죠. 하지만, 이렇게 한적한 장소에서는 귀찮게 굴 사람이 아무도 없잖소. 그리고 여기는 해변입니다, 그렇잖아요? 요는 바로 정부가 그런 적대적인 외국인들에 대해 너무 안이한 태도를 취한다는 거죠. 용의주도한 사람이라면 누구라도 이런 곳에 와서 침통한 얼굴로 정치범 수용소에 갇힌 형제가 어쩌고저쩌고 꾸며댈 수 있습니다. 그 젊은이를 좀 보세요. 어느 면을 보나 오만하기 이를 데 없잖습니까. 그는 나치가 틀림없어요. 그의 정체는 바로 나치예요."

"우리나라에서 진정 필요한 것은 마법사입니다." 토미가 유쾌하게 말했다.

"어, 뭐라고요?"

"스파이를 찾아내려면 말이죠." 토미는 진지하게 설명했다.

"하, 아주 좋은 생각입니다. 아주 좋아요. 스파이를 찾아낸다. 예, 물론 그래야죠."

클럽 회관에 도착하자 더 이상의 대화는 나누지 않았다.

토미의 이름이 임시회원 자격으로 기록된 다음, 그는 좀 멍하게 생긴 나이 지긋한 남자 서기와 인사를 나누었다. 정식으로 예약금을 지불한 뒤 토미와 소령은 골프장을 한 바퀴 둘러보았다. 토미는 그저 그런 보통 골퍼였다. 그는 자신의 평균 실력이 새 친구와 아주 비슷하다는 것을 알고는 마음이 놓였다.

소령은 아슬아슬하게 자기가 이기자 매우 흡족해하는 표정을 지어 보였다.

"아주 훌륭한 경기였습니다, 메도우스 씨. 정말 훌륭했어요. 당신은 운이 나빠서 마지막 순간에 옆으로 빗나갔지요. 앞으로 게임을 좀 자주 가집시다. 따라오세요. 내가 당신에게 친구들을 소개해 드리겠소. 멋진 친구들이라오. 그중 몇 명은 늙은 노파가 되려는 경향이 있습니다만─내가 말하는 뜻을 아시겠죠? 아, 헤이독이 오는군. 당신도 헤이독이 마음에 들 겁니다. 해군 출신이지요. 우리가 묵는 여관 바로 옆의 절벽 위에 별장을 한 채 갖고 있답니다. 그는 우리 지방의 A. R. P.(공습경보대) 책임자이기도 합니다."

헤이독은 풍상에 시달린 얼굴과 강렬히 빛나는 푸른 눈, 그리고 고함을 지르면서 말을 하는 습관을 가진 아주 몸집이 크고 건장한 사내였다. 그는 토미를 친절하게 맞아주었다.

"그러니까 상 수시 여관에서 블레츨리와 친하게 되었다고요? 그 친구도 또 다른 말벗이 생겨서 기쁘겠군요. 여, 블레츨리, 부인들 틈에 끼어서 다소 주눅이 들지는 않았나?"

"난 여자 비위나 맞추는 졸장부는 아니라네." 블레츨리 소령이 대답했다.

"당치도 않은 소리. 자네가 좋아하는 타입의 여자가 아니라, 거 있잖아, 낡은 여관의 여자들 말이야. 하는 일 없이 뒷공론이나 쑥덕거리며 뜨개질이나 하는 그런 여자들." 헤이독이 말했다.

"피레나 양을 빠뜨렸군." 블레츨리 소령이 말했다.

"아, 실라, 그녀는 말할 나위 없이 매력적인 여자야. 말하자면 균형잡힌 미인이지."

"난 그녀가 약간 걱정되네." 블레츨리가 말했다.

"무슨 뜻이지? 한잔하시겠습니까, 메도우스 씨? 소령, 무슨 뜻인지 어서 얘기해 보게나."

술을 주문한 뒤 사내들은 클럽 회관의 베란다에 모였다. 헤이독은 계속 질문을 했다.

블레츨리 소령은 약간 격하게 말했다.

"그 독일 녀석 있지? 그녀가 그를 너무 대단하게 생각하고 있단 말이야."

"그에게 너무 상냥하게 대해 준다, 이 말인가? 흠, 그거 안됐군. 그는 잘생긴 젊은이지. 하지만, 그렇게는 안 될걸. 그렇게는 안 되지, 블레츨리. 우리가 그런 일을 그대로 보고만 있을 수는 없어. 적과 내통하다가 결국 어떻게 될지는 뻔한 것 아냐. 여자들이란 그렇다니까, 도대체 그들의 진정한 영혼은 어디로 사라졌지? 수많은 영국의 점잖은 젊은이들이 모두 어디에 있느냐 말이야."

블레츨리가 말했다.

"실라는 좀 별난 아가씨야. 아무하고라도 얘기하지 않으면, 이상하게 시큰둥해서는 샐쭉해진단 말이야."

헤이독이 말했다.

"스페인계 혈통이군. 그녀 아버지가 스페인계 아냐?"

"모르겠는데, 내 생각에는 이름은 스페인식인 것 같네."

헤이독은 시계를 보았다.

"뉴스 시간이군. 들어가서 뉴스를 듣는 게 어때?"

뉴스는 조간신문에 발표된 것과 별 차이 없이 우울한 소식뿐이었다. 사자처럼 용감한 최고의 병사들, 즉 공군의 최근 수훈에 대한 찬사와 더불어 논평이 끝난 뒤(헤이독은 특히 자신 있는 이론) 조만간 독일군이 리햄프턴에 상륙을 감행할 것이라고 말해 나갔다. 그러나 그의 설명의 요지는 그곳이 전략상 그다지 중요한 장소가 아니라는 주장이었다.

"심지어 이 지역에는 대공포조차 없어! 창피하게도!"

토미와 소령은 상 수시 여관으로 점심을 먹으러 서둘러 돌아가야 했기 때문에 그 토론은 더 이상 진행되지 않았다. 헤이독은 토미에게 자신의 누추한 거처인 '스머글러스 레스트(Smuggler's Rest; 밀수업자들의 안식처라는 뜻)'를 꼭 방문해 달라고 진심으로 초청했다.

"블레츨리, 내 별장에서 내려다보이는 해변의 멋진 경관과 집 안에 내가 직접 꾸며 놓은 장식들을 보고 싶으면 이분과 함께 들러주게."

토미와 블레츨리 소령은 다음 날 저녁에 한잔하러 들르겠다고 약속하고 나서 헤어졌다.

3

점심식사가 끝난 뒤 상 수시 여관에 가장 평화스러운 시간이 흘렀다.

케일리 씨는 자기를 아주 헌신적으로 보살펴 주는 아내와 함께 휴식을 취하러 갔다. 블렌켄솝 부인은 민턴 양의 안내를 받아 창고에 가서 최전방에 보낼 소포를 꾸리고 주소를 적었다.

메도우스는 리햄프턴 쪽으로 해안가를 따라 점잖게 한가로이 거닐고 있었다. 그는 담배 몇 개비를 산 뒤, 스미스 가게에 들러 펀치 지(誌) 최근호를 사 들고 잠시 망설이다가, 전설을 가지고 있는 옛 선창가로 가는 버스에 몸을 실었다. 그 낡은 선창가는 산책길 맨 끝에 자리하고 있었다.

리햄프턴에서도 그 지역은 부동산업자들 사이에서 가장 시세가 없는 지역으로 알려져 있었다. 그곳은 리햄프턴 서부지역으로서, 대수롭지 않은 곳이었다. 토미는 2펜스를 지불하고 선창가로 올라갔다.

그곳에는 다 쓰러져 가는 1페니짜리 자동판매기들이 멀찍한 간격으로 드문드문 설치되어 있어, 보잘것없고 세파에 시달린 일만이 벌어졌던 장소 같다는 인상을 주었다. 거기에는 사람이라고는 보이지 않았다—이리저리 뛰어다니면서 고함을 질러대는 장난꾸러기들의 외침소리만이 갈매기의 울음소리와 조화를 이루고 있었고, 한 남자가 고독하게 끝에 앉아서 낚시질을 하고 있었을 뿐.

메도우스는 그 끝으로 올라가서 물속을 유심히 들여다본 뒤 점잖게 말을 걸었다.

"잡힌 거라도 있습니까?"

낚시꾼은 고개를 설레설레 저었다.

"미끼가 잘 물리지 않는군요."

그랜트는 낚싯줄을 약간 감은 뒤, 뒤도 돌아보지 않고 말했다.

"당신은 어떻습니까, 메도우스 씨?"

"아직 당신에게 보고할 만한 것은 없습니다. 지금은 몸을 도사리고 있는 중입니다."

토미가 말했다.

"좋습니다. 계속해 보시오."

토미는 선창가를 한눈에 바라볼 수 있도록 근처에 있는 말뚝 위에 자리를 잡은 다음 말하기 시작했다.

"그럭저럭 윤곽이 잡히는 것 같습니다. 당신이 이미 가지고 있던 그곳 사람들의 명단을 나도 다 수집했습니다."

그러자 그랜트가 고개를 끄덕였다.

"아직 보고할 만한 것은 없습니다. 블레츨리 소령과 이제 막 교제를 시작했는데, 오늘 아침에는 함께 골프를 쳤지요. 그는 평범한 타입의 퇴역장교 같습니다—지나치게 전형적인 냄새를 풍기죠. 케일리는 진짜 우울증 환자입니다. 다시 말씀드리자면, 그 역은 흉내 내기가 아주 쉽죠. 그의 말에 의하면, 그는 지난 수년 동안 독일에 상당히 오래 머물렀답니다."

"요점만 말하시오." 그랜트가 간단하게 말했다.

"그리고 폰 다이님이란 자가 있습니다."

"그렇소, 메도우스 씨. 내가 가장 관심을 갖고 있는 인물이 폰 다이님이란 말을 당신에게 할 필요도 없을 줄 압니다."

"당신은 그가 N이라고 생각합니까?"

그랜트는 고개를 저으며 말했다.

"아니, 그렇게 보지는 않소. 내 생각으로는 N이란 자가 구태여 독일인이어야 할 이유가 없다는 겁니다."

"그럼, 나치의 박해에 도망쳐 나온 망명객이어야 할 이유도 없다 이 말인가요?"

"그 점은 더더욱 아니오. 그들도 우리가 감시하고 있다는 사실을 알고 있소. 우리는 특히 영국에 있는 모든 적대적인 외국인들을 경계하고 있습니다. 더욱이(베레즈포드 씨, 이 점은 확실합니다) 16세에서 60세 사이의 모든 적국인들은 곧 억류됩니다. 적들이 그 사실은 정확히 아는지 어떤지는 모르지만, 그들도 그런 일이 있을 수 있다는 것은 예측하고 있을 겁니다. 그들은 결코 자기들 조직의 수뇌부가 체포되는 모험은 하지 않을 거요.

따라서, N이란 자는 중립국 국민이거나 아니면 영국인일 게 확실하오. 물론 M이란 여성에게도 똑같이 적용됩니다. 물론, 이건 다이님에 관한 내 의견에 불과하오. 그는 그 계통의 끄나풀일지도 모릅니다. N이나 M이 상 수시 여관에 없을지도 모르며, 반면에 우리가 소기의 목적을 이룰 수 있는 것도 바로 거기에 있는 칼 폰 다이님이란 자를 통해서 가능할지도 모를 일이오. 그건 가능성이 아주 큰일입니다. 상 수시 여관에 있는 다른 인물들이 우리가 찾고 있는 스파이일 거라는 가능성이 희박해질수록 그 독일인에 대한 심증은 더욱 굳어만 가는 거요."

"그렇다면, 그들에 관해 알아낸 것이 있습니까?"

그랜트는 답답한 듯이 아주 짧은 한숨을 쉬었다.

"아뇨, 나로서도 그건 불가능합니다. 우리 분과에서 아주 손쉽게 그들을 조사해 볼 수도 있습니다. 하지만, 내가 직접 나서서 모험을 할 수는 없어요, 베레즈포드 씨. 왜냐하면, 당신도 알겠지만, 우리 분과 자체도 오염되어 있기 때문이오. 이유야 어떻든, 내가 상 수시 여관으로 눈을 돌렸다는 한 가지 사실과 그것을 위해 조직을 꾸몄다는 것은 아주 현명한 처사라고 봅니다. 그런 이유 때문에 당신도 문외한으로서 이 계획에 가담하게 된 겁니다. 그리고 우리의 도움 없이 당신이 은밀하게 활동하게 된 이유도 그 때문이지요. 이것은 우리의 유일한 기회입니다—그리고 그들에게 경계토록 해주고 싶지도 않고, 내가 조사할 수 있을 만한 사람이 꼭 하나 있긴 있었소"

"그게 누구죠?"

그랜트는 웃었다.

"바로 칼 폰 다이닝이오. 그건 아주 쉽죠. 관례적인 절차이니까. 나는 그를 상 수시 여관의 투숙객으로서가 아니라 적대적인 외국인으로 취급해서 조사할 수 있었소"

그러자 토미는 호기심 어린 듯 물었다.

"그 결과는?"

그랜트의 얼굴에 묘한 미소가 떠올랐다.

"칸은 정확히 자기가 말한 대로입니다. 그의 아버지는 좀 분별이 없는 사람으로서, 체포되어 정치범 수용소에서 죽었습니다. 칼의 형제들도 수용소에 갇혀 있는 상태고, 그의 어머니는 1년 전 아주 상심하다 못해 죽었지요. 그는 전쟁이 발발하기 한 달 전에 영국에 피신해 왔습니다. 그리고 폰 다이닝 자신은 영국을 위해 도움을 주고 싶노라고 고백했습니다. 게다가, 특정한 가스들의 면역에 관한 연구와 일반적인 독가스 제거실험에 관한 화학 연구실에서의 그의 업적은 탁월하고 아주 유용한 것이었소"

토미가 말했다.

"그렇다면, 그는 아무런 하자도 없잖습니까?"

"반드시 그렇지는 않습니다. 독일인들은 철저하기로 악명이 높잖습니까. 만일 폰 다이닝이 스파이로서 영국에 파견되었다면, 그의 신상에 관한 기록과 그의 진술이 꼭 일치되도록 특별한 조작이 있었겠죠. 거기에는 두 가지 가능성이 있습니다. 폰 다이닝 집안사람들의 내력은 각색한 것일 수도 있다는 겁니다. 세심한 조작을 한 나치 정권 지배하에서라면 안 될 것도 없지요. 그렇지 않다면, 칼 폰 다이닝의 역할을 대행하는 가짜 칼 폰 다이닝일 거라는 가능성입니다."

토미는 천천히 말했다.

"알 만하군요." 그리고 엉뚱한 말을 덧붙였다.

"그는 아주 멋진 젊은이던데."

그러자 그랜트는 한숨을 쉬며 말했다.

"그럴 거요. 그들은 거의 언제나 그랬으니까. 우리 직업이란 아주 별난 겁니다. 우리는 적을 존경하고, 그들도 우리에 대해 탄복하니까. 우리는 우리의 적들을 좋아하게 되죠. 심지어 그를 쓰러뜨리려고 최선을 다할 때조차도 그렇습니다."

토미가 전쟁의 기이한 예외성을 생각하는 동안 둘 사이에 침묵이 흘렀다.

그랜트의 목소리가 그의 명상을 깨뜨리며 흘러나왔다.

"하지만, 우리가 존경지도 좋아하지도 않는 사람들이 있습니다. 바로 우리들 안에 있는 반역자들입니다. 조국을 배반해서 그 조국을 강점한 적국에 기생하여 직업과 승진을 도모하려고 하는 자들이지요."

토미가 격하게 말했다.

"그래요, 전적으로 당신에게 동감합니다. 그건 아주 비열한 짓이지요."

"그리고 비열한 놈의 최후도 그래야 마땅합니다."

토미는 믿어지지 않는 듯 말했다.

"그렇다면, 실제로 그런 작자들이 있나요, 그런 비열한 놈들이?"

"도처에 있습니다. 내가 말한 대로지요. 우리의 조직 내에도 있습니다. 그리고 전투부대에도, 의회 내부에도, 행정부 고위층에도, 어디에도 그런 부류들은 있습니다. 우린 그런 작자들을 샅샅이 뒤져내야 합니다. 그래야 하고말고! 그것도 아주 신속하게 해야 합니다. 그것은 밑바닥 계층에서는 이루어질 수 없습니다. 가령 하찮은 신문지 조각을 팔면서 공원에서 밀담을 주고받는 조무래기들은 배후의 거물이 누군지도 모르는 거죠. 우리가 찾아내야 하는 건 막대한 타격을 주는 거물들입니다. 우리가 제때에 손을 쓰지 않으면 그 타격은 우리한테 가해질 겁니다."

토미는 자신 있게 말했다.

"우리는 조만간 그렇게 할 겁니다."

그랜트가 물었다.

"어째서 그런 말을 하는 거요?"

토미가 대답했다.

"당신이 방금 말하지 않았습니까, 우리는 그래야만 한다고!"

그 남자는 낚싯줄을 돌리면서 한동안 이 충실한 문외한을 자세히 살펴보더니, 다시 잠자코 완고해 보이는 아래턱을 안으로 끌어당겼다. 그는 자신이 살펴본 인물이 마음에 들기도 하고 고맙기도 해서 차분히 얘기해 나갔다.

"훌륭하십니다. 그곳에 있는 여자들은 어떻습니까? 뭐 의심나는 점이라도 있나요?"

"여관의 주인 여자가 약간 이상하긴 합니다."

"피레나 부인 말인가요?"

"맞습니다. 그녀에 관해 아는 것은 없나요?"

그랜트가 천천히 말했다.

"내가 직접 그녀의 내력을 조사해 볼까도 생각했습니다만, 아까 말한 대로 위험하기 짝이 없는 일이죠."

"그럴 겁니다. 시도를 안 하는 게 낫겠군요. 어쨌든 그녀는 의심 가는 점이 있는 유일한 여자입니다. 그리고 젊은 어머니와 요란스러운 노처녀, 우울증 환자의 우둔한 부인과 다소 무시무시하게 생긴 아일랜드 여자가 있습니다. 단지 겉으로만 봐서는 다들 별로 해를 끼칠 만한 인물은 아닌 것 같습니다."

"그게 전부인가요?"

"아니오, 사흘 전에 도착한 블렌켄솝이라는 부인도 있습니다."

"그런데요?"

토미가 말했다.

"블렌켄솝 부인은 바로 내 아내입니다."

"뭐라고?"

그 말에 놀란 그랜트의 언성이 높아졌다. 그는 현기증이 나는 듯했고, 그의 시선에는 날카로운 분노가 가득 찼다.

"베레즈포드 씨, 당신 부인에겐 일언반구도 하지 말라고 했는데 누설해 버렸군요!"

"옳은 말씀입니다. 하지만, 내가 말한 것은 절대 아닙니다. 내 말을 듣게 된다면……."

토미는 간략하게 그 경위를 설명해 주었다. 그는 감히 상대방을 쳐다볼 엄두가 나지 않았다. 그는 자신이 은밀히 느끼고 있는 자부심을 드러내지 않으려고 몹시 조심했다.

그가 이야기를 마치자 잠시 침묵이 흘렀다. 그러더니 갑자기 상대방으로부터 기괴한 소리가 터져 나왔다. 그랜트가 웃고 있는 것이었다.

그는 한동안 웃은 뒤에 말했다.

"부인의 훌륭한 솜씨에 경의를 표하는 바입니다! 부인은 절세의 영웅이오!"

"나도 동감입니다." 토미가 맞장구쳤다.

"이 이야기를 들으면 이스댐프턴 경도 웃을 겁니다. 그분도 나더러 부인을 얕잡아보지 말라고 경고했거든요. 적어도 부인은 나를 능가한다고 말하면서요. 나는 그분의 말을 들으려 하지 않았지요. 하여튼 부인으로 인해 이번 일에 당신이 얼마나 세심한 주의를 기울여야 하는지를 실감하셨을 겁니다. 나도 누군가 엿듣는 일이 없도록 매사에 조심해야겠어요. 당신과 부인이 그 아파트에서 쓸쓸히 지내는 것을 보면서, 사실 그전까지 나는 자신에게 만족하고 있었습니다. 나는 전화 속 인물이 당신 부인에게 얼른 와달라고 부탁하는 소리를 들었고, 또한 ―그리고 또한, 문을 쾅 닫고 나가는 아주 진부하고 간단한 수법에 속아 넘어간 겁니다. 역시, 당신 부인은 아주 똑똑한 분이오."

그는 잠시 잠자코 있다가 계속했다.

"부인께 내가 굴욕감을 참고 있다고 전해 주시겠습니까?"

"그렇다면, 아내가 이 일에 관계해도 되겠습니까?"

그랜트는 의미심장하게 얼굴을 찡그리며 말했다.

"우리가 원하든 원치 않든 부인이 이미 이 일에 가담하고 있습니다. 부인이 이 문제에 관해 우리에게 협력해 주신다면, 우리 정보부로서는 그보다 큰 영광이 없을 거라고 전해 주시오."

"그렇게 전하지요." 하고 말하면서 토미는 싱긋이 웃었다.

그랜트가 진지하게 말했다.

"내 생각입니다만, 부인을 설득해서 집에 돌아가게 할 수는 없을까요?"

그러자 토미는 고개를 저으며 말했다.

"그건 당신이 터펜스를 잘 모르고 하는 말입니다."

"그러니까 내가 처음에 얘기한 대로, 저, 이건 아주 위험천만한 일이 돼서 그럽니다. 만일 그들이 당신이나 부인이 하는 일을 눈치챘다면……."

그는 말을 채 끝맺지 못했다. 그러자 토미가 진지하게 말했다.

"나도 그 점은 이해하고 있습니다."

"하지만, 당신조차도 부인을 설득해서 그 위험한 일에서 손을 떼게 할 수는 없으리라고 보는데요"

토미가 천천히 말했다.

"내가 정말로 아내에게 그렇게 권유할 것을 원하고 있는지도 잘 모르겠군요. 아시다시피, 터펜스와 나는 그런 사이가 아니거든요. 우린 함께 일을 했으니까요!"

그의 마음속에 20여 년 전 지난번 전쟁이 끝나갈 무렵에 한 말이 떠올랐다.

공동의 모험……

그것이 바로 터펜스와 함께 해온 생활이었고, 또한 언제나 그럴 것이다—공동의 모험……

제4장

1

터펜스가 저녁식사 직전에 상 수시 여관 휴게실로 들어서자, 엄청난 체구의 오루크 부인이 혼자 창가에서 거대한 부처상처럼 좌선하고 있었다. 그녀는 아주 친절하고 생기발랄하게 터펜스를 환영해 주었다.

"오, 블렌켄솝 부인 아니세요! 부인도 나처럼 식사하러 가기 전에 잠깐이라도 명상을 즐겨 보세요. 그리고 이렇게 좋은 날씨에 창문을 열어놓고 있으면 방에 음식 냄새도 나지 않고 기분도 아주 유쾌해질 겁니다. 특히 화로 위에서 양파나 양배추 익어가는 냄새가 나면 이 방 전체가 더욱 역겹지요. 자아, 블렌켄솝 부인, 여기 앉아서 이렇게 청명한 날에 무엇을 했으며, 어떤 이유로 리햄프턴이 마음에 드는지 얘기해 보세요."

터펜스는 오루크 부인에겐 사악해 보이는 어떤 마력이 있다고 생각했다. 어렸을 적에 읽은 동화책에서 어렴풋이 떠오르는 도깨비 같다는 느낌이 들었다.

그녀의 몸집이나 굵직한 목소리 하며 뻔뻔스러운 코밑수염과 턱수염, 몹시 반짝이는 눈, 그리고 그녀가 던져 주는 인상 등은 실물 크기 이상으로 느껴져, 사실상 어린 시절의 환상과 다를 바가 없었다.

터펜스는 리햄프턴이 무척 마음에 들어서 이곳에서 행복하게 지낼 수 있을 것 같다고 대답했다. 그녀는 우울한 목소리로 덧붙였다.

"말하자면, 언제나 나를 짓누르는 이 가슴 졸이는 고민거리로 인해 어디서든 행복할 수 없을 것 같아요."

"오 저런, 너무 자신에 대해 상심하지 마세요."

오루크 부인이 푸근하게 충고해 주었다.

"당신의 훌륭한 아들들은 무사히 돌아올 거예요. 그러니 안심하고 계세요. 그중 하나가 공군에 있다고 그러셨죠?"

"예, 레이먼드지요."

"그러면 지금 프랑스에 있나요, 영국에 있나요?"

"잠깐 이집트에 있었지만 그 애의 마지막 편지 내용으로 봐서는, 정확히 얘기하진 않았어요. 내 말을 이해하실지 모르겠군요. 약간의 사적인 암호를 주고받기 때문이죠, 아시겠어요? 뭐 어떤 문장은 어떤 것을 의미한다는 식이죠. 나는 그게 정당하다고 생각해요, 안 그래요?"

오루크 부인은 즉시 대답했다.

"사실 나도 그렇게 생각해요. 어머니로서 당연한 권리죠."

"예, 아시겠지만 나는 그 애가 어디 있는지 당연히 알아야 한다고 봐요."

오루크 부인은 부처 같은 머리를 끄덕였다.

"역시 전적으로 당신에게 동감해요. 나도 자식이 전쟁터에 나가 있다면 똑같은 방법으로 검열관을 속였을 겁니다. 그렇고말고요. 그런데 또 다른 아드님은 해군에 있다고 했던가요?"

터펜스는 더글러스의 무용담을 늘어놓기 시작했다.

"사실 세 아들을 전쟁터로 보내고 나니 허망한 생각이 들더군요. 그전에는 그렇게 내 품에서 한꺼번에 떠나 버린 적이 없었어요. 내게는 너무나도 사랑스러운 아이들이었죠. 나는 그 애들이 나를 어머니 이상으로 친구처럼 대해 주었다고 생각하고 있어요."

그녀는 수줍은 표정으로 웃었다.

"나는 때때로 그 애들을 꾸짖으며 나 없이도 세상에 나가 살아야 한다고 가르쳤지요."('내가 얼마나 못된 여자처럼 들렸을까.' 터펜스는 생각했다)

그녀는 큰소리로 계속했다.

"사실 나는 진정 내가 할 일이 무엇인지, 어디로 가야 할지도 제대로 결정하지 못했지요. 런던에 있는 내 집의 임대기간이 끝나 다시 계약하자니 우스운 것 같아서, 어디 조용한 곳에 가 있으면 어떨까 생각해 보았죠. 아주 시설이 훌륭한 열차를 타고 말입니다."

그녀는 말을 중단했다.

다시 부처는 고개를 끄덕였다.

"나도 전적으로 당신의 의견에 동감이에요. 요즘 런던은 있을 만한 곳이 못 돼요. 어휴, 그 침울함이란! 나도 얼마 전까지만 해도 수년 동안 거기서 살았지요. 골동품 거래상을 했답니다. 첼시 구(區)의 코너비 가(街)에 있는 가게를 아실지 모르겠군요. 문 위에 '케이트 켈리 상점'이라는 간판이 걸려 있지요.

거기에는 참 멋진 것들이 많았어요(아, 그 멋진 것들). 대개 유리제품들이었죠(워터퍼드, 코크 제품). 아름다운 샹들리에와 촛대, 그리고 펀치용 사발과 그 밖의 온갖 것이 다 있었죠. 또한, 외국산 유리그릇도 있었어요. 그리고 자그마한 가구들(큰 가구는 취급하지 않았어요). 소형 가구가 유행하던 시대의 물건들이죠(대부분 호두나무와 참나무로 만들어진 것이었죠. 아, 그 멋진 물건들). 그리고 내게는 훌륭한 고객들도 있었어요. 하지만, 전쟁이 일어나자 모두 다 경제적으로 파산했지요. 나는 그래도 수중에 있던 재산에다 그다지 큰 손실을 보지 않고 빠져나왔으니 운이 좋았던 셈이죠"

희미한 기억이 터펜스의 마음속에서 깜빡거렸다. 유리그릇으로 가득 찬 그 가게에서 거동하기 힘들 정도의 체격에 성량이 풍부하고 호소력 있는 목소리를 가진 육중한 여자를 본 기억이 났다.

맞아, 틀림없이 이 여자가 그 가게에 있었다.

오루크 부인이 계속했다.

"그때는 지금처럼 항상 불평만을 일삼지는 않았지요. 하여튼 이 집에서의 생활과는 아주 딴 판이었다고요. 가령, 케일리 씨도 자기 사업이 파산하자, 목도리니 숄이니 하고 투덜거리면서 끙끙 앓기 시작했어요. 전쟁이 시작되면서 사업은 완전히 파산해 버렸죠. 그런데 그의 아내는 결코 자기 남편을 탓하는 일이 없어요. 그리고 항상 자기 남편에 대해서 불평하는 자그마한 그 스프롯 부인 있잖아요."

"그녀의 남편은 전방에 가 있나요?"

"아뇨, 그는 보험회사에 다니는 보잘것없는 사람일 뿐이에요. 다만 자기 아내가 공습이라면 아주 질색을 하기 때문에 전쟁이 시작되자마자 여기로 내려보낸 거죠. 아시겠죠? 아이가 있는 한 그게 옳은 처사라고 봐요(그 꼬마는 아주 똑똑한 애예요). 남편에게 가능하면 여기로 내려오라고 스프롯 부인이 안달을 하죠. '아더, 당신은 나를 몹시 사랑해 줘야 해요.'라고 그녀는 귀가 닳도록 얘기를 하죠. 하지만, 내가 보기에는, 아더는 아내를 그다지 보고 싶어 하지 않는 것 같아요. 아마도 그는 다른 중대한 일이 있나 봐요."

터펜스가 중얼거리듯이 말했다.

"나는 그런 부류의 엄마들에게 상당히 유감이 많아요. 만일 애들이 부모 곁에서 떠나 버리면 남편이 항상 애들 걱정만 한다고 안달이고, 만일 애들과 함께 지내게 되면 남편에게 애들이 귀찮아 죽겠는데 왜 그냥 놔두느냐고 구박을 할 거예요."

"아! 그래요. 그리고 두 가정을 이끌어 나가자면 그만큼 비용도 많이 들 거예요."

"이곳에서 사는 게 경제적으로 수지가 맞는 것 같군요." 터펜스가 말했다.

"맞아요, 여기서는 당신이 지불한 만큼의 대가는 받을 수 있을 거예요. 피레나 부인은 그런 점에선 아주 훌륭한 사람이랍니다. 그렇지만, 약간 이상한 데가 있는 여자예요."

"어떤 점에서요?" 터펜스가 물었다.

오루크 부인이 눈을 반짝이며 말했다.

"나를 지독한 수다쟁이라고 생각할지 모르지만 이건 사실이에요. 나는 나와 알고 지내는 모든 사람들에게 흥미가 있어요. 내가 주로 이 의자에 앉아 있는 것도 바로 그런 이유 때문이죠. 당신도 아실 거예요. 누가 들어오고 누가 나가는지, 그리고 베란다에 있는 사람은 누구며, 정원에서는 무슨 일이 벌어지는지를요. 그런데 지금 우리가 무슨 얘기를 하고 있었더라……, 아, 맞아, 피레나 부인 말이에요. 그녀는 좀 이상한 데가 있어요. 그 여자의 인생에는 거대한 드라마 같은 게 있어요. 안 그렇다면 내가 아주 큰 실수를 하는 셈이죠."

"정말로 그렇게 생각하세요?"

"현재로선 그래요. 그리고 그녀와 관련된 그 미스터리하며! 난, '당신은 아일랜드 어디 출신이죠?' 하고 그녀에게 물어보았어요. 그녀는 자기는 결코 아일랜드 출신이 아니라고 우겨댔지만, 그 말을 믿겠어요?"

"당신은 그녀가 아일랜드인이라고 생각하세요?"

"물론이죠, 그 여자는 아일랜드인이 틀림없어요. 나는 우리나라 본토박이들을 잘 안답니다. 나는 그녀가 살던 지역까지 알아맞힐 수 있어요. 하지만, '난 영국인이에요.' 하고 그녀는 끝끝내 우기더군요. '그리고 내 남편은 스페인인이었어요.'라면서……."

토미가 스프롯 부인 뒤를 바짝 따르며 들어오자, 오루크 부인은 갑자기 하던 말을 멈췄다.

터펜스는 돌연 발랄한 태도로 말을 걸었다.

"안녕하세요, 메도우스 씨. 오늘 저녁은 아주 활기찬 모습이군요."

그러자 토미가 말했다.

"충분한 운동 덕분이죠. 아침에 한 차례 골프를 치고, 오후에는 해변을 따라 산책까지 다녀왔지요."

그러자 밀리슨트 스프롯이 말했다.

"나도 오늘 오후에 딸애를 데리고 해변에 갔었어요. 그 애가 물장난을 치고 싶어 했지만, 물이 약간 찬 것 같더군요. 그래서 그 애와 모래성을 쌓으면서 놀고 있었는데 갑자기 강아지가 내 뜨개질 감을 물고 도망치는 바람에 몇 야드나 풀어헤쳐 놓았는지 몰라요. 어찌나 성가시던지, 다시 한 코 한 코 꿰맞추느라 혼났답니다. 나는 영 뜨개질은 글렀어요."

"블렌켄솝 부인, 모자를 아주 잘 짜는 것 같던데요."

오루크 부인은 갑자기 터펜스에게 관심을 돌렸다.

"당신은 이제 막 뜨개질을 배웠을 텐데, 민턴 양이 그러는데 뜨개질 경험이 별로 없으시다죠?"

그 말을 듣자 터펜스는 살짝 얼굴을 붉혔다. 오루크 부인은 예리한 눈초리로 쳐다보았다.

약간 짜증난 듯이 터펜스가 말했다.

"난 사실 뜨개질을 많이 해보았어요. 민턴 양에게도 그렇게 말했지요. 하지만, 그녀는 사람들을 가르치는 게 좋은가 봐요."

이 말에 휴게실에 있던 모든 사람들이 한꺼번에 와 하고 웃었다. 잠시 뒤에 나머지 사람들이 들어오자 식사시간을 알리는 종이 울렸다.

사람들은 저녁식사를 하면서 스파이에 관한 이야기에 열을 올렸다. 잘 알려진 아주 케케묵은 이야기가 되풀이되었다.

근육이 불끈 솟은 팔을 가진 수녀라든가, 낙하산을 타고 쿵하고 착륙하자마자 전혀 성직자 같지 않은 말투로 떠들어대는 성직자 얘기하며, 오스트리아 요리사가 있었는데 그녀의 침실 굴뚝에다 무전기를 숨겨 놓았다는 등, 그리고 식탁에 둘러앉은 사람들의 먼 친척뻘 되는 백모나 백부에게 실제로 발생했거나 발생했을 뻔했던 모든 일들에 관한 얘기가 오고 갔다. 그 이야기는 '제5열'의 활동에 관한 화제로 자연스레 옮겨갔다.

영국의 파시즘 신봉자들과 공산주의자들, 평화당, 그리고 의도적인 반동분자들에 대한 규탄으로까지 이야기가 번졌다. 그것은 거의 매일 들을 수 있는 아주 평범한 대화였다. 그렇지만, 터펜스는 숨기려 해도 자연히 드러나게 마련인 의심쩍은 표현이나 말 따위를 포착하려고, 예리하게 그들의 표정과 행동을 관찰했다. 그러나 별다른 점은 없었다. 실라 페레나만이 그 대화에 끼어들지 않았으나, 그녀가 으레 그랬던 것처럼 과묵한 탓으로 돌릴 수 있었다. 그녀는 어둡고 반항적인 표정으로 샐쭉해 가지고 생각에 잠긴 듯이 앉아 있었다.

칼 폰 다이님이 마침 오늘 밤 외출 중이어서 대화는 거리낌 없이 아주 자연스럽게 진행될 수 있었다.

실라는 식사가 끝나갈 무렵 딱 한 번 말을 꺼냈다.

스프롯 부인이 가늘고 흥얼거리는 듯한 목소리로 말을 이어가고 있었다.

"내 생각이지만, 독일인들은 지난번 전쟁 때 카벨 간호사를 총살시킴으로써 아주 큰 실수를 범했다고 봐요. 그 때문에 모든 사람들이 독일인들을 원망하게 되었어요."

그때 실라가 머리를 번쩍 치켜세우며 날카롭고 불쾌한 듯한 목소리로 외쳤다.

"왜, 그들이 그녀를 총살시키지 못할 이유라도 있나요? 그녀는 스파이였어요, 안 그래요?"

"아, 아니죠, 스파이가 아니었어요."

"그녀는 영국인들의 탈출을 도왔어요. 적극적으로 말이에요. 뭐, 결국 같은 얘기 아닌가요. 그런데 그녀를 총살시킨 게 뭐가 어떻다는 거죠?"

"오, 하지만, 여자를 총살시키다니, 그것도 간호사를."

그 말에 실라는 벌떡 일어서서 말했다.

"나는 독일인이 아주 옳았다고 생각해요."

그녀는 창문 밖의 정원으로 나갔다. 디저트로는 덜 익은 바나나와 쳐다보기만 해도 신물이 나는 오렌지 몇 개가 식탁에 올랐다. 자리에서 일어난 사람들은 커피를 마시려고 휴게실에서 서성거렸다.

토미만이 남몰래 살짝 정원으로 빠져나왔다. 테라스 벽에 기대어 서서 물끄러미 바다를 쳐다보는 실라 양의 모습이 보였다. 그녀의 격하고 잦은 호흡으로 보아, 몹시 기분이 상해 있다는 것을 알 수 있었다. 곁으로 다가가 그가 담배를 권하자 그녀는 받아들었다.

"아름다운 밤이군요." 그가 말했다.

그러자 낮고 강렬한 목소리로 그녀가 말했다.

"그런 것 같군요……."

토미는 의아해하며 그녀를 쳐다보았다.

순간 갑자기 그는 이 여자의 매력과 충만한 생명력을 감지할 수 있었다. 그녀에게는 일종의 강요하는 듯이 끌어당기는 힘, 격정적인 생명력이 있었다. 그는 그녀가 아주 쉽사리 남자들을 혼란에 빠지게 하는 그런 여자라는 것을 알 수 있었다.

"가령 전쟁이 아니었더라면 어땠을까 하고 생각하는 거요?" 그가 물었다.

"전혀 그런 뜻이 아니에요. 전 전쟁을 증오해요."

"그건 우리 모두가 마찬가지 아니겠소?"

"제 뜻은 그런 게 아니에요. 저는 전쟁에 대한 그 위선적인 말투가 싫어요. 그 점잔빼는 태도 말이에요―그 몸서리쳐지는 지긋지긋한 애국심."

"애국심이라고?" 토미가 놀란 듯이 말했다.

"그래요, 전 애국심을 증오해요. 아시겠어요? 도대체 이 조국, 조국, 조국이 어쨌단 말이죠! 조국을 배신하고, 조국을 위해 죽고, 조국을 위해 헌신하는 것. 도대체 왜 조국이 인생의 모든 것을 의미해야만 되나요?"

토미는 간단하게 말했다.

"글쎄, 그래야만 되는 거 아니겠소"

"전 달라요! 아, 선생님에겐 그러시겠죠. 선생님이라면 외국으로 나가 대영 제국을 등에 업고는 장사로 한밑천 잡은 뒤에, 새까맣게 그을린 얼굴로 영국에 되돌아와서 케케묵은 상투어나 얘기하고, 원주민에 관해 떠들어대며, 소다수 위스키나 시키는 일로 허송세월하시겠죠"

토미가 점잖게 말했다.

"아가씨, 내가 그렇게 형편없는 사람이 아니라는 것을 알아주었으면 좋겠소"

"제가 과장이 좀 지나쳤나요. 하지만, 선생님은 제 말뜻을 아실 거예요. 선생님도 대영제국을 신봉하시죠. 그리고 저어, 조국을 위해서라면 죽음도 각오하겠죠"

"내 조국이라고 해서 특별히 나더러 죽으라는 소리는 안 하는 것 같더군요." 토미는 냉담하게 말했다.

"그러시겠죠. 하지만, 선생님은 기꺼이 그렇게 하고 싶어 할걸요. 아주 어리석은 일이에요! 조국을 위해 죽을 만한 가치는 하나도 없어요. 그건 다 생각일 뿐이에요. 말, 빈말, 과장되고 백치 같은 언어도단이죠. 제 조국은 저에게는 전혀 아무런 의미도 없어요."

"언젠가 아가씨도 그렇지 않다는 것을 알고 놀랄 거요." 토미가 말했다.

"아뇨, 절대로 안 그럴 거예요. 저는 이미 경험했고 보았어요"

그녀는 말을 중단했다. 그리고 나서는 불현듯 그를 쳐다보았다.

"우리 아버지가 어떤 분이었는지 들어본 적 있으세요?"

"없는데."

토미는 다시 관심을 기울였다.

"아버지는 패트릭 매과이어였어요. 그분은, 아버지는 지난번 전쟁 당시 아일랜드 국수당의 추종자였어요. 결국 반역자로서 총살을 당했죠! 완전히 헛수고였어요. 하나의 사상을 위해 아버지는 다른 아일랜드 사람들과 노력했어요. 왜 집 안에 조용히 계시면서 자기 일만 하지 못했을까요? 저는 아버지가 오로지 우둔했다고밖에는 달리 생각이 들지 않아요!"

토미는 억눌렸던 반항의 울부짖음이 그녀에게서 분출되는 것을 들을 수 있

었다. 그가 말했다

"그렇다면, 그게 바로 아가씨가 성장해 오면서 겪은 어두운 면이군."

"분명히 어두운 그림자죠. 어머니는 개명(改名)을 하셨어요. 우린 몇 년 동안 스페인에서 지냈죠. 어머니는 항상 아버지가 반은 스페인 사람이라고 말씀하셨어요. 우리는 늘 가는 곳마다 위장을 하며 살았지요. 유럽 대륙 전체에 걸쳐 거의 안 다닌 곳이 없을 정도예요. 그리고 우린 마지막으로 여기에 오게 됐고, 이곳에서 새로운 출발을 시작했어요. 저는 이것이 우리가 겪은 가장 증오할 만한 일이라고 생각해요."

토미가 물었다.

"어머니는 그 일에 대해 어떻게 생각하시나요?"

"아버지의 죽음에 관해, 말씀하시는 건가요?"

실라는 당황한 듯 잠시 찡그리며 잠자코 시선을 멀리 던졌다. 그러고 나서는 천천히 얘기해 나갔다.

"사실 저도 그것에 관해서는 아무것도 몰라요……. 어머니가 한 번도 입 밖에 꺼낸 적이 없었으니까. 어머니가 어떻게 느끼고 생각하는지를 알기란 쉬운 일이 아니에요."

토미는 알았다는 듯이 고개를 끄덕였다.

실라가 퉁명스럽게 다시 말했다.

"전, 제가 왜 이런 얘기를 선생님에게 꺼냈는지 모르겠어요. 얘기가 너무 비약된 것 같군요. 어디서부터 이야기가 시작됐죠?"

"에디스 카벨에 관해 얘기했었소."

"아, 예, 애국심. 말씀드린 대로 전 그게 싫어요."

"혹시 카벨 간호사가 한 말을 기억하고 있소?"

"무슨 말을?"

"그녀가 죽기 전에 남긴 유언 같은 것 말이오."

그는 그 말을 되풀이해서 말했다.

"'애국심만으론 충분치 않아요. 마음속에 증오심을 품어서는 안 됩니다.'"

"아."

그녀는 충격을 받은 듯 잠시 동안 그 자리에 서 있었다. 그러고는 갑자기 홱 돌아서서 정원의 그늘 쪽으로 자취를 감추었다.

2

"터펜스, 당신도 알겠지만, 모두 가능성이 있어."

터펜스는 생각에 잠긴 듯 고개를 끄덕였다.

바닷가 주변에는 아무도 없었다. 그녀는 방파제에 기대어 있었고, 토미는 산책길을 따라 오는 사람들이 있는지 살펴보기 위해 방파제 위에 걸터앉아 있었다. 그는 이런 이른 아침에는 사람들이 어디에 있는지를 아주 훤히 알고 있었기 때문에 어느 누구와도 마주칠 염려는 없다고 생각했다. 하여튼 그와 터펜스와의 우연한 만남은, 그녀에게는 즐거운 일이고 그 자신에게는 약간 놀라운 일이라는 듯한 생각을 하도록 꾸몄다.

터펜스가 말했다.

"피레나 부인은?"

"그래, N은 아니지만 M이란 인물일지도 몰라. 그녀는 그 조건에 들어맞아."

터펜스는 다시 알았다는 듯이 고개를 끄덕였다.

"맞아요, 그녀는 아일랜드 여자가 틀림없어요. 오루크 부인이 간파한 대로예요. 그녀는 그 사실을 시인하려 들지 않아요. 그녀는 유럽 대륙을 상당히 많이 여행한 모양이에요. 피레나란 이름으로 바꾼 뒤, 여기에 와서 이 여관을 열었다는군요. 아주 양순하고 보통 사람들처럼 따분해 보이는 감쪽같은 위장이지요. 그녀의 남편은 반역자로 몰려 총살을 당했다잖아요. 그녀는 영국에서 '제5열'의 임무를 수행하는 데 적합한 모든 여건을 갖춘 셈이에요. 그래요, 아주 그럴 듯해요. 실라도 이 계획에 관련되어 있다고 생각하세요?"

토미가 말을 꺼냈다.

"절대로 아냐. 만일 그랬다면, 그 여자는 내게 그런 사실을 말하지 않았을 거야. 나는, 나는 그녀가 나를 아주 비열한 사람으로 몰고 있다고 느꼈어, 당신도 알아챘겠지만."

테펜스는 이제 다 알겠다는 듯이 고개를 끄덕였다.

"그래요. 어쨌든 이 일은 아주 치사한 짓이에요."

"하지만, 아주 필요한 일이지."

"오, 물론이고말고요."

토미는 약간 얼굴을 붉히며 말했다.

"나는 당신보다 능란하게 거짓말을 하고 싶지는 않아……."

터펜스가 그의 말을 가로막으며 말했다.

"나는 절대로 거짓말 같은 것에 신경 쓰지 않아요. 솔직히 말한다면, 나는 거짓말을 함으로써 아주 운치 있는 쾌감을 느끼거든요. 사람은 오로지 자기 본심만을 그대로 드러내면, 그런 식으로는 다른 사람한테서 이득을 볼 수 없는 결과만 초래해요." 그녀는 잠시 쉬었다가 계속했다.

"바로 지난밤에 그녀와 함께 있으면서 당신도 경험했을 텐데요. 그 아가씨는 당신에게 진심으로 대했어요. 그 때문에 당신은 자신이 비열한 인간일지도 모른다는 생각을 잠시나마 하게 된 거죠."

"당신 말이 맞는 것 같아, 터펜스."

"알아요. 나도 독일 청년한테서 똑같은 경우를 당했거든요."

토미가 말했다.

"그를 어떻게 생각하지?"

터펜스가 재빨리 말했다.

"말하자면, 그는 그 일과는 별로 관계가 없는 것 같아요."

"그랜트는 관련이 있을 거라고 생각하던데."

"당신의 그 잘난 그랜트 씨!"

터펜스는 기분이 갑자기 달라졌다. 그녀는 빈정거리며 말했다.

"당신이 그에게 내 얘기를 했을 때, 그의 표정이 어땠을까 얼마나 궁금한지 몰라요."

"어쨌든 그는 공식적으로 사과를 했어. 당신이야말로 그 일에 적임자라고 하더군."

터펜스는 턱을 약간 치켜들고 고개를 끄덕였으나, 약간 멍청한 표정을 지었다. 그녀가 말했다.

"당신, 지난번 전쟁이 끝난 뒤, 우리가 브라운을 추적하던 때 생각나요? 얼마나 흥분해서 돌아다녔는지?"

토미는 환한 얼굴로 그렇다고 했다.

"재미있었다 뿐인가!"

"토미, 왜 그런데 지금은 그렇지 않을까?"

그는 얼굴에 심각한 표정을 지으며 그 질문에 대해 곰곰이 생각해 보았다. 그리고 말했다.

"내 생각으로는……, 정말 나이는 속일 수 없어."

터펜스가 날카롭게 말했다.

"설마 우리가 너무 늙었다고 생각하는 건 아니겠죠?"

"그럼, 확실히 우린 늙지 않았어. 단지, 이번에는 재미가 없을 것 같다는 생각이 들 뿐이야. 다른 경우에도 마찬가지야. 이것은 우리가 두 번째 겪는 전쟁이야. 그런데 이번에는 전혀 다른 느낌이 든단 말이야."

"알겠어요. 우리는 전쟁의 연민과 황량함을 알게 된 거예요. 그리고 공포도 알게 되었어요. 전에는 이런 모든 사실을 생각하기에는 나이가 너무 어렸던 거죠."

"맞아. 지난번 전쟁 때는 아주 겁에 질려 있었지. 그리고 새파란 풋내기였어. 한두 번쯤 죽을 뻔하기도 했지만, 역시 좋은 시절이었어."

터펜스가 말했다.

"데릭도 그렇게 느낄까요?"

"그 애 생각은 안 하는 편이 나아요. 그건 옛날에 우리가 겪은 일이야."

터펜스는 이를 악물었다.

"우리도 일을 가졌어요. 이제 그 일을 하는 거예요. 우리 함께 잘 해봐요. 그런데 피레나 부인한테서 찾으려고 했던 건 알아냈어요?"

"최소한 그녀가 아주 의심스럽다는 말은 할 수 있어. 그밖엔 다른 사람이 없거든. 터펜스, 당신이 눈독을 들이는 사람이 있나?"

터펜스는 신중히 생각했다.

"아뇨, 없어요. 물론 내가 도착해서 처음 한 일이란 그들을 모두 평가하는, 이를테면 가능성을 타진하는 일이었어요. 그들 중 몇몇은 전혀 가능성이 없어 보여요."

"예를 들면?"

"글쎄요, 예를 들어 전형적인 영국 노처녀 민턴 양, 스프롯 부인과 그녀의 딸 베티, 그리고 넋 나간 케일리 부인."

"맞았어, 하지만, 얼간이 짓도 위장일 수가 있어."

"아, 정말 그래요. 그 법석 떠는 노처녀와 정신이 팔린 젊은 어머니도 사실은 도를 지나치기 쉬운 역할이에요. 그런데 이들은 아주 자연스러워요. 스프롯 부인을 점찍을 수도 있지만, 그녀에게는 어린애가 있어요."

"나는 비밀정보원도 어린애를 가질 수 있다고 봐." 토미가 말했다.

"그녀에 관한 한 경계가 소홀한 편이에요." 터펜스가 말했다.

"그것은 당신이 얘기한 어린애 문제와는 성질이 달라요. 토미, 나는 그 문제에 관한 한은 확신해요. 알다마다요. 당신은 그 문제에선 아이를 빼야 할 거예요."

"그럼 그렇게 하구려." 토미가 말했다.

"당신은 스프롯 부인과 민턴 양을 맡아 주의해서 보도록 해요. 하지만, 케일리 부인은 그다지 확신이 서질 않아."

"그렇지 않아요, 그녀도 가능성이 있어요. 왜냐하면 사실 그녀도 지나치리만큼 완벽해요. 내 말뜻은 그녀같이 순진한 여자가 세상에 그렇게 흔치 않다는 거예요."

"나는 지나치게 헌신적인 아내가 된다는 것은 지성을 고갈시키는 행위란 사실을 알게 되었어."

토미가 나직한 목소리로 말했다.

"그 사실을 어디에서 알게 되었죠?"

"터펜스, 당신의 경우가 그렇다는 건 아냐. 당신의 헌신은 결코 그 정도까지 미치지는 못해."

"당신은 남자라고 해서 몸이 아플 때에도 지나친 법석을 떨지는 않았다 이거로군요." 터펜스가 상냥하게 말했다.

토미는 얼른 일에 관한 문제로 화제를 돌렸다.

"케일리, 케일리도 좀 수상한 데가 있어."

토미는 골똘히 생각하며 말했다.

"예, 그럴지도 몰라요. 그리고 오루크 부인도 있어요."

"그녀를 어떻게 생각하지?"

"잘 모르겠어요. 그녀에 대해서는 갈피를 못 잡겠어요. 이를테면, 열려라 참깨, 이런 식이죠. 내 말뜻을 알겠어요?"

"그럼, 알다 뿐인가. 하지만, 도둑이 바위 앞에서 외는 주문처럼 들리는군. 그녀는 그런 종류의 여자야."

터펜스가 천천히 말했다.

"그녀는 이곳에서 벌어지는 일을 죄다 알고 있어요."

그녀는 뜨개질에 관해 그 여자가 한 말을 상기했다.

"그리고 블레츨리가 있어." 토미가 말했다.

"나는 그에게는 전혀 말을 걸 기회가 없었어요. 그는 완전히 당신 소관이잖아요."

"나는 그 사람이야말로 평범하고 믿을 만한 보수파 타입이라고 생각해."

"바로 그거예요." 터펜스는 보다 강한 어조로 말했다.

"이런 일에서 가장 나쁜 것은, 아주 평범한 사람들을 당신의 필요에 의해 병적으로 꿰맞추려는 거예요."

"블레츨리에게 몇 가지 실험을 해보았지." 토미가 말했다.

"어떤 실험을? 나도 마음속에 몇 가지를 계획 중인데요."

"뭐, 아주 점잖고 평범한, 사소하기 그지없는 속임수야. 날짜와 장소에 관한 거지. 다 그런 종류의 실험 아니겠어."

"일반적인 것에서 뭐 특별한 거라도 발견해 냈나요?"

"글쎄, 오리 사냥 정도라고 말할 수 있겠지. 그는 페이윰 지방에 관해 언급했는데, 어떠어떠한 해에, 어떠어떠한 달에 거기서 베풀어진 멋진 운동이라고 정확하게 날짜까지 꼬집어 얘기하는 거야. 나는 가끔 아주 색다른 각도에서 이집트에 관해 이야기를 해봤지. 미라나 투탕카멘 왕(王), 그런 것들인데―그가 그런 것들을 본 적이 있을까? 그가 언제 그곳에 가봤을까? 그런 다음, 그 대답을 점검해 보는 거야. 아니면 유럽—동양 간 왕래선—나는 한두 척의 배 이름을 대고는 편리한 왕래선이라고 여차여차 말하는 거야. 그러면 그는 이런저런 여행담을 털어놓고, 뒤에 나는 그의 말을 되새겨 보는 거야. 아직은 그중에서 중요한 내용이나 그를 경계할 만한 점은 없었어. 단지 세심하게 점검하는 정도야."

"하여튼 그가 지금까지 한 번도 걸려들지 않았나요?"

"한 번도 없었어. 그건 아주 훌륭한 테스트지. 그렇지 않소, 터펜스?"

"그래요, 하지만, 그가 만약에 N이라면, 자기가 할 이야기를 아주 소상히 기억해 뒀을 거라고 생각해요."

"아, 그렇군. 그게 바로 중요한 점이야. 하지만, 하찮은 세부사항까지 앞뒤가 꼭 들어맞게 얘기하기란 그렇게 쉬운 게 아냐. 당신만 봐도 때로는 너무 많이 기억하고 있어. 말하자면, 실제 인물이 알고 있는 것보다 더 많이 알고 있다는 거지. 보통 사람들은 대개 1926년이나 1927년에 자신이 어떤 사냥여행에 끼었었는지를 곧바로 기억해 내지 못해. 대부분은 잠시 생각하면서 기억을 더듬기 일쑤지."

"하지만, 당신은 지금까지 블레츨리가 진짜로 거짓말을 했는지 안 했는지도 파악하지 못했잖아요?"

"지금까지 그는 아주 태연한 태도로 답변을 했어."

"결과는, 부정적이군요."

"그런 셈이지."

"자아, 당신에게 내 생각을 말씀드리죠." 그러고는 그녀는 말을 꺼내기 시작했다.

3

숙소로 돌아오는 도중 블렌켄솝 부인은 우체국 앞에서 멈췄다. 그리고 우표를 사서 나오는 길에, 공중전화 박스에 들어갔다. 거기서 그녀는 다이얼을 돌려 '페러데이 씨'를 호출해서는 잠깐 동안 그와 통화를 했다.

공중전화 박스에서 나온 그녀는 얼굴에 미소를 머금고 유유히 집 쪽으로 걸어가다가, 뜨개질할 털실을 사려고 다시 멈춰 섰다.

산들바람이 부는 상쾌한 오후였다. 터펜스는 자신이 꾸며낸 블렌켄솝 부인의 역에 걸맞은 느긋한 걸음걸이를 걷기 위해, 본래 그녀가 지닌 활달하고 기운찬 태도를 억제해야 했다. 블렌켄솝 부인은 도대체 뜨개질(잘하지는 못했다)과 병사들에게 편지 쓰는 일을 제외하고는 달리 하는 게 없었다. 그녀는 항상 아들 같은 병사들에게 편지를 썼다—가끔은 반쯤 쓰다가 그만두기도 했지만.

터펜스는 천천히 상 수시 여관이 있는 언덕 위로 올라갔다. 그 길(헤이독의 집인 '스머글러스 레스트' 저택에서 끝나는 길이었다)은 죽 뻗어 있지 않아서 오가는 차량이 그리 많지 않았다. 아침에 상인들의 소형 트럭이 몇 대 오갈 뿐이었다. 터펜스는 문패를 유심히 살펴보느라, 집들을 하나하나 관찰하면서 지나갔다.

벨라 비스타(적합하지 않은 이름이다. 단지 얼핏 보기만 해도 바다가 눈에 들어오고, 그 길의 맞은편에는 주로 거대한 빅토리아풍의 에덴홈 건물이 보이기 때문이었다). 카라치란 문패는 다음 집에 걸려 있었다.

그다음에는 셜리 타워란 문패가 보였다. 그다음에는 시 뷰(이건 적당한 이름이었다), 클레어 성(城)(작은 집인데, 다소 과장된 표현이었다), 트렐로니 씨의 저택은 피레나 부인의 여관과 비슷한 건물이었고, 마지막으로 거대한 적갈색의 상 수시 여관이 보였다.

터펜스가 집쪽으로 다가갔더니, 웬 낯선 여자가 문 옆에 서서 집 안을 기웃거리고 있었다. 그 여자는 어쩐지 강렬하고 투박한 인상을 주었다. 거의 무의식적으로 터펜스는 발소리를 죽여가며 조심스럽고 기민하게 다가갔다.

그녀가 낯선 여자 뒤에 가까이 다가서자, 그때야 비로소 그 여자는 발소리를 듣고 뒤돌아보았다. 그 여자는 젊지는 않았다. 대략 마흔 내지 쉰쯤 되어 보였다. 그러나 그녀의 얼굴과 옷차림은 영 딴판이었다. 금발에다가 광대뼈가 조금 튀어나오긴 했지만 과거에는(사실 아직도 그렇지만), 아름다웠을 얼굴이었다.

터펜스는 잠시 동안 그녀의 얼굴이 어쩐지 낯익은 인상이라는 생각이 들었지만, 곧 그런 느낌은 사라지고 말았다. 하여튼 쉽게 잊힐 얼굴은 아니었다.

그 여자는 놀라는 기색이 완연해서, 터펜스가 그 표정을 놓칠 리 없었다(이곳에 이상한 것이라도 있나?).

"실례합니다만, 누구를 찾으시죠?" 터펜스가 말했다.

그 여자는 마치 미리 외워 두었던 것처럼 느린 외국인의 말투로 반문했다.

"여기가 상 수시 여관입니까?"

"그런데요. 내가 바로 여기에서 사는데, 누굴 찾으시죠?"

아주 잠깐 멈추었다가 그 여자가 말했다.

"여기에 혹시 로젠슈타인 씨가 묵고 있습니까?"

"로젠슈타인 씨?"

터펜스는 고개를 절레절레 흔들었다.

"저런, 그런 분은 안 계신데요. 아마 저기 왼쪽 집에 있을지 모르겠군요. 내가 알아봐 드릴까요?"

그러나 낯선 여자는 재빨리 거절하며 말했다.

"아니, 아닙니다. 내가 실수를 했군요. 그럼, 이만 실례하겠습니다."

그러고는 재빨리 돌아서서 그녀는 허겁지겁 그 언덕을 내려갔다.

터펜스는 그녀의 뒷모습을 눈여겨보고 서 있었다. 몇 가지 이유가 그녀의 궁금증을 몹시 부추겼다. 그 여자의 태도와 말씨는 아주 엉뚱했다.

터펜스는 '로젠슈타인'이라는 이름은 가짜이며, 그 여자가 자기 머리에 떠오르는 대로 우선 내뱉은 이름일 거라고 생각했다.

터펜스는 잠시 망설이다가 그 여자의 뒤를 쫓아 언덕을 내려가기 시작했다. 단지 육감이라고 할 만한 것 때문에 그녀는 그 여자를 따라가 봐야겠다는 필요성을 느꼈다.

그러나 그녀는 곧 멈추었다. 따라간다면 분명히 그 낯선 여자의 눈에 띌 것이다. 분명히 상 수시 여관에 들어서려는 찰나에 그 여자와 말을 주고받았으니까, 다시 그 여자를 추적하다가 발각되면 블렌켄솝 부인은 겉보기와는 다른 여자일 거라는 의심을 받을 것이다. 그 낯선 여자가 실제로 적의 음모에 가담하고 있다면 그럴 것이 분명했다.

안 되지, 어떤 일이 있어도 블렌켄솝 부인은 현재의 모습대로 보여야 한다. 터펜스는 뒤돌아서서 언덕 위로 발길을 돌렸다.

그녀는 상 수시 여관으로 들어가서 홀에 멈추었다. 그 집은 막 오후가 시작될 무렵에는 언제나 적적해 보였다. 베티는 낮잠을 자고 있었고, 나이 많은 사람들은 각자 휴식을 취하거나 밖으로 나가고 없었다. 터펜스가 좀 침침한 홀에 서서 조금 전에 있었던 일을 곰곰이 생각해 보고 있을 때, 희미한 소리가 그녀의 귀를 스쳤다. 그것은 그녀가 익히 들어 잘 아는 소리, 희미하게 울리는 전화벨 소리 같았다.

전화는 상 수시 여관의 홀에 있었다. 터펜스가 방금 들은 것은 따로 선을 연결한 수화기를 들거나 내려놓을 때 나는 소리였다. 이 집에는 수화기의 내선이 피레나 부인의 침실에 하나 더 있었다.

토미였다면 머뭇거릴지 모르나, 터펜스는 잠시도 지체하지 않았다. 아주 얌전하고 조심스럽게 수화기를 들어 귀에 갖다댔다.

누군가가 내선을 쓰고 있었다. 남자의 목소리였다.

터펜스는, "─모든 게 다 좋습니다. 그렇다면 예정대로 네 번째에." 하는 소리를 들었다.

그러자 여자의 음성이 들렸다.

"예, 그렇게 하세요."

찰칵하고 수화기를 제자리에 내려놓는 소리가 났다.

터펜스는 인상을 찡그리며 서 있었다. 피레나 부인의 목소리일까? 단지 세 마디만 듣고는 판단하기가 어려웠다. 대화가 조금만 더 진행되었더라면 좋았을 텐데. 그것은 물론 아주 일상적인 대화였는지도 모른다. 확실히 그녀가 엿들은 대화 속에는 별다른 내용이 없었다.

문에서 들어오는 빛 때문에 갑자기 그림자가 희미해졌다. 터펜스가 가슴이 섬뜩해져서 수화기를 내려놓자마자 피레나 부인이 말을 걸었다.

"아주 유쾌한 오후군요. 블렌켄솝 부인, 밖으로 나가실 건가요, 아니면 막 들어오신 건가요?"

역시 피레나 부인의 침실에서 전화를 건 사람은 피레나 부인이 아니었다. 터펜스는 즐거운 산책을 다녀왔노라고 중얼거리고는 계단 쪽으로 걸어갔다.

피레나 부인도 홀을 거쳐서 그녀 뒤를 따라왔다. 그녀는 평상시보다 키가 더 커 보였다.

터펜스는 그녀가 힘세고 체격이 좋은 여자라는 것을 다시 한 번 느꼈다.

"물건을 좀 치울 게 있어요." 하고 말하면서 터펜스는 2층으로 서둘러 올라 갔다. 그녀가 막 층계 모퉁이를 돌아서려는 순간, 거대한 몸뚱이로 층계 맨 꼭대기를 막고 서 있는 오루크 부인과 맞부딪쳤다.

"저런, 저런, 블렌켄솝 부인, 아주 급하신가 보군요"

그녀는 바로 아래에 있는 터펜스를 웃으면서 내려다보았다. 그러고는 그 자리에 서서 길을 비켜 주지 않았다. 항상 그랬던 것처럼, 오루크 부인의 웃음에는 간담을 서늘하게 하는 면이 있었다.

갑자기 이유도 없이 터펜스는 겁에 질려 버렸다.

굵은 목소리에 몸집이 커다란 여자가 웃으면서 그녀의 길목을 막고 있는 한편, 저 아래에서는 피레나 부인이 계단 밑으로 가까이 오고 있었다.

터펜스는 어깨너머로 뒤돌아보았다. 피레나 부인의 치켜든 얼굴에는 분명히 어떤 도전적인 면이 있는 것 같았는데, 그건 단지 그녀의 지나친 느낌일까? 말도 안 돼, 말도 안 돼 하고 그녀는 자신에게 타일렀다.

환한 대낮, 그것도 평범한 해변의 여관에서. 그러나 그 집은 너무나도 고요했다. 정적만이 가득했다. 그리고 그녀는 여기 계단 한가운데서 두 여자 사이에 끼어 있는 것이었다. 확실히 오루크 부인의 미소에는 이상한 점, 약간 경직되고 잔인한 점이 있었다. 터펜스는 제멋대로 생각했다.

'꼭 생쥐를 앞에 놓은 고양이 같군.'

그때 갑자기 긴장상태가 깨졌다. 조그마한 꼬마가 즐거운 듯이 날카롭게 '꽥' 하고 소리지르며 층계 맨 꼭대기를 따라 쏜살같이 뛰어온 것이다. 조끼와 반바지를 입은 꼬마 베티 스프롯이 오루크 부인 곁을 폴짝거리며 지나서는, "아웅!" 하고 좋아라고 소리지르며 터펜스에게 뛰어들었다.

분위기가 돌변했다.

온화한 모습을 한 키가 큰 오루크 부인이 큰소리로 말했다.

"오, 귀여운 것, 갈수록 예뻐지는구나."

아래에 있던 피레나 부인은 부엌 쪽으로 갔다. 터펜스는 베티의 손을 꼭 잡고 오루크 부인 곁을 지나쳐서, 말괄량이를 꾸짖으려고 단단히 벼르고 있을 스프롯 부인의 방을 향해 복도를 따라 걸었다.

터펜스는 아이와 함께 방으로 들어갔다.

그녀는 그 방의 가정적인 분위기에서 이상야릇한 안도감을 느꼈다. 여기저기 널려 있는 아이의 옷가지 하며, 털로 된 장난감과 유아용 침대, 화장대 위 사진들 속에 끼어 있는 수줍으면서도 약간 매력 없는 표정의 스프롯 부인의 사진, 그리고 세탁소 가격이 너무 비싸다고 펄펄 뛰는 스프롯 부인의 모습 등등, 사실 터펜스도 손님들로 하여금 개인용 전기다리미를 갖고 오지 못하게 한 피레나 부인의 처사는 약간 부당하다고 생각하고 있었다.

모든 게 너무나 정상적이었고, 위안을 주는 일상적인 것이었다. 그러나 조금 전에, 그 계단에서의 일이란……

"신경과민이야." 터펜스는 자신에게 타일렀다.

"단지 신경과민일 뿐이야!"

그러나 그 일이 정말로 신경과민이었을까? 누군가가 피레나 부인의 방에서 전화를 하고 있었다. 오루크 부인일까? 확실히 그랬다면 아주 이상한 일이다. 물론 내가 엿듣다가 집안사람들한테 발각된 건 아니다. 터펜스는 그게 무척 짧은 대화가 틀림없다고 생각했다. 극히 간단한 대화가 오갔을 뿐이다.

'모든 게 다 좋습니다. 그렇다면 예정대로 네 번째에.'

그것은 아무런 뜻이 없을지도 모른다. 아니면 무척 중요한 것일지도……

네 번째라. 날짜일까? 그러면, 네 번째 달인가? 아니면, 네 번째 자리를 의미할지도 몰라. 또는 네 번째 가로등일까, 아니면 네 번째 방파제―아리송하군. 바로 네 번째 다리일지도 모른다는 생각이 퍼뜩 머리를 스쳤다. 지난번 전쟁 때 그 다리를 폭파시키려는 시도가 있었으니까. 그건 아주 단순히 어떤 평범한 약속을 재확인하려는 말일지도 모를 일이었다.

피레나 부인이 오루크 부인한테 원하기만 하면 어느 때고 그녀의 침실에 있는 전화를 사용해도 좋다고 했을지도 모른다. 그리고 계단에서의 분위기, 아주 긴장된 순간은 단지 그녀 자신의 지나친 신경과민에서 온 것인지도 모른다……

조용한 집, 뭔가 불길한 예감이 든다. 아주 끔찍한 일이……

"자, 블렌켄솝 부인, 사실에만 집착하시오"

터펜스는 자신에게 단호하게 말했다.

"자신의 역할에 충실하시오"

제5장

1

헤이독은 주인으로서 너무나 친절하게 대해 주었다. 그는 메도우스와 블레슬리 소령을 열렬히 환영하며, 특히 메도우스에게는 '나의 조그마한 집 구석구석'을 보여 주겠다고 고집을 부렸다.

스머글러스 레스트 저택은 본디 절벽 위 바다가 내려다보이는 곳에 있는 두 채로 된 해안경비대의 별장이었다.

아래에는 낭떠러지로 내려갈 수 있는 좁은 길이 있었으나, 접근이 위험해서 모험심이 강한 소년들만이 거기에 가보려고 할 뿐이었다. 그 뒤에 그 별장을 런던의 한 실업가가 사들여서 한 채로 개조한 뒤에, 마음에 내키지는 않지만 정원을 가꾸려고 했었다. 그는 때때로 여름철 잠시 동안만 들렀다.

그 이후로 그 별장은 몇 년 동안 비어 있는 상태여서, 여름철 피서객들에게 약간의 가구와 함께 방을 빌려 주기도 했다.

헤이독이 설명했다.

"1926년경 이 별장은 한이라는 사람에게 팔렸지요. 독일인이었는데, 이를테면 스파이나 다름없었지요."

토미는 귀가 솔깃했다.

"그거 흥미 있는데요."

그는 홀짝홀짝 마시던 세리 술잔을 내려놓으며 말했다.

"빌어먹을, 아주 철두철미한 녀석들입니다." 헤이독이 말했다.

"그리고 그 당시 이제 곧 보게 될 것들을 준비하고 있었죠(적어도 내 생각엔 그렇습니다). 이 장소의 주변 정세를 한번 보십시오. 바다로 신호를 보내기에는 아주 그만입니다. 저 아래 후미진 곳에는 모터보트를 정박시킬 수가 있죠. 절벽에 가려 완전히 고립되어 있거든요. 아, 물론 한이라는 자가 독일첩자가 아니란 말은 못하시겠죠."

블레츨리 소령이 말했다.

"물론 그는 첩자였지."

"그래 어떻게 되었나요?" 토미가 물었다.

"아!" 헤이독이 말했다.

"거기에는 내력이 있습니다. 한은 여기에 많은 돈을 투자했어요. 그는 제일 먼저 해변으로 통하는 길을 대폭 단축했습니다. 콘크리트 계단, 비용이 많이 드는 일이었죠. 그다음에 저택 전체를 완전히 바꾸어 놓았지요. 욕실과 대부분이 상상조차 할 수 없는 온갖 값비싼 장치를 해놓았습니다. 그렇다면 누가 그를 시켜 이런 모든 작업을 하게 했을까요? 이 지방 사람들은 아닐 테고, 남들은 그렇게 얘기합니다만, 런던의 한 회사도 아닙니다. 여기에 들른 사람들은 모두 외국인이었으니까요. 그들 중 몇 명은 아예 영어를 한마디도 못하더군요. 거기에 바로 아주 수상한 점이 있다는 데 대해 수긍이 가지 않습니까?"

"확실히 좀 이상하군요." 토미가 시인했다.

"그 당시 방갈로에서 살았던 나는 그들과 바로 지척 간에 있었죠. 그들이 어떤 일을 꾸미고 있는지 흥미가 생깁니다. 난 인부들을 살펴보려고 근처에 가보곤 했어요. 자, 이 점을 짚고 넘어가야겠는데, 그들은 나의 이런 행동을 좋아하지 않았단 말입니다. 조금도 탐탁하게 여기지 않았어요. 그들은 한두 번 그 일로 해서 나에게 위협적인 눈초리를 보내더군요. 모든 게 떳떳하고 정직했다면 그들이 왜 그런 태도를 보였겠습니까?"

블레츨리도 당연하다는 듯이 고개를 끄덕이며 말했다.

"자네가 경찰에 갔어야만 했는데."

"물론 난 그렇게 했지. 그렇지만, 여보게, 그 처사는 경찰을 애먹임으로써 나 자신만 괴롭게 된 결과가 되었다네."

그는 한잔 더 마셨다.

"그리고 수고해 봤자 내게 무슨 이득이 있겠나? 공손한 체하며 무뚝뚝하고, 장님에다 귀머거리, 그게 바로 영국에 사는 우리들의 모습이었다네. 독일과의 또 다른 전쟁은 전혀 불가능해 보였지. 유럽 대륙은 평화로운 분위기에 젖어 있었고 독일과의 관계는 아주 순조로웠으니까. 오늘날에도 우리 사이에 만연되어 있는 당연한 공감대지.

나는 구식에다 전쟁 미치광이, 그리고 보수적이고 고집 센 늙은 선원 취급을 받았다네. 독일이 유럽에서 가장 훌륭한 공군을 육성하고 있다는 것을 알지만, 그래도 이곳까지 날아와서 불장난을 하지는 않을 거라고 믿는 사람들한테 충고를 해봤자 무슨 소용이 있겠나!"

블레츨리 소령은 갑자기 소리를 버럭 질렀다.

"아무도 믿지 않았다네! 천치 같은 녀석들! 우리 시대는 평화롭다느니, 유화정책이라느니 하면서 말이야. 몽땅 다 거짓말이야!"

헤이독은 분노를 참느라 얼굴이 더욱 붉으락푸르락해지며 말했다.

"전쟁 도발론자, 그들은 나를 그렇게 비난했다. 그들이 말하기를, 나보고 평화에 장애가 되는 종류의 인간이라나. 평화! 나는 독일군 녀석들이 무엇을 노리고 있는지 알고 있었어! 그리고 이 점을 명심해야 해, 그들은 아주 오래전부터 거사를 준비해 왔다는 점을 말이야. 나는 한이란 자가 옳지 않은 일을 꾸미고 있다고 확신했어. 그가 부리는 외국인 인부들이 영 맘에 안 들더군. 그리고 여기에서 그렇게 돈을 펑펑 써대는 꼴도 못 보겠더군. 그래서, 계속 사람들을 괴롭혀서 쫓아내 버렸지."

"자네 정말 용감하군." 블레츨리가 감탄을 금치 못했다.

"그리고 결국, 내 노력이 효과를 보기 시작했어. 이곳에 새로운 경찰서장이 부임하게 되었다네—퇴역 군인이었지. 그는 내 말을 들어줄 만한 지각이 있었네. 그의 부하들이 여기저기 조사를 하기 시작했어. 한이란 자는 도망가 버린 게 틀림없어. 슬쩍 빠져나와서는 어느 맑은 날 밤에 종적을 감추었지. 경찰은 가택 수색영장을 가지고 와서 이 집을 조사했어.

거실에 있는 금고 속에서 무전기와 상당히 위험한 서류를 발견했다네. 또한, 차고 밑에 있던 아주 넓은 휘발유 저장소, 거대한 탱크도 발견했어. 말할 것도 없이 나는 그 일로 아주 영웅 대접을 받았지. 내가 클럽에 갔다 하면 친구들이 독일 스파이 사건에 대한 화제를 들고 내 주변에 몰려들어 아우성이었다네. 그런데 그 이후로 그들도 입을 꼭 다물고 말았지. 우리 영국인들의 문제점이란 너무 어리석을 정도로 남을 의심하지 않는다는 거야."

"그건 죄악이야. 바보들, 지금 우리는 바보들이야. 왜 망명객들을 죄다 잡아 들이지 않는 거지?"

블레츨리 소령은 쉴 새 없이 잘도 떠들어댔다.

"이야기의 결말은 그 집을 팔려고 내놓자 내가 그것을 사들인 것으로 끝났다네."

헤이독은 자신의 자랑거리인 그 이야기의 요지를 빼먹지 않고 계속했다.

"메도우스 씨, 들어와서 한번 살펴보시겠습니까?"

"좋습니다. 물론이지요."

헤이독은 그 집의 주인 노릇을 하면서, 마치 어린애처럼 즐거움에 가득 차 있었다. 그는 비밀스러운 무전기가 발견되었던 곳을 보여 주려고 거실의 큰 금고를 열어젖혔다. 토미는 차고를 나와서 커다란 휘발유 탱크가 숨겨져 있었던 장소로 안내받았다. 그리고 마지막으로 두 개의 훌륭한 욕실과 특수 조명, 그리고 다양한 부엌기기들을 대충 살펴본 뒤에, 절벽 아래 해변으로 통하는 가파른 콘크리트길을 내려가 보았다. 그러는 동안에도 헤이독으로부터 이 집의 설비와 주변 환경 전체가 전시라면 적에게 얼마나 유용했을 것인가에 관해 전체적인 설명을 다시 한 번 들었다.

그들은 동굴이 있는 곳으로 가보았다. 그러자 헤이독은 그것이 어떻게 이용되었는가에 대해 열심히 설명해 주었다. 블레츨리 소령은 그 두 사람과 함께 구경하러 가지 않고, 테라스에 남아서 조용히 술을 홀짝거리고 있었다.

토미는 헤이독의 성공적인 스파이 사냥이 한때 점잖은 신사들의 대화에서 주요한 화젯거리였으며, 그의 친구들도 여러 번 그 이야기를 들었다고 말한 것을 상기했다. 사실 블레츨리 소령도 잠시 뒤에 토미와 상 수시 여관으로 내려가면서 똑같은 말을 했다.

"헤이독은 아주 훌륭한 사람입니다. 하지만, 그는 그 훌륭한 공적을 남에게 말하지 않고는 못 배기는 성미죠. 우리는 그 사건에 관해 질릴 정도로 듣고 또 들었거든요. 그는 마치 새끼 고양이 앞의 어미 고양이처럼 우쭐해서, 계속 떠벌리는 거예요." 하고 웃었다.

소령의 웃음이 그리 부자연스러운 것이 아니어서 토미도 알았다는 듯이 따라 웃었다.

이윽고 대화가 1923년 블레츨리 소령이 어느 불순한 심부름꾼의 정체를 폭로한 성공담으로 선회하자, "설마?" "어쩌면 그럴 수가?" "굉장히 엄청난 사건이었군요!" 하는 탄성을 연발하면서, 토미의 관심은 마음속에 품고 있던 일련의 상념을 따라 자유로이 떠다녔다. 그리고 그 감탄은 죄다 블레츨리 소령의 용기를 북돋으려는 것이었다.

토미는 파쿠어가 죽어가면서 상 수시 여관을 언급했음을 상기하고, 그가 제대로 추적하고 있었다는 사실을 어느 때보다 더욱더 확실하게 느꼈다. 세상일과는 아주 무관해 보이는 이곳에서 오래전부터 치밀한 계획이 진행되었던 것이다. 한이라는 독일인의 출현과 그가 많은 비용을 들여 만든 시설들은 해안가의 이 특별한 장소가 집결지, 즉 적의 활동의 중심지로 선택되었다는 사실을 여실히 보여 주는 것이다.

그 특수한 계획은 그것을 수상하게 여기던 헤이독의 기대치 않던 활약으로 허물어지게 되었던 것이다. 제1라운드는 영국에서 허물어진 셈이었다. 하지만, 스머글러스 레스트 저택이 복잡한 침략 계획의 유일한 첫 번째 전초기지였을까? 그 저택은 해상연락망을 총괄하기 위해 설치된 장소이리라. 꼭대기에서 저만큼 아래로 이르는 좁은 길을 제외하고는 접근이 불가능한 해안정세는 더할 나위 없이 그 계획에 도움이 됐을 것이다. 그러나 그것도 전체 계획의 일부분에 불과하겠지.

헤이독에 의해 그 계획의 일부분이 실패한 뒤, 다음 조치는 무엇이었을까? 그다음의 적격지, 말하자면 상 수시 여관에 거점을 잡지 않았을까? 한은 약 4년 전에 노출되었다. 토미는 피레나 부인이 영국에 온 지 얼마 안 돼서 상 수시 여관을 사들였다는 실라 피레나의 말을 생각해 보았다. 그 계략의 다음 조치는 무엇이었을까?

따라서 리햄프턴은 분명히 적의 본거지로서, 이미 그에 대한 설비와 연결체제가 그 근처에 이루어져 있을 거라는 강한 느낌이 들었다.

그는 정신이 번쩍 들었다. 아무런 이상도 없고 시시껄렁하게 여겨졌던 상 수시 여관의 분위기 때문에 생겼던 의아심은 완전히 사라졌다. 비록 순진해 보였지만, 그 순진함이란 거죽 한 꺼풀 차이였다. 그 양순한 가면 뒤에서는 어떤 음모가 꾸며지는 것이다.

토미가 지금까지의 일을 판단해 보건대, 이 사건의 초점은 피레나 부인이었다. 첫 번째로 할 일은 피레나 부인이 경영하는 상 수시 여관의 명백하고 단순한 일상생활 뒤에 숨겨진 저의를 캐내기 위해 그녀를 좀더 조사해 보는 일이었다. 그녀의 서신왕래, 친구들, 그녀의 사회적 활동, 또는 전쟁 중의 활동사항 등—이 모든 활동의 어딘가에 그녀의 본질적인 진짜 임무가 틀림없이 숨겨져 있을 것이다. 만일 피레나 부인이 유명한 여자 스파이 M이라면 우리나라에서 '제5열' 활동 전체를 통제하는 사람은 바로 그녀일 것이다. 그녀의 정체는 단지 독일 고위층의 몇몇 사람들밖에는 거의 알려져 있지 않을 것이다. 그러나 그녀는 막후의 우두머리들과 연락을 취해야 할 것이며, 자신과 터펜스가 조사해야 하는 것도 바로 그러한 통신연락망이었다.

토미가 충분히 인식했듯이, 바로 이 순간도 스머글러스 레스트 저택은 상 수시 여관으로부터 지령을 받는 몇몇 스파이들에 의해서 장악될 수 있다. 그 순간은 아직 오지 않았으나, 아주 가까운 장래가 될지도 모른다.

일단 독일군이 프랑스와 벨기에 사이에 있는 해협의 항구들을 장악하려고 주둔하기 시작했다면, 그들은 영국에 대한 침공과 점령을 보다 집중적으로 수행해 나갈 수 있을 것이다. 그리고 지금은 프랑스에서의 사태가 매우 악화되어 있는 상태이다.

영국의 해군력은 해상에 관한 한 무적이기 때문에, 공습이나 내란을 통해 공격이 감행될 것은 명약관화한 일이었다. 그리고 내란의 실마리가 피레나 부인의 손아귀에 있다면, 지체할 시간이 없었다.

블레츨리 소령의 말도 그의 생각과 맞아떨어졌다.

"당신이 말했다시피, 지체할 시간이 없다고 봅니다. 내 친구인 압둘의 말을 이제야 이해하겠어요. 압둘은 좋은 친구죠……."

그 이야기는 단조롭게 진행되었다.

토미는 생각에 잠겼다.

'왜 리햄프턴에서일까? 무슨 이유지? 이곳은 심장부에서 벗어난 지점이다—일종의 침체지역이지. 그리고 보수적이며 구식 성격을 띤 도시다. 이런 모든 점으로 보아 이곳은 눈독 들일 만한 곳이기는 하다. 그 밖의 다른 주시할 사항은 없을까?'

리햄프턴 뒤로는 내륙으로 탁 트인 농촌 지방의 평원이 전개되어 있었다. 드넓은 목초지인 셈이다. 그러므로 군대 물자수송 비행기나 낙하산 부대의 착륙에는 아주 안성맞춤인 장수이다. 그러나 다른 많은 지역도 마찬가지나.

한 가지 짚고 넘어가자면, 여기에는 칼 폰 다이님이 근무하는 거대한 화학 공장이 있다는 사실이다.

칼 폰 다이님. 그는 어떻게 위장했을까? 너무나 완벽하다.

그랜트가 지적한 대로 그는 핵심인물은 아니다. 단지 기계의 톱니바퀴일 뿐이다. 어느 때라도 혐의를 받아 구속되기가 쉬운 인물이다. 그러나 그럭저럭, 그는 자기가 맡은 일을 성취해 나가고 있을 것이다. 그는 터펜스에게 독가스 제거 문제와 어떤 가스의 면역 실험에 참여하고 있다고 말한 적이 있다. 거기에도 일말의 가능성이 있다—생각하기조차 불쾌한 가능성.

토미는 칼도 관계가 있다고 결정(약간 마지못해)했다.

유감스럽게도, 그는 다소 그 친구가 맘에 들었기 때문이다. 어쨌든, 그는 자기 조국을 위해 일을 하는지도 모른다. 위험한 줄 알면서도 자기 목숨을 걸고서 말이다. 토미는 그러한 역경에 처한 그를 존경했다. 그리고 결국에는 온갖 수단을 동원해 그를 쓰러뜨려야 한다. 그는 총살형 집행대 위에서 최후를 마칠 것이다. 그러나 토미, 너는 네 임무를 수행할 시기를 알고 있어야 해.

그들, 조국을 등진 사람들, 영국인들 자신은 사실상 서서히 그의 마음속에 복수의 열정을 고무시켰던 자들이다. 맙소사, 칼이 그런 작자들을 골탕먹이다니!

"—그리고 그렇게 해서 난 그들의 일을 완전히 방해해 버렸지요!"

소령은 자신의 얘기를 의기양양하게 매듭지었다.

"아주 기가 막힌 방법이었죠, 안 그렇습니까?"

토미는 아주 무표정하게 말했다.

"내 평생 들어본 중에서 가장 독창적인 방법이군요, 소령."

2

블렌켄솝 부인은 얇은 외국 일간지 위에 놓여 있는, 검열관의 검인이 바깥에 찍힌 편지 한 통을 읽고 있었다.

"귀여운 것, 내 아들 레이먼드……." 그녀는 입속으로 중얼거렸다.

"나는 그 애가 이집트에 나가 있는 것이 무척 기쁘답니다. 그리고 지금 뭔가 큰 변화가 있을 것 같아요. 물론 모든 게 아주 비밀스럽고, 그 애는 아무 말도 할 수가 없지요. 그렇지만, 정말로 꼭 엄청난 사건이 벌어질 것 같은 느낌이 들어요. 사실 난 곧 일어날 어떤 큰 놀라움을 기다리는 중이랍니다. 어쨌든, 그 애가 어디로 파견되었는지를 알게 돼서 무척 기뻐요. 하지만, 그 이유를 모르겠어요."

블레츨리가 투덜거렸다.

"정말로 그가 부인에게 그 이유를 설명해야만 하나요?"

터펜스는 비난하듯이 웃으며 자신의 소중한 편지를 접고는, 아침식사가 준비된 식탁 위를 빙 둘러보았다.

"오! 우린 나름대로 방법이 있어요." 그녀는 교묘하게 웃었다.

"사랑스러운 레이먼드는 만일 자기가 지금 있는 곳이나 앞으로 이동할 장소를 이 어미가 알기만 한다면, 그렇게 심히 걱정하지는 않으리라는 걸 잘 알고 있지요. 게다가, 그건 아주 간단한 방법이에요. 아실지 모르지만, 단순히 어떤 단어와 그 뒤에 오는 다음 단어들의 첫 글자를 한 자 한 자 읽어 내려가면 돼요. 물론 때로는 아주 우스꽝스러운 문장이 되기도 하죠. 하지만, 레이먼드는 정말 그 방면엔 천재예요. 아무도 눈치채지 못할걸요."

식탁 주위에 웅성거리는 소리가 슬며시 일었다. 기회가 아주 좋아서, 모든 사람들이 아침 식탁에 한꺼번에 다 모여 있었다.

블레츨리는 약간 얼굴이 벌게져서 말했다.

"블렌켄솝 부인, 죄송합니다만 그건 아주 어리석은 일입니다. 부대와 비행중

대의 이동사항은 바로 독일군이 알고 싶어 하는 것들이에요."

"아, 하지만, 난 아무한테도 얘기하지 않았어요."

터펜스는 버럭 소리를 질렀다.

"나도 무척이나 신경을 쓰고 있어요."

"아무래도 그건 현명하지 못한 일이에요. 그리고 부인의 아들도 어쩌면 그 일로 해서 언젠가는 구속될지도 몰라요."

"아, 제발 그런 말씀 마세요. 알다시피 난 그 애 엄마예요. 엄마라면 자식의 행방을 알 권리가 있어요."

"나도 부인이 정말 잘하는 거라고 생각해요."

오루크 부인이 큰소리로 부추겨 세웠다.

"성질 급한 자들이라면 부인 같은 사람에게서 정보를 얻어내려고 질질 끌지는 않을 거예요. 우린 그 점을 알고 있잖아요."

"누군가가 편지를 훔쳐 읽어 볼지도 몰라요." 블레츨리가 말했다.

"나는 편지를 여기저기 팽개쳐 두지 않아요."

터펜스는 격분하여 고압적인 자세로 말했다.

"항상 편지함에 집어넣고 자물쇠로 잠가 놓는걸요."

그래도 블레츨리는 미심쩍다는 듯이 고개를 설레설레 흔들었다.

3

해안으로부터 찬 바람이 불어오는 흐린 날 아침이었다. 터펜스는 해변 맨 끝에 혼자 있었다. 그녀는 시내의 작은 신문판매점에서 방금 받아온 두 통의 편지를 가방에서 꺼냈다. 그녀는 편지를 뜯었다.

사랑하는 어머니께

재미있는 일들이 많지만 이야기를 해선 안 된다고 말씀드릴 수밖에 없군요. 멋진 과업을 계획 중입니다. 아침식사 전에 다섯 대의 독일 비행기가 오늘 시장 시세에 나와 있더군요. 한동안 약간의 혼란이 있

있어요 하지만 결국 거기에 무사히 도착할 예정이에요

그들이 불쌍한 민간인들을 길 위에서 기관총으로 쏘아대는 걸 보고 기겁을 했어요 그걸 보고 우린 모두 분노하지 않을 수 없었어요 거스와 트런들스가 어머니께 안부 전해 달라고 하는군요

저에 대해선 걱정하지 마세요 잘 지내고 있으니까요 연로하신 아버님께도 안부 전해 주세요 런던 우체국에서 아버님께 직장을 마련해 주었나요?

아들 데릭 올림

터펜스의 눈은 이 편지를 읽고 또 읽는 동안 아주 밝게 빛나고 있었다. 그런 다음 그녀는 또 다른 편지를 뜯어보았다.

보고 싶은 엄마,

연로하신 그레이시 고모는 어떻게 지내시나요? 건강하신지요? 엄마는 잘 견뎌내시리라 생각해요 하지만 전 잘 안 돼요

새로운 소식은 없어요 제 직업은 아주 흥미진진하긴 하지만 극비사항이라 말씀드릴 수가 없어요 하지만 뭔가 가치 있는 일을 하고 있다고 느끼고 있어요 전쟁통에 직장을 구하지 못했다고 너무 근심하지 마세요 나이 지긋한 부인네들이 그런 일을 구하려고 달려드는 것은 너무 어리석은 일이에요 그들은 젊고 유능한 사람들만 원하거든요 아버지는 스코틀랜드의 직장생활을 잘 해나가고 계신가요? 제가 말한 방식대로 써서 알려 주세요 아버지께서는 자신이 뭔가 하고 계시다고 느끼는 것만으로도 만족해하실 분이에요

엄마, 너무너무 사랑해요

데보라 올림

터펜스는 빙그레 웃었다. 그녀는 편지를 접은 뒤 한 번 사랑스럽게 어루만지고는, 방파제 밑에 몸을 숨기고 성냥을 그어서 불태워 버렸다.

그녀는 편지가 재가 될 때까지 기다렸다. 그리고 만년필을 꺼내서 작은 편지철에 급히 써내려갔다.

랭건 콘월에서

사랑하는 데보라에게,
이곳은 전쟁과는 너무 동떨어진 곳이라 전쟁이 진행되고 있다는 사실조차 깨달을 수 없단다. 너의 편지를 받아보고 네가 하는 일이 재미있다니 기쁘기 그지없다.
그레이시 고모는 몸도 더욱 약해지고 정신이 흐려지는 것 같다고 말씀하시는구나. 내 생각으로는 그 어른이 나와 함께 이곳에서 지낸다면 아주 좋을 것 같다. 고모도 옛날 얘기를 많이 하시는데, 때때로 우리 어머니 얘기를 꺼내서 나를 아주 당황하게 한단다. 다른 때보다도 채소를 더 많이 가꾸는 바람에 장미꽃 정원이 온통 감자밭으로 변했단다. 나도 사이크스 노인을 돕고 있단다. 그 때문에 전쟁 중에도 뭔가 하고 있다는 보람을 느끼지. 너희 아버지는 약간 시무룩해 있지만 네가 말한 대로 뭔가 하고 계시다는 생각으로 행복해 하신단다.

사랑하는 엄마, 터페니로부터

  그녀는 새로운 편지지를 꺼냈다.

사랑하는 데릭에게,
너의 편지를 받으니 이 엄마는 아주 위안이 되는구나. 편지 쓸 시간이 없으면 군용 우편엽서라도 보내다오.
나는 그레이시 고모와 함께 잠깐 머물려고 낙향해 있단다. 고모는 매우 쇠약해져 있다. 고모는 네가 아직도 7살 먹은 어린애인 줄 알고 어제도 내게 10실링을 주면서 너에게 용돈으로 주라고 말씀하시지 않

겠니.

나는 여전히 직장이 없는 상태고 아무도 나의 값진 봉사를 원하지 않는구나! 전에 말한 대로 아버지는 조달청에 직장을 마련했다. 지금 북부 어딘가에 계신단다. 아무 직업도 없는 것보다야 낫지만 아버지가 원하던 일은 아니란다. 가엾게도 나이 때문인 듯하구나. 여전히 우리는 초라함을 면치 못하고 지위도 낮아서 전쟁은 너희 젊은 철부지들한테나 맡겨야 할까 보다.

너에게 몸조심하라고 말하지는 않겠다. 내가 들은 바로는 네가 적처럼 행동해야 한다는 것이 급선무인 걸 알기 때문이란다. 하지만 어리석게 굴지는 마라.

사랑하는 엄마, 터펜스로부터

그녀는 편지를 봉투에 넣어서 주소를 적고 우표를 붙인 뒤, 상 수시 여관으로 돌아오는 길에 우체통에 넣었다.

그녀가 절벽 밑에 다다랐을 때 약간 위쪽에 서서 이야기를 나누는 두 사람에게 관심이 쏠리지 않을 수 없었다. 터펜스는 숨을 죽이고 멈춰 섰다.

그녀가 어제 보았던 바로 그 여자와 그녀에게 말을 거는 칼 폰 다이님이었다. 안타깝게도 터펜스는 숨을 만한 곳이 없었다. 또한, 들키지 않을 정도로 가까이 다가서서 그들이 주고받는 말을 엿들을 수도 없었다.

더더욱이 그 순간 독일 청년이 고개를 돌려 그녀 쪽을 바라보았던 것이다. 다소 황망히 둘은 헤어졌다. 여자는 급히 언덕을 내려와서는 길을 가로질러 그녀 옆을 지나 반대쪽으로 갔다. 칼 폰 다이님은 터펜스가 자기에게 다가올 때까지 기다렸다. 그러고는 그녀에게 진지하고 공손하게 아침 인사를 했다.

터펜스가 즉시 말했다.

"폰 다이님 씨, 당신과 얘기하던 그 여자는 아주 이상하게 생겼군요."

"예, 그녀는 동유럽인 타입이죠. 체코 여자입니다."

"정말이에요? 당신 친군가 보죠?"

터펜스의 목소리는 캐묻기를 좋아하는 그레이시 고모의 젊었을 때 음성과 아주 꼭 빼닮았다.

"천만에요." 칼은 무뚝뚝하게 답변했다.

"이전에는 그 여자를 한 번도 본 적이 없는걸요."

"아, 그러시군요. 난 또 뭐라고……."

터펜스는 능청스럽게 말을 얼버무렸다.

"그녀가 내게 길을 묻더군요. 그녀가 영어를 잘 모르기에 독일어로 가르쳐 주었죠."

"그랬군요. 그런데 그녀가 어디로 가는 길을 묻던가요?"

"이 근처에 사는 고틀리브 부인을 혹시 아느냐고 물어보더군요. 모른다고 하니까 그녀는 아마 자기가 주소를 잘못 안 것 같다고 했어요."

"아, 그랬군요." 터펜스는 생각에 잠긴 듯 말했다.

로젠슈타인 씨와 고틀리브 부인이라.

그녀는 칼 폰 다이님을 재빨리 훔쳐보았다. 그는 아주 어색한 표정으로 그녀와 나란히 걸어갔다. 터펜스는 그 낯선 여자가 확실히 의심스러웠다. 그리고 처음 그 둘을 보았을 때, 그 여자와 칼은 오랫동안 얘기하고 있었다고 거의 확신했었잖은가?

혹시 칼 폰 다이님이? 그날 아침 칼과 실라가 전화를 주고받았을까?

'당신 조심해야만 해요…….' 터펜스는 생각했다.

'제발, 이 두 젊은이가 그 일에 관련되지 않았으면 좋겠는데!'

여자다워……. 그녀는 자신에게 되뇌었다. 중년에도 불구하고 너무 여자답단 말이야! 피레나 부인은 사실 그랬다. 나치의 신조는 젊은이의 신조였다. 십중팔구 나치의 첩자들은 젊을 것이다.

칼과 실라를 보자. 토미는 실라가 그 일과 관계없다고 말했다. 그래, 그렇다손 치더라도 토미는 남자였으며, 실라는 이상하게도 보는 이로 하여금 손에 땀을 쥐게 하는 미(美)를 갖춘 아름다운 여자였다.

칼과 실라, 그리고 그들 뒤에는 수수께끼의 인물, 피레나 부인이 있다.

피레나 부인, 때로는 입심 좋은 아주 평범한 여관집 여주인이고도 하고, 때로는 아주 순간적이나마 비극적이고 격렬한 성격의 소유자이기도 했다.

터펜스는 천천히 2층이 있는 자기 침실로 올라갔다.

그날 밤 터펜스는 잠자리에 들면서, 책상의 큰 서랍을 열어보았다. 서랍 한쪽에는 조잡하고 값싼 자물쇠로 채운, 옻칠을 한 작은 상자 하나가 있었다.

터펜스는 장갑을 끼고 자물쇠를 연 뒤 상자를 열어보았다. 편지 뭉치가 안에 놓여 있었다.

맨 위에는 오늘 아침 레이먼드에게서 받은 편지 한 통이 있었다.

터펜스는 아주 조심스럽게 그것을 펴보았다. 그리고 그녀는 기분 나쁜 표정으로 입술을 다물었다. 오늘 아침에는 편지가 접혀진 부분에 속눈썹 하나가 분명히 있었다. 그런데 지금은 거기에 속눈썹이 없는 것이다.

그녀는 세면대로 갔다. 거기에는 깨끗하게 '회색 파우더'라는 상표가 붙은 작은 약병이 하나 있었다.

터펜스는 능숙한 솜씨로 편지와 반짝반짝 빛나게 옻칠 된 에나멜 상자 표면 위에다 그 가루를 약간 뿌렸다.

그 위에는 지문 자국이 남아 있지 않았다.

다시 터펜스는 어떤 음산한 만족감으로 고개를 끄덕였다. 왜냐하면, 거기에는 그녀의 지문만 남아 있었기 때문이었다.

비록 그럴 리는 없겠지만, 호기심으로 하인이 그 편지를 훔쳐 읽어 보았는지도 모른다. 하지만, 그 누군가가 그 상자에 맞는 열쇠를 찾느라고 고생한 흔적은 찾을 수 없었다. 그러나 하인이 지문은 닦아낼 생각까지는 못했을 텐데.

피레나 부인일까? 아니면 실라? 누군가 또 다른 사람? 최소한 영국 군대의 이동에 관심 있는 자가 그랬을 것임은 틀림없다.

4

터펜스의 활동계획은 아주 간단했다. 우선 첫째로, 요주의 인물들에 관한 가능성을 종합적으로 평가하는 것이다. 둘째로, 군대의 이동에 관심이 있거나, 아니면 그 사실을 숨기고자 하는 투숙객이 상 수시 여관 안에 있는가를 실험해 보는 것이다. 셋째는 바로 그 사람이 누구냐 하는 것이다.

다음 날 아침 터펜스는 침대에 누워 세 번째 계획을 곰곰이 생각해 보았다. 그러나 이른 아침부터 베티 스프롯이 아침 차라고 이름 부르는 다소 미적지근하고 새까만 홍차를 직접 들고 그녀 방 안으로 날뛰며 들이닥치는 바람에, 그녀는 그 계획을 생각할 겨를이 없었다.

베티는 활달한 데다가 끊임없이 종알거렸다. 그 꼬마는 터펜스를 무척 따랐다. 그 꼬마는 침대 위에 올라와서 티펜스의 코밑에다 몹시 낡은 그림책을 들이밀고는 명령하는 것이었다.

"읽어 줘."

터펜스는 부드럽게 읽어 주었다

"거위야, 바보 같은 거위야, 어디로 가느냐?
2층으로, 아래층으로, 우리 엄마 방으로 간단다."

베티는 좋아라고 뒹굴어댔다. 몹시 기뻐하며 그 말을 되뇌었다.

"2층으로……, 2층으로……, 2층으로…….."

그러고는 갑자기 절정에 다다르면, "아래층으로…….." 하면서 쿵하고 침대 아래로 굴러 떨어졌다.

이런 장난을 싫증 날 때까지 몇 번이고 반복했다. 그다음에 베티는 터펜스의 신발을 갖고 장난치면서 자기만 알아듣는 말로 수다스럽게 지껄여대며 바닥을 이리저리 기어다녔다.

"아그 다―바 팟―수―수 다―푸차―."

다시 자신의 혼돈된 상념 속에 빠진 터펜스는 그 아이의 존재조차 까마득히 잊었다. 그 동요의 가사는 마치 그녀를 조롱하는 듯이 들렸다.

거위야, 바보 같은 거위야, 어디로 가느냐?

과연 어디로? 바보 같은 거위, 그것은 그녀 자신이었고, 또한 바로 토미였다. 어쨌든 그것이 표면상으로 드러난 그들의 모습이었다!

터펜스는 블렌켄숍 부인에게 가장 애정이 깃든 경멸을 보냈다. 그녀가 생각하기에 메도우스 씨는 조금 더 나았다. 둔감하고, 영국적이며, 상상력이 결핍된, 정말 어쩔 수가 없는 멍청이였다. 그녀는 그 두 사람이 다 상 수시 여관의 배경과 멋지게 조화를 이룰 수 있기를 바랐다. 둘 다 거기 있는 것이 아주 자연스러워야 했다.

그렇지만, 한 사람이라도 긴장을 풀고 있어서는 안 된다. 실수하기란 아주 쉬웠다. 그녀는 일전에 실수를 한 번 했었다. 크게 문제 될 건 없었지만, 앞으로는 주의하라고 경고할 수 있을 만큼 충분한 지적사항이었다. 부인들과 친밀해지고 좋은 유대관계를 맺기 위한 아주 쉬운 접근방법, 서툰 뜨개질 초보자 역을 가장할 때였다. 그러나 그녀는 어느 날 밤 깜빡 잊어버리고, 그녀의 손가락은 숙련된 솜씨로 아주 능숙하게 뜨개질을 해나가기 시작했으며, 능란하게 돌아가는 뜨개질바늘은 그녀의 흥얼거리는 콧노래와 함께 착착 맞아 들어갔다.

그때 오루크 부인이 그 장면을 목격했던 것이다. 그 이후로 그녀는 신경을 써서 중간 속도로 손을 놀렸다. 맨 처음에 하던 식으로 그다지 서툴지는 않도록 했다. 그러나 가능한 한 빠르지 않은 속도로 짜려고 애썼다.

"아그 부 베이트?" 베티가 질문을 했다.

아이는 그 말을 또 반복했다.

"아그 부 베이트?"

"아가, 귀엽지." 터펜스는 넋 나간 사람처럼 대답했다.

"정말 예쁘구나."

이 말에 만족한 듯 베티는 다시 중얼거렸다.

터펜스는 다음 단계도 아주 쉽게 처리될 것으로 생각했다. 그것은 토미의 묵인하에서 가능한 일이었다. 그녀는 그 대처방법을 정확히 알고 있다.

침대에 누워서 계획을 짜는 동안 시간이 꽤 흐른 모양이었다. 조금 있으니 스프롯 부인이 숨을 헐떡이며 베티를 찾으러 왔다.

"오, 여기 있었구나. 도대체 애가 어디에 가 있는지를 알 수 있어야죠. 베티, 요 말썽꾸러기야. 맙소사, 블렌켄숍 부인, 정말 죄송해요."

터펜스는 침대 위에 일어나 앉았다. 천사 같은 얼굴의 베티는 자기의 공작 솜씨에 정신이 팔려 있었다.

베티는 터펜스의 신발에 있는 끈을 몽땅 풀어서 물컵에다 담가 놓았던 것이다. 그리고는 이젠 손가락으로 끈을 쿡쿡 찌르며 재미있어했다.

터펜스는 웃으면서 스프롯 부인의 사과를 가로막았다.

"얼마나 재미있어 보여요. 걱정 마세요, 스프롯 부인, 다시 바로잡으면 되니까. 내 실수예요. 그 애가 뭘 하는지 지켜보고 있어야 하는 건데. 애가 하도 조용해서 몰랐지 뭐예요."

"그러게 말이에요." 스프롯 부인이 한숨을 푹 내쉬었다.

"도무지 애들이란 조용했다 하면 늘 말썽이라니까요. 블렌켄솝 부인, 내가 오늘 아침나절에 신발끈을 좀 갖다 드리죠."

"그러실 필요 없어요. 마르고 나면 별 이상은 없을 거예요."

터펜스가 말했다.

스프롯 부인이 베티를 데리고 나가자 터펜스는 계획을 실행하려고 자리에서 일어났다.

제6장

1

토미는 터펜스가 자기 앞에 불쑥 내미는 소포를 다소 조심스럽게 살펴보았다.

"이게 그거요?"

"예, 조심하세요, 아직 손대면 안 돼요."

토미는 소포를 보고 묘한 코웃음을 치면서 힘차게 대답했다.

"아무렴 그렇고말고, 그런데 대체 이 불쾌한 건 뭐지?"

터펜스가 대답했다.

"광고에서 그러잖아요. '그 고통을 아신다면 당신의 보이 프렌드가 왜 더 이상 관심을 쏟지 않는지 이해하실 겁니다.'라고"

"암내 때문이군." 토미가 투덜거렸다.

그 일이 있은 뒤 곧 여러 사건이 벌어졌다.

메도우스는 본디 다른 사람에게 불평을 늘어놓는 성질이 아니어서 처음에는 부드럽게 불평을 늘어놓았으나 나중에는 단호하게 요구했다.

피레나 부인은 은밀히 불려갔다. 변명할 여지는 있었지만, 그녀는 냄새가 난다는 사실을 인정하지 않을 수 없었다. 분명히 불쾌한 냄새였다. 그녀는 아마 벽난로의 가스마개가 새는 것 같다고 말했다.

토미는 엎드려서 수상하다는 듯 킁킁거리며 냄새를 맡아 보았으나 그 냄새가 벽난로에서 나는 것 같지는 않다고 했다. 그는 방바닥 어딘가에서 나는 냄새가 아니라, 분명히 죽은 쥐가 썩는 냄새일 거라고 했다.

피레나 부인은 남들이 그런 얘기를 하는 것을 들었다고 했다. 그러나 상 수시 여관에는 쥐가 없다고 장담했다. 아마 생쥐일 거라고 했다. 비록 그녀는 직접 그 집에서 생쥐를 본 적은 없었지만 말이다.

메도우스는 그 냄새로 봐서 최소한 쥐 한 마리는 있을 거라고 단호하게 말했다. 그리고 그는 그 문제가 해결되기 전에는 그 방에서 잠을 자지 않겠노라고 더욱 단호하게 덧붙였다. 그는 피레나 부인에게 방을 바꾸어 달라고 요청했다.

피레나 부인은 물론 조금 전에 그렇게 하려고 마음먹었다고 대답했다. 그녀는 방이 하나 남아 있기는 한데, 다소 협소하고 바다 경치가 보이지 않아서 좀 환경이 좋지 않지만, 메도우스 씨가 개의치 않는다면 옮겨 주겠노라고 했다. 메도우스는 그런 건 상관없노라고 했다. 단지 그가 바라는 것은 그 악취에서 벗어나는 것뿐이라고 강조했다.

그래서 피레나 부인은 그를 작은 침실로 안내해 주었는데, 그 방의 문은 우연히도 블렌켄솝 부인의 방문 바로 맞은편이었다. 그리고 편도선 증식 비대증에 걸린 듯한 목소리를 가진 약간 얼간이 같은 비어트리스를 불러서 메도우스가 지적한 문제의 그 쥐를 치우도록 했다. 그녀는 바닥을 뒤져서 그 냄새의 원인을 알아낼 인부를 부르러 보내려 한다고 설명했다. 하여튼 그 문제는 근본적으로 만족스럽게 해결되었다.

2

두 번째 사건은 메도우스의 건초열(급격히 일어나는 병의 일종으로, 열이 오르며 재채기와 콧물이 난다)이었다. 그것은 그가 맨 처음에 말한 대로였다.

그는 고개를 갸우뚱하면서 어쩐지 감기에 걸린 것 같다고 말했었다. 재채기를 심하게 해대며 눈에서는 눈물을 흘렸다. 아무도 메도우스의 커다란 비단 손수건 근처에서 미풍에 실려 떠다니는, 아주 희미하고 포착하기 어려운 양파 냄새를 눈치채지 못했으며, 자극적인 오 드 콜로뉴 향수 때문에 더 독한 냄새로 가려졌다.

결국 계속 재채기를 하며 코를 풀다 못해 메도우스는 아예 온종일 침대 신세를 져야 했다.

블렌켄솝 부인이 아들 더글러스에게서 편지를 받은 것은 그날 아침이었다. 블렌켄솝 부인은 너무 흥분하고 감격해서 상 수시 여관에 있는 모든 사람들에게 그 소문을 퍼뜨리고 다녔다. 그녀의 설명에 따르면, 다행스럽게도 더글러스의 친구 중 한 명이 휴가차 집으로 오는 도중 그 편지를 가지고 왔기 때문에 그 편지는 전혀 검열을 받지 않았으며, 더글러스는 처음으로 장문(長文)의 편지를 마음 놓고 쓸 수 있었다는 것이다.

"그 편지를 보니 우리가 세상 돌아가는 것을 얼마나 모르고 있었던가를 여실히 알겠더군요." 터펜스는 점잔빼며 고개를 흔들었다.

아침식사가 끝나자 그녀는 2층의 자기 방으로 가서 옻칠을 한 상자를 열고 그 편지를 집어넣었다. 접은 편지지 사이로 눈에 잘 띄지 않는 쌀가루를 뿌려두었다. 그녀는 그 상자를 다시 닫고 손가락으로 상자 겉면을 꾹 눌렀다.

그녀는 방문을 나서면서 기침을 했다. 그러자 맞은편에서 다분히 연극조의 재채기 소리가 들려왔다.

터펜스는 빙그레 웃으면서 아래층으로 내려갔다.

그녀는 이미 사람들에게 그날 런던으로 올라간다는 뜻을 밝혔었다. 사업관계로 변호사를 만나보고, 쇼핑도 할 겸 해서 간다고 했다.

그녀는 모여든 하숙인들의 따뜻한 전송과 아울러, 여러 명으로부터 다양한 부탁을 받았다—"물론, 부인께서 시간 나거든 그렇게 해주세요."

그 와중에서도 유독 블레츨리 소령만이 이 수다스러운 여자로부터 홀로 멀리 떨어져 있었다. 그는 신문을 읽고 난 뒤 큰소리로 그럴 듯한 논평을 했다.

"빌어먹을, 비열한 독일놈들. 도망치는 시민들을 길 위에서 기관총으로 쏘아대다니. 짐승 같은 놈들. 만일 내가 그때 그 자리에 있었다면……."

터펜스는 소령이 그때 만일 작전을 맡고 있었다면 어떻게 했을지 대충 짐작을 하면서 떠났다.

그녀는 베티 스프롯에게 런던에서 돌아올 때 어떤 선물을 사다 주었으면 좋겠냐고 물어보기 위해 정원을 빙 돌아서 갔다.

베티는 황홀한 듯이 따뜻한 두 손으로 달팽이를 꼭 쥐고서 감상하듯이 목을 꼴깍거리며 소리를 질렀다.

"고양이? 그림책? 아니면 크레파스 사다 줄까?"

터펜스가 물어보자 그 대답으로 베티는, "베티, 그릴래."라고 말했다. 그래서 터펜스는 목록에 크레파스를 적었다.

그녀는 정원 끄트머리 길옆에 세워 둔 자동차를 타러 나가다가 뜻하지 않게 칼 폰 다이님과 마주쳤다. 그는 벽에 기대어 서 있었다. 그는 양손을 꽉 쥐고 있었는데 터펜스가 다가가자 늘 무감각하던 그의 얼굴은 감정으로 인해 파르르 경련을 일으키며 그녀 쪽으로 시선이 향했다.

터펜스는 마지못해 멈춰 서서 물었다.

"무슨 일이라도 있나요?"

"아, 예, 모든 게 골칫거리죠." 그의 목소리는 거칠고 부자연스러웠다.

"이런 때 어울리는 속담이 하나 있죠. 세상사란 물고기도, 살코기도, 새고기도 더더욱이 훌륭한 훈제 청어도 아니다라고 하지 않던가요?"

터펜스는 고개를 끄덕였다. 칼은 비통한 표정으로 계속 말했다.

"내가 바로 그렇습니다. 내 의견은 그 점이 영영 구원받을 수 없다는 것입니다. 구원을 받을 수가 없어요. 나는 그 점이 모든 것을 끝장내는 데는 최상이라고 생각합니다."

"그 점이란 뭘 말하는 거죠?"

젊은이가 말했다.

"부인이 나에게 친절하게 말했었죠. 난 부인은 이해하실 줄 알았는데요. 나는 부정과 잔혹함 때문에 조국을 도망쳐 나왔습니다. 자유를 찾아 이곳에 온 거죠. 그리고 나치 독일을 증오했어요. 하지만, 불행하게도 나는 여전히 독일인인걸요. 아무것도 그 사실을 뒤바꾸지 못합니다."

터펜스가 중얼거렸다.

"정말 심각한 상황에 빠져 있군요……."

"그게 아닙니다. 다시 말씀드리자면, 나는 독일인입니다. 내 가슴속에서는, 내 감정 속에서는 아직도 독일만이 나의 조국입니다. 나는 폭격당한 독일 시가지와 죽어가는 독일 병사들, 그리고 격추당한 독일 비행기에 관한 소식을 접할 때마다 죽어간 그들이 나의 국민이라는 생각이 듭니다. 그 호전적인 늙은 소령이 신문을 읽으면서, '더러운 개자식들!' 하고 소리지를 때마다 나는 격분하게 됩니다. 그런 건 참을 수가 없어요."

그는 조용히 말했다.

"따라서, 나는 모든 것을 끝장내는 것이 최선책이라고 생각하게 되었습니다. 예, 모든 걸 끝장내는 거죠."

터펜스는 그의 팔을 꽉 움켜잡았다.

"당치도 않은 소리예요." 그녀는 힘주어 말했다.

"물론, 그러고 싶은 마음이야 굴뚝같겠죠. 누구라도 그럴 겁니다. 하지만, 참아야만 해요."

"차라리 투옥이나 됐으면 좋겠어요. 그러는 것이 훨씬 더 마음 편할 거예요."

"예, 아마 그럴지도 모르죠. 하지만, 그런 가운데에서도 당신은 유익한 일을 하고 있잖아요. 나는 그렇게 들었는데요. 영국뿐만 아니라 전 인류에 유익한 일이라던데. 당신은 독가스 제거 실험에 공헌하고 있잖아요?"

그의 얼굴이 약간 밝아졌다.

"아, 예, 많은 성공을 거두기 시작했죠. 그 과정은 매우 간단합니다. 제조도 쉽고 응용하기도 별로 복잡하지 않으니까요."

"잘 됐군요." 터펜스가 말했다.

"그것은 가치가 있는 일이에요. 고통을 줄이는 것은 뭐든지 가치가 있는 거지요. 그리고 건설적이되 파괴적이지 않은 모든 것은 다 가치가 있어요. 당연히 우리는 독일을 비난하지 않을 수 없어요. 독일에서도 마찬가지로 우리에 대해 같은 감정을 하고 있죠. 블레슬리 소령과 같은 수많은 사람이 입에 거품을 물며 흥분합니다. 나 자신만 해도 독일인을 증오해요. '독일인' 하고 말하면 혐오감이 고조됨을 느끼는걸요.

하지만, 각 개개인의 독일인들, 아들 소식을 애타게 기다리며 앉아 있는 어머니들이나, 전투를 하러 집을 떠나는 청년들이나, 수확하는 농부들이나, 작은 상점주인들, 아니면 내가 아는 아주 친절한 몇몇 독일인들을 생각할 때면, 아주 다른 감정을 갖게 돼요. 그런 때는 그들도 똑같이 인간이며, 우리와 똑같은 감정을 갖고 있다는 것을 알게 되죠. 이건 진실이에요. 하지만, 당신이 쓴 전쟁의 가면은 그렇지 않아요. 그것은 전쟁의 일부분이며, 아마 필요한 부분일지도 모르죠. 하지만, 그것은 순간이에요."

그 말을 하면서 그녀는 토미가 전에 그랬던 것처럼 카벨 간호사의 말을 생각했다.

'애국심만으론 충분치 않아요. 마음속에 증오심을 품어서는 안 됩니다.'

가장 진실하고 애국적인 여성의 말은 항상 사람들에게 희생이란 고매한 이상이라는 것을 심어 준다.

칼 폰 다이님은 그녀의 손등에 키스하며 말했다.

"부인에게 감사드립니다. 부인이 한 말은 훌륭하고 진실합니다. 더욱 굳센 용기를 갖겠습니다."

"어머나, 그래요!"

터펜스는 길을 따라 마을로 내려가면서 생각했다.

'이런 곳에서 가장 좋아하게 된 사람이 독일인이라니 얼마나 다행스러운 일인가. 하지만, 그로 인해 모든 게 뒤죽박죽이 될 거야!'

3

터펜스가 만일에 완벽을 기하지 않았다면 꾸민 일이 모조리 들통날 뻔했다. 비록 그녀는 런던에 갈 마음이 없었으나, 그렇게 하겠다고 말한 이상 정확히 이행하는 게 현명할 거라는 판단을 내렸다. 그녀가 그날 런던에 가지 않고 리햄프턴 어디선가 배회했다면 누군가가 그녀를 보고 그 사실을 상 수시 여관에 알렸을 것이다.

그래선 안 되지. 블렌캔솝 부인은 런던으로 가겠다고 말한 이상 런던으로 가지 않으면 안 되었다. 3등석 왕복표를 사고서 매표창구를 막 떠나려는 순간 그녀는 실라 피레나와 우연히 마주치게 되었다.

"안녕하세요." 실라가 인사했다.

"어디로 가시는 길이죠? 저는 분실된 소포를 찾으러 이제 막 왔어요."

터펜스는 자신의 계획을 설명했다.

"아, 그러시군요." 실라는 무관심한 투로 대답했다.

"저도 부인이 런던에 가신다고 얘기하는 것을 들은 것 같은데, 떠나시는 날

이 오늘이라고는 생각지 못했어요. 열차 역까지 배웅해 드리죠"

실라는 여느 때보다 활기차 보였다. 기분이 언짢은 것 같지도 않았고 시무룩하지도 않았다. 그녀는 상 수시 여관의 일상생활에 관한 잡다한 얘깃거리를 아주 상냥하게 들려주었다.

그녀는 터펜스에게 열차가 역을 떠날 때까지 계속해서 이야기했다. 차창 밖으로 손을 흔들며 멀어져 가는 그녀의 모습을 지켜본 다음, 터펜스는 다시 자기의 구석자리에 앉아서 진지하게 생각에 잠겼다.

실라가 그 시간에 역에 나온 것이 우연일까 하는 의심이 생겼다. 아니면 적이 완벽하다는 증거였을까?

피레나 부인은 수다스러운 블렌켄솝 부인이 진짜 런던에 가는지 확인하고 싶었을까? 꼭 그런 것 같은 기분이 들었다.

4

다음 날에야 터펜스는 토미와 만날 수 있었다. 그들은 상 수시 여관의 지붕 아래서는 결코 서로 교제하지 않기로 합의를 보았다. 블렌켄솝 부인은 건초열이 다소 누그러져 이제 산책길을 점잖게 거닐 수 있게 된 메도우스를 만났다. 그들은 산책길 의자 뒤에 앉았다.

"그렇다면?" 터펜스가 말했다.

토미는 천천히 고개를 끄덕였다. 그는 다소 시무룩해 보였다.

"그래. 뭔가를 알아냈어." 그가 말했다.

"하지만, 어휴, 이게 무슨 꼴이람. 문틈에다 항상 눈을 들이대고 있어야 한다니. 덕분에 목이 아주 뻣뻣해졌어."

"목이라면 그다지 신경 쓸 것 없어요"

터펜스는 매정하게 재촉했다.

"어서 말해 봐요"

"물론, 당연히 하녀들이 침대와 방을 치우러 들어갔지. 그리고 피레나 부인이 따라 들어갔어. 그러더니 무슨 일인지 하녀들을 호되게 꾸짖더군. 그러고는 그 어린애가 한번 뛰어들어 가더니 털북숭이 강아지를 가지고 나왔어."

"예, 좋아요, 그 밖의 다른 사람은?"

"또 한 사람이 있었지." 토미는 천천히 말했다.

"누구예요?"

"칼 폰 다이님."

"오!"

터펜스는 갑작스러운 고통을 느꼈다. 역시, 결국에는……

"그게 언제죠?" 그녀가 다그쳐 물었다.

"점심시간이었어. 그는 식당에서 일찍 나와서 자기 방으로 가다가, 다시 살금살금 복도를 가로질러 당신 방으로 들어가더군. 그는 거기에 한 15분쯤 있었어." 그는 말을 멈췄다.

"그것만으로는 모든 게 결정 난 것이 아닐까?"

터펜스는 고개를 끄덕였다. 맞아, 그걸로 다 결정된 셈이야. 칼 폰 다이님이 블렌켄솝 부인의 침실로 들어가서 혼자 15분 동안 있었다는 것은 변명의 여지가 없는 사실이다. 그의 정체는 밝혀진 셈이다.

터펜스는 그가 뛰어난 연기력을 갖춘 배우라는 생각을 했다……

전날 아침 그가 한 말은 정말 진실처럼 들렸는데. 글쎄, 아마 그들도 어느 정도는 진실이었을지 모른다. 진실에 호소하는 시기를 안다는 것도 완벽한 속임수의 필수 요소이니까. 칼 폰 다이님은 진짜 애국자이며, 자기 조국을 위해 일하는 적국 스파이다. 그 점에 있어서는 그를 존경할 수 있다. 그렇다. 그러나 또한 그를 파멸시켜야 한다.

"유감이군요." 그녀가 천천히 말했다.

"나도 마찬가지야." 토미가 말했다.

"괜찮은 친구였는데."

터펜스가 말했다.

"당신과 내가 독일에 있었다 해도 똑같은 일을 했을 거예요."

토미가 고개를 끄덕이자 터펜스는 계속했다.

"하긴, 우리도 대략 우리가 처한 위치를 알고 있으니까요. 칼 폰 다이님은 실라와 그녀의 어머니와 함께 손을 잡고 있어요. 아마도 피레나 부인은 거물일 거예요. 그리고 어제 칼과 얘기하던 외국 여자도 있어요. 그녀도 분명히 관련이 있을 거예요."

"자, 이제 어떡하지?"

"우리도 언젠가 피레나 부인의 방을 뒤져 봐야 해요. 거기에 뭔가 암시를 줄 만한 것이 있을지 몰라요. 그리고 그녀를 미행해 봐야겠군요. 그녀가 어디로 가는지, 누구를 만나는지 알아보려면 말이에요. 토미, 앨버트에게 여기에 오라고 하는 게 어때요?"

토미는 그 점을 곰곰이 생각해 보았다. 20년 전 호텔의 보이였던 앨버트는 어렸을 때 터펜스와 함께 모험을 겪었었다. 그 뒤로 그는 계속 호텔의 밑바닥부터 시작해서 그 호텔의 지배인이 되기에 이르렀다. 약 6년 전에 결혼한 그는 지금 런던 남부에 있는 덕 도그 여관의 자랑스러운 소유주가 되었다.

터펜스는 서둘러 말했다.

"앨버트는 감격할 거예요. 그를 여기에 오도록 해요. 역 근처 여관에 머무르게 하면서 우리를 돕는 셈치고 피레나 집안이나 그 밖의 의심이 가는 사람들을 미행하도록 하는 거예요."

"앨버트 부인은 어쩌지?"

"그녀는 공습을 피해 지난 월요일 아이들과 함께 웨일스에 있는 자기 어머니한테 가겠다고 했으니, 상황이 아주 안성맞춤이에요."

"음, 그거 좋은 생각이군, 터펜스 아무래도 우리가 그 여자를 따라다닌다면 발각될 염려가 있지. 앨버트라면 안성맞춤일 거야. 자, 또 하나, 칼과 내통하며 이 근처를 배회하는 그 정체불명의 체코 여인을 감시해야 한다고 생각해. 그녀는 아마 그 공작의 다른 분야에 관계하고 있을 거라는 생각이 드는군. 그리고 그게 바로 우리가 몹시 애타게 알아내고자 하는 것일지도 몰라."

"아, 맞아요. 나도 동감이에요. 그녀는 명령을 받고 여기에 왔거나, 아니면 행동 지시서를 전달하러 왔을지도 몰라요. 다음번에 그녀를 만나면 당신이나 내가 그녀를 추적해서 더 많은 것을 알아봐야 할 거예요."

"피레나 부인의 방을 살펴보는 일은 어떻게 하지? 그리고 또 칼의 방은?"

"그의 방에서 뭔가 발견하리라고는 기대할 수 없어요. 독일인이기 때문에 경찰도 그곳을 뒤져 보고 싶어 할 거고, 따라서 그도 의심받을 만한 것이 없도록 주의를 기울였을 테니까요. 피레나 부인은 힘들 것 같군요. 그녀가 집에 없을 때는 실라가 그 방에 있어요. 그리고 베티와 스프롯 부인이 계단을 온통 뛰어다니고, 게다가 오루크 부인은 자기 침실을 웬만해선 비우지 않거든요."

그녀는 잠시 중단했다.

"점심시간이 제일 좋을 거예요."

"칼의 방을 조사할 시간은?"

"맞아요. 두통이라 핑계 대고 내 방에 틀어박혀 있으면, 아니지, 그러면 누군가가 올라와서 나를 병간호하려고 할 테니까. 그래, 점심식사 바로 전에 방으로 올라가 있는 거예요. 그리고 나서는 점심이 끝난 뒤 골치가 아프다고 하는 거죠."

"내가 그러는 게 낫지 않을까? 내일도 건초열이 재발한 걸로 하면 되잖아."

"내가 하는 게 낫다고 생각해요. 만일 발각되면 아스피린을 찾고 있었다고 언제든지 변명할 수 있으니까요. 남자가 피레나 부인의 방에 가 있다면 의심을 받게 될 거예요."

토미는 히죽 웃었다.

"창피스러운 평판을 받게 되겠지."

그 말을 하면서 웃음을 그쳤다. 심각하고 걱정스러운 표정이었다.

"가능한 한 옛 방식대로 하지. 오늘 소식이 안 좋아. 곧 일에 착수해야 하겠어."

5

토미는 산책을 하다가 우체국으로 들어가서 그랜트 씨에게 전화를 걸었다.

"최근의 활동은 성공적이며, 친구 C를 확실하게 끌어넣었습니다."

그는 보고했다.

그런 다음 편지 한 통을 써서 우체통에 넣었다.

주소 : 켄징턴 시(市) 글래모건 가(街) 덕 도그 여관 앨버트 배트 귀하.

그리고 나서 그는 현재 진행되고 있는 영국의 근황을 실은 주간지 한 부를 사들고 상 수시 여관 방향으로 아무것도 모르는 얼굴을 해 가지고 천천히 되돌아갔다.

그는 곧 소형 승용차에서 빠끔히 몸을 내밀고, "안녕하시오, 메도우스 씨, 태워 드릴까요?"라고 외치는 헤이독의 따뜻한 소리를 들었다.

토미는 기꺼이 그러겠다고 하며 차에 올라탔다.

"그런 신문을 읽고 계시는군요."

헤이독은 '인사이드 위클리 뉴스(Inside Weekly News: 주간 내막(內幕) 폭로지)'의 붉은 겉표지를 흘긋 쳐다보며 말했다.

메도우스의 얼굴에는 그런 잡지 독자가 지어 보이는 약간 당황하는 빛이 역력했다.

"형편없는 잡지죠." 그도 동의했다.

"하지만, 당신도 알다시피, 가끔은 사건 배후의 진상을 정말 제대로 파악한 것도 있지요."

"그리고 때로는 실수도 범하고요."

"아, 정말 그렇기는 합니다."

"사실 그렇죠."라고 말하며, 헤이독은 섬의 일방통행로 쪽에서 약간 궤도를 벗어나 아슬아슬하게 큰 트럭과의 충돌을 모면했다.

"녀석들이 옳다면 기억하시고, 그르다면 잊어버리시오." 그가 충고했다.

"스탈린이 우리에게 접근하려고 한다는 풍문이 나돌던데, 그게 사실이라고 생각하십니까?"

"어허, 희망적 관측이지요. 단지 희망적 관측일 뿐이에요."

헤이독이 대답했다.

"러시아인들은 몹시 괴한 놈들이며, 또 늘 그래 왔어요. 그들을 절대 믿지 말라고 충고하겠습니다. 몸이 불편하다고 들었는데, 좀 어떠신가요?"

"뭐 가벼운 건초열입니다. 해마다 이맘때쯤이면 발병하죠."

"아, 그러시군요. 나는 한 번도 걸리지 않았지만, 그 병에 걸린 친구가 한 명 있었죠. 규칙적으로 매년 6월이 되면 그 병으로 쓰러지곤 하더군요. 골프 한 게임 치시겠습니까?"

토미는 아주 좋다고 말했다.

"좋습니다. 내일이 어떨까요? 사실 나는 지방 자원군을 출범시키기 위한 일 때문에 회의에 참석해야 하거든요. 무척 멋진 발상이죠. 시간이란 우리의 할 일을 다 하라고 있는 거니까요. 6시경으로 정하면 어떻겠습니까?"

"감사합니다. 그때가 좋겠군요."

"좋습니다. 그럼 그렇게 결정하신 겁니다."

헤이독은 상 수시 여관 정문에서 급정거했다.

"아름다운 실라 양은 요즈음 어떻게 지내요?" 그가 물었다.

"그녀를 자주 보지는 못했습니다만, 잘 있을 겁니다."

헤이독은 큰소리로 웃어젖혔다.

"틀림없이 당신 생각 같지는 않을 겁니다! 예쁜 여자이긴 하지만, 지독히 무례하니까. 그녀는 독일인 친구를 대단하게 생각하는 것 같더군요. 도대체 애국심이라고는 없는 여자예요. 아마 그녀는 당신이나 나같이 시대에 뒤떨어진 사람들은 쓸모가 없다고 생각할 겁니다. 사실 우리 주변에도 멋진 남자들이 아주 많이 있어요. 그런데 왜 그 몹쓸 독일인과 사귀는 건지 원. 그런 것을 보면 짜증부터 납니다."

메도우스가 말했다.

"입 조심 하십시오. 그가 우리 뒤쪽 언덕 위로 막 올라오고 있군요."

"그가 듣더라도 상관없어요! 제발 그러기나 했으면 좋겠습니다. 난 그 녀석을 뒤에서라도 걷어차 주고 싶은 심정입니다. 어지간한 독일인은 누구든지 다 자기 조국을 위해 투쟁하거든요. 그는 조국을 벗어나기 위해 몰래 도망쳐 온 게 아니에요!"

"글쎄요, 하여튼 영국을 침략하기 위해 온 독일인 같지는 않던데요."

"그가 미리부터 여기에 와 있었다는 뜻인가요? 하하! 좋습니다, 메도우스 씨! 나는 침공에 관한 헛소리를 믿지 않아요. 우리는 결코 침략을 받아 보지도 않았고, 앞으로도 그럴 겁니다. 다행스럽게도, 우리에게는 막강한 해군이 있거든요!"

애국적인 열변을 토하면서 헤이독은 갑자기 클러치를 넣고 스머글러스 레스트 저택을 향해 차를 맹렬히 몰았다.

6

터펜스는 2시 20분 전에 상 수시 여관에 도착했다. 그녀는 도로 옆으로 빠져나와서 정원을 통과한 뒤 응접실의 열린 창문으로 들어갔다. 아일랜드식 스튜 요리 냄새와 달가닥거리는 접시 소리, 그리고 웅성웅성하는 소리가 멀리서 들려왔다. 상 수시 여관은 점심식사를 준비하는 게 복잡한 일이었다.

터펜스는 하녀 마사가 홀을 가로질러 식당에 들어갈 때까지 거실 옆에서 기다리다가, 신발을 벗고 재빨리 2층으로 뛰어올라 갔다.

그녀는 방으로 들어가서 감촉이 부드러운 침실용 슬리퍼로 갈아 신고 복도를 따라서 피레나 부인의 방으로 들어갔다. 일단 방 안을 빙 둘러본 그녀는 어떤 혐오감이 엄습해 옴을 느꼈다. 이것은 그다지 기분 좋은 일은 아니었다. 만일 피레나 부인이 단순히 진짜 피레나 부인이라면, 지금의 이 행위는 정말 용서받을 수 없는 일이다. 다른 사람의 사생활을 엿보다니…….

몸을 부들부들 떠는 터펜스, 어려서 민병대 요원이었던 그녀는 단지 그것이 소녀 시절의 회상일 뿐이라고 떨쳐 버리려 했으나 역시 안절부절못했다.

전쟁은 진행 중이다!

그녀는 화장대를 자세히 조사했다. 신속하고 능숙한 동작으로 그녀는 이미 그 방의 서랍이란 서랍은 모조리 조사했다. 큰 책상에 달린 서랍 하나가 잠겨 있었다. 그것에 가능성이 있어보였다.

토미는 과거에 연장을 다루는 방법에 대해 간단하게 교육받았다. 이러한 방법을 터펜스도 익혀 두었다. 솜씨 좋게 한두 번 비틀자 서랍이 열렸다. 20파운드짜리 지폐와 상당한 액수의 은화가 들어 있는 금고가 있었다. 또한 보석상자도 있었다. 그리고 한 뭉치의 서류가 있었다.

터펜스는 이 서류에 가장 관심이 쏠렸다. 재빨리 그것들을 살펴보았다. 그렇지만, 대충 살펴볼 수밖에 없었다. 더 이상 지체할 시간이 없었다.

상 수시 여관의 저당권과 관련된 서류들, 은행의 통장, 편지 등이었다. 시간은 흐르고 있었고, 터펜스는 주로 이중적인 의미를 가지는 것이 있을까 신경을 쏟으면서 대충 서류들을 훑어보았다.

이탈리아에 사는 친구한테서 온 두서없이 산만한 편지 두 통은 겉보기에는 전혀 의심스러운 게 없어 보였다. 그러나 어쩌면 그 이면에 수상한 점이 있을 가능성도 있는 것이다. 런던의 사이먼 모티머한테서 온 편지 한 장. 터펜스가 보기에는 왜 거기에 보관되어 있는지 의심스러울 정도로 중요한 내용이 없는 무미건조한 사업 투의 편지였다. 모티머 씨가 겉보기만큼 그렇게 착한 사람이 아닐 수도 있을까?

서류더미 맨 밑에는 '팻'이라고 빛바랜 잉크로 서명된 편지가 한 통 있었다. '이번이 당신에게 보내는 마지막 편지가 될 겁니다. 내 사랑 에일린에게—'라고 서두가 시작되었다. 아냐, 이건 아냐!

터펜스는 그런 내용은 차마 읽을 수가 없었다. 그녀는 그것을 다시 접어서 그 위에다 편지들을 정리해 놓았다. 그때 인기척에 소스라치게 놀란 그녀는 서랍을 급히 닫았다(그것을 잠글 시간은 없었다).

그러자 문이 열리며 피레나 부인이 들어왔고, 그녀는 세면대 위에 놓인 병들을 막연히 뒤적이고 있었다. 블렌켄숍 부인은 허둥거리면서 바보스러운 표정으로 여주인을 쳐다보았다.

"오, 피레나 부인, 용서하세요. 하도 골치가 아파서 들어왔는데요, 아스피린이나 몇 알 먹고 침대에 누우려고요. 그런데 약을 찾을 수가 없군요. 괜찮으시겠지요. 요 전날 민턴 양에게 약을 주는 것을 봤기 때문에 틀림없이 부인이 그 약을 가졌으리라고 생각했어요."

피레나 부인은 당당하게 방 안으로 들어왔다. 그녀는 날카로운 목소리로 말했다.

"그럼요, 물론이죠, 블렌켄숍 부인. 왜 나한테 와서 물어보시지 않고?"

"물론 그럴 수도 있었죠. 당연히 그래야만 했지요. 하지만, 모두 점심식사 중이라, 부인도 알다시피, 소란을 피울 마음이 생기지 않더군요."

피레나 부인은 터펜스 옆을 지나 세면대에 있는 아스피린 병을 집어들었다.

"몇 알 드릴까요?" 그녀가 명랑하게 물었다.

블렌켄숍 부인은 세 알을 받아들고 피레나 부인의 보호를 받으며 자기 방으로 건너간 뒤, 뜨거운 물병을 갖다 주겠다고 하는 것을 황망히 거절했다.

피레나 부인은 그 방을 나서면서 지나가는 말로 한마디 했다.

"하지만, 내가 보기에는 블렌켄숍 부인에게도 아스피린이 좀 있는 것 같던데요"

터펜스가 재빨리 소리쳤다.

"아, 알아요. 어딘가에 있는 건 아는데, 내가 머리가 하도 둔해서 쉽사리 찾을 수가 없었어요."

피레나 부인은 크고 하얀 이를 번득이며 말했다.

"그럼, 홍차 마실 시간까지 푹 쉬세요."

그녀는 문을 닫고 나갔다.

터펜스는 깊은 한숨을 들이쉬고 피레나 부인이 되돌아오지 않을까 조마조마하며 침대 위에 뻣뻣이 누워 있었다.

그녀가 무슨 낌새라도 눈치챘을까? 맙소사, 그렇게 크고 새하얀 이빨로, 너를 잡아먹는 게 나을 거다. 터펜스는 그 이빨을 볼 때마다 항상 그 생각이 났다. 또한, 피레나 부인의 손은 커다랗고 무지막지하게 생겼다.

그녀는 터펜스가 자기 침실에 있는 것을 아주 자연스럽게 생각하는 것 같았다. 그렇지만, 나중에 큰 책상서랍이 열려 있는 것을 발견할 것이다. 그렇게 되면 그녀는 의심할까? 간혹 그런 경우가 있을 수 있다.

터펜스가 서류들을 감쪽같이 제대로 정리해 놓았을까? 비록 피레나 부인이 뭔가 잘못된 점을 알게 되더라도, 블렌켄숍 부인보다는 하인 중 한 명이 그랬을 거라고 생각하기가 더 쉬울 것이 틀림없다. 그리고 만일 그녀가 블렌켄숍 부인을 의심한다면, 단지 블렌켄숍 부인은 지나치게 호기심이 많은 여자라고만 생각하지는 않을까? 미주알고주알 캐기 좋아하는 사람들도 있다는 것을 터펜스는 알고 있다.

그러나 피레나 부인이 그 유명한 독일 스파이 M이라면 그녀는 자기가 반대편 스파이라는 사실을 이미 눈치챘을 것이다.

자신의 거동이 지나치게 민감하지는 않았을까?

그녀는 피레나 부인이 순순히 아스피린을 꺼내어 줄 만큼 아주 자연스럽게 행동했다.

갑자기 터펜스는 침대 위에 벌떡 일어나 앉았다. 그녀는 요오드팅크, 박하 소다수 한 병과 함께 아스피린을 싸두지 않은 채로 자기 방에 있는 필기용 책상서랍 안쪽에 쑤셔 박아 놓은 것을 기억해냈다.

이어서, 다른 사람들의 방을 기웃거리고 다니는 사람이 자기만이 아니라는 생각이 퍼뜩 들었다.

피레나 부인이 먼저 터펜스의 방을 뒤진 것이 틀림없다.

제7장

1

다음 날 스프롯 부인은 런던으로 올라갈 예정이었다.

자기 대신 누가 베티를 돌봐 줄 수 없겠냐고 몇 마디 우물쭈물 내뱉자마자, 상 수시 여관의 투숙객들은 저마다 베티를 보살펴 주겠다고 여기저기서 나섰다.

스프롯 부인이 마지막으로 베티에게 얌전하게 굴라고 여러 번 신신당부하며 떠나자, 베티는 자신을 보살펴 주기로 그날 아침에 결정된 터펜스에게 찰싹 달라붙었다.

"숨바꼭질놀이 해." 베티가 말했다.

베티가 하루가 다르게 말솜씨가 늘자, 꼬마의 말상대가 황홀한 듯이 미소를 지으며, "좀 조용히 해요." 하고 중얼거리면, 그 꼬마는 고개를 한쪽으로 갸우뚱하면서 아주 귀여운 몸짓을 해보이곤 하는 것이었다.

터펜스는 그 애와 산책하러 했었는데, 그날따라 비가 억수같이 와서 둘은 침실에서 놀아야만 했다. 베티는 장난감이 가득 들어 있는 큰 책상서랍 밑으로 터펜스를 데리고 갔다.

"본조, 숨바꼭질할까?" 터펜스가 물었다.

그러나 베티는 마음이 변해서, "얘기해 줘." 하고 요구했다.

터펜스는 벽장 한구석에서 약간 낡은 책을 한 권 꺼냈다.

그러나 베티가 꽥꽥 소리지르는 바람에 책을 읽을 수가 없었다.

"싫어, 싫어. 찌찌야, 나빠……."

터펜스는 깜짝 놀라서 그녀를 쳐다본 뒤 《꼬마 잭 호너》란 제목이 붙은 컬러판 책을 꺼내어 들었다.

"잭이 나쁜 아이니? 그 애가 포도를 훔쳐서 그래?" 그녀가 물었다.

베티는 힘주어 되풀이했다.

"나빠!"

그리고 소름끼친다는 듯이, "찌찌야!" 하고 소리 질렀다.

아이는 터펜스한테서 책을 빼앗아 들고 책꽂이에 다시 꽂아 놓더니, 선반의 한쪽 끝에서 똑같은 책을 잡아 빼들고는 환한 얼굴로 말했다.

"깨끗하고 예쁜 재코너!"

터펜스는 더럽고 낡은 책들이 새롭고 더욱 깨끗한 신판으로 바뀐 것을 알고 다소 흥미를 느꼈다. 스프롯 부인은 터펜스가 '위생적인 어머니'라고 생각한 그대로였다. 병균이나 불결한 음식, 또는 애들이 더러운 장난감을 빠는 거라면 항상 질색을 하곤 했다.

자유롭고 소탈한 시골에서 자라난 터펜스는 늘 지나친 청결함을 경멸해 왔고 두 자식에게도 소위 그녀가 말하는 '적당한 정도의 불결함'을 받아들이도록 교육시켰다. 그러나 그녀는 깨끗한 《꼬마 잭 호너》 책을 꺼내어 베티에게 상황에 따라 적당한 억양을 집어넣으면서 읽어 주었다.

베티는, "맞다. 잭이야! 포도나무! 파이 속에 있어!" 하고 재미있는 대목들을 입으로 종알거렸다. 그러고는 너무나 위생적이고 풍족하게 교육받은 아이들이 그렇듯이 정중하게 명령하는 듯한 태도로 손가락을 움직이며 이 두 번째 새 책도 곧 쓰레기통 속에 집어넣으려는 시늉을 했다. 그들은 계속해서 《거위야, 바보 같은 거위야》 와 《장화 속에 사는 노파》 란 동화책을 읽었다. 그러고 나서 베티가 책들을 숨겨 놓아 터펜스는 그 책들을 찾아내느라고 한참 동안 진땀을 뺐고, 그게 우스웠던지 베티는 굉장히 만족해했고, 그러다 보니 아침나절은 쏜살같이 지나가 버렸다.

점심을 먹고 난 뒤 베티가 잠시 낮잠을 자자 오루크 부인이 터펜스에게 자기 방으로 오라고 했다.

오루크 부인의 방은 아주 어수선한 데다 박하와 오래된 과자 냄새가 코를 찔렀으며, 좀약 냄새도 약간 났다. 또한 테이블에는 오루크 부인의 자식과 손자들, 조카와 조카딸들, 그리고 증손자들 사진이 즐비했다. 사진들이 너무 많아서 터펜스는 마치 빅토리아 시대 말기의 사실적 연극을 보는 듯한 착각에 빠졌다.

"이건 항상 아이들과 함께 지낼 수 있는 멋진 방법이에요. 블렌켄솝 부인."

오루크 부인이 점잖게 말했다.

"아, 예, 나의 두 자식과 함께……"라고 터펜스가 말하자 오루크 부인이 재빨리 끼어들었다.

"둘이라고요? 자제분이 셋이라고 들었는데?"

"아, 예, 물론 셋이지요. 하지만, 그 애들 중 둘이 나이도 비슷하고 함께 지낸 날들이 많아서 그런 생각이 들었나 봐요."

"아! 알겠어요. 자 앉으세요. 블렌켄솝 부인. 마음 편히 가지세요."

터펜스는 공손히 앉아서 오루크 부인이 불안하게 하지나 않았으면 좋겠다고 생각했다. 그녀는 마녀의 초대를 받은 헨젤과 그레텔이 바로 지금의 자기 심정과 똑같을 거라고 상상했다.

"자, 상 수시 여관을 어떻게 생각하는지 말해 보세요."

오루크 부인이 말했다.

터펜스는 다소 과장된 찬사를 늘어놓기 시작했다. 그러나 오루크 부인은 체면 차릴 것도 없이 그녀의 말을 딱 잘랐다.

"내가 묻고 싶은 것은 이곳이 뭔가 좀 이상한 느낌이 들지 않느냐는 거예요."

"이상하다고요? 아뇨, 난 전혀 그런 생각이 안 드는데……"

"피레나 부인도 좀 이상하지 않아요? 부인도 그녀에게 관심이 많다는 걸 시인하셔야 할 거예요. 나는 부인이 계속 그녀를 감시하는 걸 알고 있으니까."

터펜스는 얼굴이 확 달아올랐다.

"그녀……, 그녀는 재미있는 여자예요."

"그렇지 않아요." 오루크 부인이 말했다.

"그녀는 지극히 평범한 여자예요. 겉보기엔 그렇다는 거죠. 하지만, 아마 실상은 그렇지 않을걸요. 당신도 그렇게 생각하시죠?"

"오루크 부인, 정말 무슨 말씀을 하시는지 모르겠네요."

"부인은 우리 중 여러 사람이 겉보기와는 다르다. 그렇게 생각해 본 적이 없나요? 자, 메도우스 씨를 예로 들어봅시다. 그는 알다가도 모를 사람이에요.

때때로 그가 전형적인 영국인이며 철저히 우둔하다고 말하고도 싶지만, 어떤 때는 전혀 어리석지 않은 표정이나 어투를 감지할 수 있기도 해요. 그게 이상하다고 생각하지 않으세요?"

터펜스는 단호하게 말했다.

"아, 나도 사실 메도우스 씨가 아주 전형적인 인물이라고 생각해요."

"다른 사람들도 있어요. 아마 부인도 내가 누굴 말하려는 건지 아실 텐데요?"

"이름이 S자로 시작돼요." 오루크 부인은 알아맞혀 보라는 듯이 말했다.

그녀는 고개를 여러 번 끄덕였다. 그러자 갑자기 화가 치밀어 올랐다. 터펜스는 젊고 상처받기 쉬운 기질을 옹호하려는 마음에, 치솟아 오르는 막연한 충동을 억누르지 못하고 날카롭게 쏘아붙였다.

"실라는 단지 반항아예요. 그 나이 때면 누구나 다 그렇죠."

오루크 부인은 터펜스가 그레이시 고모 집의 벽난로 장식에서 얼핏 본 뚱뚱한 중국 관리 같은 모습으로 고개를 한참 동안 끄덕였다. 그녀는 양 입언저리가 찢어지도록 활짝 웃었다. 그리고 부드러운 음성으로 말했다.

"당신은 잘 모르시겠지만 민턴 양의 세례명은 소피아예요."

"오!"

터펜스는 뜻하지 않은 이름에 깜짝 놀랐다.

"그럼, 다름 아닌 민턴 양이란 뜻이었나요?"

"그게 아니에요."

터펜스는 창문 쪽으로 시선을 돌렸다. 이 늙은 여자는 그녀를 불안하고 두려운 분위기에 빠뜨림으로써, 아주 이상하게 기분을 상하게 한다.

'고양이 앞의 쥐새끼 같은 꼴이군.' 터펜스는 생각했다.

'그런 생각밖엔 안 드는데……'

환하게 웃는 이 거대한 늙은 여자는 맞은편에 앉아서 거의 으르렁거리는 듯했다. 그러나 으르렁거리며 위협하는 게 아니라 실은 도망갈 수도 없는 먹이를 발톱으로 어루만지며 장난을 치고 있었다.

말도 안 돼. 도무지 말도 안 된단 말이야!

터펜스는 창문을 통해 정원을 바라보면서 이러한 일들을 단지 상상하는 거라고 생각했다. 비는 어느덧 그쳤다. 나무에서 빗방울 떨어지는 소리가 후두두 하며 부드럽게 들렸다.

'이 모든 것을 내 상상만으로 돌려 버릴 순 없어. 나는 공상가가 아니니까. 여기에는 뭔가 흉악한 의도가 숨겨져 있어. 그걸 알 수만 있다면 좋을 텐데……'

터펜스는 갑자기 상념을 멈췄다.

정원의 우거진 덤불이 양옆으로 약간 벌어졌다. 그 사이로 얼굴이 나타나더니, 집 안을 몰래 훔쳐보는 것이 아닌가. 그것은 길에 서서 칼 폰 다이님과 이야기를 주고받던 외국 여자의 얼굴이었다.

그녀는 정물처럼 조용히 눈썹 하나 까딱하지 않고 쳐다보고 있었기 때문에, 터펜스는 저게 과연 사람일까 하는 생각마저 들었다. 그녀는 상 수시 여관의 창문들을 계속 쳐다보고 있었다. 표정이 하나도 없었지만, 그러면서도 뭔가 있기는 했다. 그래, 틀림없이 그 눈에는 살기가 있었다. 미동도 하지 않고 소름 끼치게 감시하고 있었다.

거기에는 상 수시 여관 같은 평범하고 진부한 영국의 여관 생활과는 영 어울리지 않는 어떤 정신력, 어떤 힘이 드러나 보였다. 터펜스는 그 장면을 보면서 마치 야엘이 잠든 시 세라의 이마에 못을 박으려고 기회를 노리는 것 같다는 생각을 했다.

터펜스의 머릿속에 이러한 생각들이 퍼뜩 떠오른 것은 아주 순간적인 일이었다. 갑자기 창문 쪽에서 시선을 돌린 그녀는 오루크 부인에게 몇 마디 중얼거리고는 황급히 방문을 뛰쳐나와 계단을 뛰어 대문 밖으로 나갔다.

오른쪽으로 돌아가서 그 여인의 얼굴이 나타났던 정원 옆길로 뛰어 내려갔다. 거기에는 아무도 없었다.

터펜스는 덤불을 헤치고 길 위로 나와서 언덕을 아래위로 살펴보았다. 그러나 아무도 보이지 않았다. 그 여자는 어디로 가 버렸을까?

그녀는 당황한 채 방향을 바꾸어 상 수시 여관으로 되돌아왔다. 이제 어렴풋이 윤곽이 잡혀가는 것일까? 그것까진 아직은 잘 모르겠지만, 그 여자는 틀림없이 거기에 있었다.

미련을 버리지 못한 채 그녀는 덤불 뒤를 살피며 정원을 이리저리 맴돌았다. 옷이 축축히 젖을 정도로 헤맸지만, 그 이상한 여자의 발자국조차 발견할수 없었다. 그녀는 막연히 불길한 예감을 안고 집으로 발길을 옮겼다. 뭔가가벌어질 것 같은 이상하고 막연한 공포감이었다. 하지만, 그녀는 무슨 일이 발생하리라고는 믿지도 않았고, 결코 생각하지도 않기로 마음먹었다.

2

날씨가 개자 민턴 양은 산책하러 나가기 위해 베티에게 옷을 입히고 있었다. 그들은 베티의 목욕통에 띄울 셀룰로이드로 만든 오리를 사러 시내로 내려갈 참이었다.

베티가 몹시 야단스럽게 설쳐댔기 때문에 아이의 팔을 털 스웨터 속에 끼우느라 민턴 양은 한참 쩔쩔맸다. 그 둘이 함께 떠나려 하자, 베티는 다시 한바탕 요란스럽게 떠들어댔다.

"오리 사러 가자. 오리 사러 가자. 베티 목욕통에 띄울 오리 사러 가자."—이 중요한 사실을 끊임없이 되풀이하면서 좋아서 어쩔 줄을 몰랐다.

홀에 있는 대리석 테이블 위를 부주의하게 가로지르며 뛰어다니는 베티를붙잡고서 민턴 양은, 메도우스 씨가 피레나 부인을 오후 내내 찾아다니느라시간을 보내고 있다는 사실을 터펜스에게 알려 주었다. 터펜스가 거실로 들어가니 케일리 부부가 있었다.

케일리 씨는 짜증을 부렸다. 그의 설명에 의하면, 자신은 절대적인 휴식과안정을 취하려고 리햄프턴에 왔는데, 이 집 안에 어린애가 있으니 어떻게 조용히 지낼 수 있겠느냐는 것이다. 꼬마애가 온종일 계속해서 소리 지르고 뛰어다니며 건물을 오르락내리락한다면서 불평을 늘어놓았다.

그의 아내가 베티는 아주 사랑스러운 꼬마라고 태평스럽게 말했지만, 표정은 그 말과 달랐다.

"틀림없이 그렇긴 하지." 케일리 씨는 긴 목을 꿈틀대며 말했다.

"아이 엄마가 조용히 시켜야지. 다른 사람들도 생각해 줘야 하지 않겠소 휴양을 필요로 하는, 신경이 예민한 환자들도 있단 말이야."

터펜스가 말했다.

"고맘때 애들을 조용하게 하기란 쉽지 않아요. 그리고 그건 자연스럽지도 못해요. 애들이 조용하다면 그건 뭔가 잘못된 거니까요"

케일리 씨는 화가 난 듯이 쾍하고 소리를 질렀다.

"그만두시오, 그런 터무니없는 소리는! 이런 어리석은 현대적 사고방식이라니. 애들을 마냥 좋은 대로 하게 놔둘 순 없어요. 애들이란 조용히 앉아서 인형이나 만지작거리고 또는 책을 읽고, 뭐 그런 식으로 키워야 합니다."

"그 애는 아직 세 살도 안 됐어요. 그 애가 책을 읽을 수 있으리라고 기대할 수는 없어요"

터펜스가 웃으며 말했다.

"하여튼 그 일에 대해 뭔가 조치가 있어야 해요. 내가 피레나 부인한테 좀 따져야겠소. 그 애가 침대 위에서 오늘 아침 7시까지 노래를 흥얼거렸어요. 간밤에 잠을 설쳐서 아침 늦게까지 잠을 자야 했습니다. 그런데 그 노랫소리 때문에 일어날 수밖에 없었다 이 말입니다."

"우리 남편은 되도록 충분한 수면을 취하는 것이 건강에 아주 중요해요. 의사가 그렇게 말했거든요"

케일리 부인이 걱정되는 듯이 말했다.

"그렇다면 당신은 시설 요양원에 가 있어야 하겠군요." 터펜스가 말했다.

"아니, 부인, 그런 장소는 비용이 무척 비쌀 뿐만 아니라 분위기도 좋지 않아요. 나의 잠재의식에 좋지 않은 영향을 끼치는 병이 연상되거든요."

"의사는 밝은 환경이 좋다고 하시더군요." 케일리 부인이 거들었다.

"정상적인 생활 말이에요. 고급 여관이 단지 가구만 비치해 놓은 아파트보다 나을 거라고 했어요. 우리 남편은 우두커니 앉아서 생각만 하고 있기보다는 다른 사람들과 대화를 나누면서 자극받기를 원하는 것 같아요."

터펜스는 케일리 씨의 의사 교환 방법이란 게, 단지 자신의 병과 증상을 나열한 뒤, 사람들이 그것에 대해 공감하는가 아니면 무관심한가에 근거한 대화일 뿐이라고 판단했다. 터펜스는 교묘하게 화제를 바꾸었다.

"나에게 이야기 좀 해주셨으면 해요. 독일 생활에 관해 당신의 의견을 듣고 싶은데요. 당신은 최근 몇 년 동안 거기서 여행한 적이 있다고 했잖아요. 당신 같이 세상 경험이 풍부한 분의 얘기를 듣는다는 것은 아주 흥미 있을 것 같군요. 난 당신이야말로 웬만한 선입견에 좌우되지 않고 그곳 환경을 정확히 설명해 줄 만한 분이라고 보고 있어요."

터펜스는 남성에 관한 한, 아양을 떨 때는 항상 좀 부풀려서 할 필요성이 있다는 생각을 항상 가지고 있다.

케일리 씨도 즉시 그 유혹에 반응을 보였다.

"존경하는 부인, 부인이 말했듯이 나는 분명히 선입견에 사로잡히지 않은 관점을 말할 수 있습니다. 자, 내가 보기로는……"

그 뒤로 케일리는 계속 혼자서 떠들어댔다. 터펜스는 때때로, "어머나, 아주 재미있군요." "당신의 관찰력은 참으로 예리하군요." 하는 빈말을 던지며 짐짓 진지한 표정으로 들어주었다. 자신의 말에 공감하며 들어주는 사람이 있으면 넋이 빠져 떠드는 케일리 씨를 보건대, 그는 나치체제에 대한 확고한 찬양자인 것 같았다. 그는 직접 그렇게 말하지는 않았지만, 만일 영국과 독일이 연합해서 나머지 유럽 제국에 대항했더라면 얼마나 좋았을까 하는 의사를 은밀히 내비쳤다.

얼마 뒤 셀룰로이드로 만든 오리를 사서 민턴 양과 베티가 돌아오자, 거의 두 시간 동안이나 막힘없이 풀려나가던 독백이 중단되었다. 터펜스가 고개를 들어 살펴보니 케일리 부인의 얼굴에 다소 호기심 어린 표정이 엿보였다.

그게 뭐라고 꼬집어 말할 수는 없었다. 그건 단지 자기 남편의 관심이 다른 여자한테 쏠린 데 대한 아내로서의 눈감아 줄만 한 질투였는지도 모른다. 아니면, 케일리 씨가 자신의 정치적 견해를 너무 거리낌 없이 털어놓은 사실에 대한 경각심에서였는지도 모른다. 확실히 그건 불만스러운 표정이었다.

곧 홍차가 나왔고, 곧바로 런던에서 돌아온 스프롯 부인이 소리쳐 말했다.

"베티가 얌전히 굴었나요? 속썩이지는 않던가요? 베티야, 착하게 지냈니?"

그 물음에 베티는, "싫어!" 하고 간단한 한마디로 일축해 버리는 것이었다.

그러나 그것은 엄마가 돌아온 데 대한 불만의 표현이 아니라, 단지 딸기잼을 달라는 의사 표시였다. 이 말에 오루크 부인은 몹시 낄낄거리며 훈계조의 웃음을 웃었다.

"그럼 못써, 베티야." 아기 엄마가 타일렀다. 그러고는 자리에 앉아서 한꺼번에 홍차 몇 잔을 들이켜더니, 런던에서의 쇼핑과 기차 속의 승객들, 그리고 최근 프랑스에서 돌아온 한 군인이 사람들에게 들려준 이야기 하며, 스타킹 판매대에 있던 여자가 그녀에게 들려준, 최근에 한 교외 지역에 감행된 공습 등에 관해 신나게 얘기하기 시작했다.

사실상 그 대화는 지극히 평범한 것이었다. 비도 그치고 햇볕이 내리쬐자, 이야기는 바깥 테라스 위로 장소를 옮겨 다시 시작되었다.

베티는 행복한 듯이 여기저기 뛰어다니면서 덤불 속으로 신비한 모험을 갔다가 월계수 잎을 따 가지고 돌아오거나, 부인들의 스커트 앞자락에 숨겨 놓았던 자갈더미를 가지고 와서는 어린애들끼리만 통하는 그 무엇에 비유하면서 수선스럽고 알아들을 수 없는 말로 종알거렸다. 다행히도 그 꼬마는 가끔 어른들이, "어머, 멋져라, 애야. 이게 진짜니?" 하고 말해 주면, 거기에 만족해서 더 이상 같이 놀자고 졸라대지는 않았다.

지금까지 상 수시 여관에서 그렇게 유쾌했던 저녁은 한 번도 없었다. 가십, 잡담, 그리고 앞으로 전쟁이 어떻게 될 것인가 하는 전망, 프랑스가 군대를 재집결시킬 수 있을까? 웨이그넌드가 이 상황을 타개할 것인가? 러시아는 어떻게 하려는 걸까? 히틀러가 마음만 먹으면 영국을 침공할 수 있을까? '유리한 상황'으로 변화되지 않는다면 파리는 함락될 것인가? 그게 사실일까? 남들이 뭐라고 그러던데……. 소문에 의하면 이렇다는데…….

항간에 떠도는 정치적 사건이나 전쟁에 관한 이야기는 낙관론적이었다.

터펜스는 생각에 잠겼다.

'이런 수다가 위험한 일일까? 말도 안 돼, 이것은 일종의 위안인 셈이야. 사람들은 이런 소문들을 즐기고 있어. 그것이 그들 자신의 개인적인 염려와 근심거리를 상쇄시키는 자극을 제공하는 것이지.'

그녀는, "내 아들이 그러던데, 물론, 이건 아주 비밀이에요." 하고 멋진 토를 달며 한마디 했다.

갑자기 놀란 듯이 스프롯 부인은 자기 시계를 쳐다보았다.

"맙소사, 벌써 7시가 다 되었군. 애가 자야 할 시간이 훨씬 넘었는데. 베티, 베티!"

그 애가 테라스에 온 지는 한참이 지났지만, 아무도 사라지는 것을 보지는 못했다. 스프롯 부인은 점점 안달이 나서 그 아이를 불렀다.

"베―티! 애야, 어디 있니?"

오루크 부인은 굵은 소리로 웃으며 말했다.

"틀림없이 장난에 미쳐 있을 거예요. 조용했다 하면 늘 그랬으니까."

"베티! 이리 온."

대답이 없자, 스프롯 부인은 참을 수 없다는 듯이 일어섰다.

"나가서 그 애를 찾아봐야겠어요. 애가 도대체 어딜 갔을까?"

민턴 양이 어딘가에 숨어 있을 거라고 하자 터펜스는 자기의 어린 시절을 회상하며 부엌에 있을지도 모른다고 말했다. 그러나 베티는 집 안에서도 집 밖에서도 보이지 않았다. 그들은 정원 주변을 돌아다니면서 이름을 부르고 침실을 샅샅이 뒤졌다. 하지만, 어디에도 베티는 없었다.

스프롯 부인은 안달하기 시작했다.

"애가 너무 버릇이 없어. 정말 너무 말썽부린단 말이야! 그 애가 길 밖으로 나간 게 아닐까요?"

그녀와 터펜스는 함께 대문 밖으로 나가서 언덕 아래위를 살펴보았다. 가겟집 점원이 루시안 교회 맞은편 집 문앞에 자전거를 세워 놓고 어떤 처녀와 이야기를 나누는 것밖에는 아무도 보이지 않았다.

터펜스와 스프롯 부인은 길을 가로질러 그 두 젊은이에게 다가가 꼬마 여자애를 보지 못 했느냐고 물어보았다. 그들은 둘 다 고개를 설레설레 흔들다가, 그 점원이 갑자기 생각난 듯 말했다.

"혹시 녹색 체크무늬 옷을 입은 여자애 말인가요?"

스프롯 부인은 반색을 하며 그렇다고 했다.

"한 시간 전쯤에 어떤 여자랑 길 아래로 내려가던데요."

스프롯 부인은 깜짝 놀란 듯이 말했다.

"여자하고? 어떤 여자던가요?"

그 옆에 있던 처녀는 약간 당황한 듯한 눈치였다.

"글쎄, 좀 이상하게 생긴 여자였어요. 그 여자는 외국인이었어요. 이상한 옷을 입고 있었죠. 숄 같은 것을 두르고 있었는데, 모자는 아니었어요. 얼굴이 좀 이상하게 생겼는데, 짐작이 가실지 모르지만 좀 독특한 데가 있었어요. 이 근처에서 요즘에 한두 번 정도 본 일이 있는데……. 그리고 사실 나는 그 여자가 약간 바람기 있는 여자일 거라고 생각하고 있었어요. 아실지 모르겠지만요." 그 처녀가 도움될 만한 말을 덧붙였다.

순간 터펜스는 그날 오후 덤불 사이로 엿보던 그 얼굴과 그것을 보는 순간 엄습해 왔던 불길한 예감을 떠올렸다. 그러나 아이와 관련지어 그 여자를 생각해 본 적이 전혀 없는 그녀로서는 지금 이렇다 할 실마리를 찾을 수가 없었다.

하여간 그녀는 시간을 두고 곰곰이 추리해 나갈 여유가 없었다. 스프롯 부인은 그녀를 향해 금방이라도 무너져 버릴 듯했다.

"오, 내 귀여운 딸 베티. 그 애가 유괴를 당했어요. 여자, 그 여자는 어떻게 생겼을까? 집시가 아닐까요?"

터펜스는 완강히 고개를 저었다.

"아니에요. 그녀는 금발이었어요. 아주 멋진 금발에 광대뼈가 좀 튀어나왔고 넓적한 얼굴을 가졌어요. 그리고 푸른 눈에다 양미간이 좀 벌어졌어요."

그녀는 스프롯 부인이 자신을 빤히 쳐다본다는 것을 눈치채고 서둘러서 설명을 했다.

"나는 오늘 그녀를 보았어요. 정원에 낮게 우거진 덤불 사이로 집 안을 엿보고 있더군요. 그리고 저번에도 그녀가 이리저리 돌아다니는 것을 보았고요. 언젠가는 칼 폰 다이님이 그녀와 얘기를 나누고 있었어요. 바로 그 여자가 틀림없을 거예요."

하녀인 듯한 그 처녀가 맞장구쳤다.

"맞아요. 그녀는 금발이었어요. 그러고 보니 생각나는데, 좀 모자라 보였어요. 그녀에게 말을 거니까 전혀 알아듣지 못하던데요."

"오, 맙소사." 스프롯 부인이 비탄에 잠겼다.

"어쩌면 좋을까요?"

터펜스는 그녀를 팔로 껴안았다.

"자, 집으로 돌아가서 브랜디 좀 마시고 기운을 차린 다음 경찰에 전화로 알립시다. 괜찮을 거예요. 그 애를 꼭 찾을 수 있을 거예요."

스프롯 부인은 낙담해서 멍한 태도로 중얼거리면서 그녀와 함께 걸어갔다.

"난 베티가 어떻게 그런 식으로 낯선 사람하고 가버렸는지 상상도 할 수가 없어요."

"그 애는 너무 어려요. 남을 경계하기에는 나이가 너무 어려요."

터펜스가 말했다.

스프롯 부인은 힘없이 울음을 터뜨렸다.

"흉악한 독일 여자일 거예요. 그 여자가 내 아이를 죽일 거예요."

"그럴 리가 없어요." 터펜스는 힘주어 말했다.

"괜찮을 거예요. 그녀는 제정신이 아닌 여자일 거예요."

그러나 그녀는 자기가 한 말을 믿지 않았다. 한순간도 그 조용한 금발의 여자가 무책임한 정신병자일 거라고는 믿지 않았다.

칼! 칼이라면 알 수 있을까? 칼이 이 일과 관련이 있을까?

잠시 뒤에 그녀는 그것도 확실치 않음을 알았다. 칼 폰 다이님도 다른 사람들과 마찬가지로 놀랍고, 믿을 수 없다는 듯이 완전히 대경실색한 표정이었다.

사실이 명백해지자 블레츨리 소령이 자제력을 되찾았다. 그는 스프롯 부인에게 말했다.

"자아, 부인, 여기 앉으세요. 우선 브랜디 좀 마시고. 별 지장은 없을 겁니다. 내가 곧장 경찰서로 가보겠습니다."

스프롯 부인이 중얼거렸다.

"잠깐만 기다려 보세요. 뭔가 있을지 몰라요."

그녀는 2층으로 서둘러 올라갔다. 자기 방을 지나쳐서 베티의 방으로 갔다.

잠시 뒤에 그들은 거칠고 성급한 그녀의 발소리를 들었다. 그녀는 미친 여자처럼 계단을 뛰어 내려와서, 블레츨리 소령이 막 수화기를 들려는 순간 그의 손을 꽉 붙들었다.

"안 돼요, 안 돼!"

그녀는 가쁜 숨을 몰아쉬었다.

"당신, 그러시면 안 돼요. 안 된다고요……."

그러고는 미친 듯이 흐느껴 울며 의자에 쓰러졌다.

사람들이 그녀 주위에 모여들었다. 얼마 뒤에 그녀는 평온을 되찾았다. 케일리 부인이 팔로 그녀를 부축하자, 똑바로 앉은 그녀는 그들에게 뭔가를 보여 주려고 꺼냈다.

"이걸 발견했어요. 내 방에서요. 돌멩이에 감싸서 창문을 통해 던진 것 같아요. 뭐라고 쓰였는지 보세요."

토미가 그것을 받아서 펴보았다. 어색하고 딱딱한 외국인의 필체로 쓰인 종이쪽지인데, 글씨가 크고 대담한 내용이 담겨 있었다.

우리는 당신의 어린애를 안전하게 데리고 있다.

정해진 절차에 따라 당신이 할 일을 지시받게 될 것이다.

만일 경찰에 알리면 어린애는 죽게 된다.

아무 말 하지 마라. 지시를 기다려라.

그렇지 않을 때에는—.

X로부터

스프롯 부인은 조용히 흐느꼈다.

"베티, 베티……."

모든 사람들이 일시에 부르짖었다.

"더러운 살인 깡패들!" 오루크 부인이 외쳤다.

"짐승 같은 놈들!" 실라 피레나도 외쳤다.

"이건 당치 않은 일이에요. 당치도 않아요. 나는 그 말을 한마디도 믿지 않으렵니다. 어리석고 짓궂은 장난에 불과해요."

케일리 씨의 말이었다.

"오, 그 귀여운 꼬마를 그럴 수가." 민턴 양이 울부짖었다.

"이해가 가지 않아요. 믿어지지 않는 일이에요." 칼 폰 다이님이 말했다.

그리고 그 누구보다도 격한 목소리로 블레츨리 소령이 말했다.

"도대체 말도 안 되는 일이에요. 협박이라니. 즉시 경찰에 알려야 합니다. 그들이 곧 이 사건의 진상을 규명할 겁니다."

그는 다시 한 번 전화 있는 데로 갔다. 그때 스프롯 부인이 딸애한테 해가 미치지나 않을까 하는 모성애로 분노의 비명을 지르자, 그는 멈칫했다.

그가 외쳤다.

"하지만, 부인, 어차피 해야 할 일입니다. 이것은 그 불한당들이 추격당하지 않기 위해 쓰는 조잡한 수법에 불과합니다."

"그들은 그 애를 죽일 거예요."

"그렇지 않습니다. 감히 그런 짓은 못 해요."

"그래도 그렇게 하도록 내버려둘 순 없어요. 나는 그 애의 엄마예요. 나로서는 그 말밖에 달리 할 말이 없군요."

"알아요. 알고말고요. 그게 바로 그들이 노리는 점입니다. 감히 부인이 신고를 하지 못할 거란 점을 노린 거죠. 아주 당연한 일이에요. 하지만, 부인은 군인 출신이며 세상 경험이 많은 나의 말을 들어야 해요. 지금 당장 필요한 것은 경찰이에요."

"안 돼요!"

블레츨리는 동조를 바라며 사람들을 돌아보았다.

"메도우스 씨, 나의 의견에 동참합니까?"

토미는 신중하게 고개를 끄덕였다.

"케일리 씨요? 자, 스프롯 부인, 보십시오. 메도우스 씨와 케일리 씨도 둘 다 그렇다고 했어요."

스프롯 부인이 갑자기 언성을 높이며 말했다.

"남자들이란 다 똑같아요! 부인들한테 여쭤보세요!"

토미는 터펜스의 눈을 쳐다보았다.

터펜스는 낮고 동요된 목소리로 말했다.

"나, 나는 스프롯 부인 의견에 찬성이에요."

그녀는 생각에 잠겼다.

'만일 데보라나 데릭이 그런 경우를 당했다면! 나도 그녀와 같은 생각을 했을 거야. 의심할 여지없이 토미나 다른 사람들 말이 옳아. 하지만, 결국에는 나도 그렇게 할 수는 없을 거야. 감히 경찰에 신고하는 모험은 하지 못할 거야.'

오루크 부인이 말했다.

"사실 이 세상 어떤 엄마라도 감히 신고 같은 것은 하지 못하는 게 당연해요."

케일리 부인이 중얼거렸다.

"나도 그렇게 생각합니다만……, 글쎄요……." 불분명하게 말꼬리를 흐렸다.

민턴 양이 떨리는 목소리로 말했다.

"그런 끔찍한 일이 벌어지다니. 만일 사랑스러운 베티에게 무슨 일이 벌어지기라도 한다면 우리는 결코 용서받지 못할 거예요."

터펜스가 날카롭게 말했다.

"아무 말씀도 안 하셨는데, 폰 다이님 씨, 당신 의견은요?"

칼의 푸른 눈이 매우 밝게 빛났다. 그의 얼굴은 가면처럼 무표정했다.

그는 천천히 완고한 투로 말했다.

"나는 외국인입니다. 당신네 영국 경찰이 얼마나 유능한지, 얼마나 신속한지 나는 잘 모릅니다."

그때 누군가가 홀 안으로 들어왔다. 피레나 부인이었다. 그녀의 양볼이 빨갛게 상기되어 있었다. 언덕 위로 서둘러 올라온 게 분명했다.

"도대체 어떻게 된 일이에요?"

자기만족에 빠진 고급 여관의 주인으로서가 아니라, 박력 있는 여성으로서 그녀의 목소리는 당당하고 오만하기까지 했다.

그들은 그녀에게 사건의 진상을 들려주었다. 여러 사람이 제각기 두서없이 떠들었으나 그녀는 재빨리 요지를 파악했다. 그리고 그녀가 그것을 파악한 이상, 사건의 전모는 대충 다 진술된 것이고, 이제 그녀의 판결만이 남았다. 그녀는 말하자면 최고 법원 판사인 셈이었다.

그녀는 마구 휘갈겨 쓴 쪽지를 살펴본 뒤 도로 건네주었다. 그녀의 입에서 날카롭고 권위에 찬 음성이 흘러나왔다.

"경찰이라고요? 별 소용 없을 거예요. 그들이 위험한 실수를 할 가능성은 얼마든지 있어요. 법률의 힘을 빌지 않고 우리 스스로 해결하는 겁니다. 우리가 직접 그 애를 찾아나서는 거예요."

블레츨리는 어깨를 으쓱하며 말했다.

"매우 훌륭한 생각이로군요. 만일 경찰에 요청하지 않는다면 그렇게 하는 것이 최상의 방도죠."

토미가 말했다.

"그렇게 멀리까지 도망치지는 못했을 겁니다."

"하녀가 한 30분 지났다고 하더군요." 터펜스가 거들었다.

"헤이독." 블레츨리가 말했다.

"헤이독이라면 우리를 도울 수 있을 겁니다. 그는 차를 가지고 있어요. 그 여자가 좀 특이하게 생겼다고 했죠? 게다가 외국인이라고요? 우리가 추적할 수 있게 흔적을 남겼으면 좋겠는데. 자, 서두릅시다. 지체할 시간이 없어요. 메도우스 씨도 함께 가실 거죠?"

스프롯 부인이 벌떡 일어서며 말했다.

"나도 가겠어요."

"자아, 부인, 우리한테 맡기십시오."

"나도 가게 해주세요."

"아, 글쎄······."

그는 여자란 남자보다 더 악착같은 면이 있다고 혼자 중얼거리면서 그녀의 말을 받아들였다.

3

헤이독이 그 상황을 이해하고 차고에서 차를 꺼내기까지 해군 출신으로서 보여 준 그 신속함은 가히 칭찬할 만했다. 토미가 그의 옆자리에 앉고, 그 뒤에 블레츨리와 스프롯 부인, 그리고 터펜스가 동석했다. 스프롯 부인은 그녀에게 매달려 떨어지지 않으려 했고, 더욱이 터펜스는 그 이상야릇한 유괴범의 얼굴을 직접 본 유일한 사람(칼 폰 다이님은 제외)이었다.

헤이독은 대응책을 훌륭히 마련한 뒤 신속하게 실천에 옮겼다. 그다음에 그는 지체하지 않고 차에다 휘발유를 채운 다음 블레츨리에게 그 지역의 지도와, 더욱 큰 축척의 리햄프턴 지도를 건네주고는 출발할 준비를 했다.

스프롯 부인은 다시 2층으로 뛰어올라 갔는데 자기 방에서 코트를 가져오려는 것 같았다. 그러나 차에 올라타 언덕을 내려가기 시작할 때, 그녀는 터펜스에게 손가방에서 뭔가를 보여 주었다. 소구경 권총이었다.

그녀가 차분히 말했다.

"블레츨리 소령의 방에서 가져왔어요. 그가 언젠가 한 번 권총을 가지고 있다는 소리를 한 게 생각나지 뭐예요."

터펜스는 약간 단호한 표정으로 속삭였다.

"쓸모가 있을 거예요."

터펜스는 평범하고 소박한 젊은 여인으로 하여금 이토록 방만하게 하는 모성애의 기이한 힘에 놀라지 않을 수 없었다. 그녀는 스프롯 부인이 자기 자식을 해친 사람을 향해 냉정하게 총을 쏘아 쓰러뜨리고는, 총에 맞아 그렇게 허무하게 죽을 줄을 미처 몰랐다고 놀라워할 그런 부류의 여자라고 상상해 보았다.

그들은 헤이독의 제안에 따라 우선 기차역으로 차를 몰았다. 열차 한 대가 약 20분 전에 이미 리햄프턴 역을 떠난 이상 유괴범은 그걸 타고 도망갔을 가능성이 컸다. 그들은 역에서 각자 흩어져서, 헤이독은 표 받는 사람을 맡았고, 토미는 매표소, 블레츨리는 밖의 짐꾼을 맡았다. 터펜스와 스프롯 부인은 그여자가 열차를 타기 전에 옷매무시를 고치려고 들렀을지도 모른다고 일단 가정한 뒤 여자용 화장실로 들어갔다.

그들은 하나 둘 난감한 표정을 지으며 다시 한자리에 모였다. 지금으로서는 향방을 정하기가 더욱 어려웠다. 헤이독이 지적했듯이, 아마 십중팔구 유괴범이 차를 대기시켜 놓았다가, 일단 베티가 여자의 꾐에 넘어간 것을 확인하고는 차에 태워서 도망갔을 가능성이 컸다.

블레츨리는 이쯤에 이르러서는 경찰과 협력하는 것이 절대적으로 중요하다고 다시 한 번 말했다. 전국 방방곡곡에 수배령을 내려서 다른 길목을 차단하는 식의 계획이 필요하다고 주장했다.

스프롯 부인은 입술을 지그시 깨문 채 단지 고개만 설레설레 흔들 뿐이었다.

터펜스가 입을 열었다.

"그들의 행로를 처음부터 차근차근 추적해 봐야겠어요. 그들이 차를 어디쯤에다 세워 놓았을까요? 아마 가능하다면 상 수시 여관 근처였겠죠. 하지만, 차는 어디에서도 목격되지 않았어요. 자, 생각해 보세요. 그 여자와 베티는 함께 그 언덕을 내려갔어요. 그 아래쪽은 산책길이었으니까, 그 차는 아마 거기에 정차해 있었을 거예요. 다른 사람들의 이목이 있으니까 잠시만 머물렀겠죠. 또 다른 장소로는 제임스 광장에 있는 주차장이나 그 근처, 아니면 산책길에서 갈라지는 거리 중 하나일지도 몰라요."

그때 코안경을 걸친 조그만 사내가 조심스러운 듯이 그들에게 다가와서 약간 더듬으며 말했다.

"실례합니다만, 무례가 아닐는지, 그럴 의도는 없었는데……. 하지만, 지금 방금 짐꾼에게 하시던 말씀을 어쩔 수 없이 듣게 되었지요(그는 블레츨리 소령을 향해 말을 걸고 있었다). 물론 고의적으로 들으려고 한 건 아니고, 나도 소포를 찾으려고 방금 내려왔습니다. 이상하게도 소포가 너무 오랫동안 도착하지 않더군요. 군병력 이동 관계 때문이라던데요. 하지만, 그게 언제 썩을지 몰라 걱정돼서(그 소포 말입니다). 그러다가 우연히 엿듣게 되었습니다만, 우연치고는 너무나 꼭 들어맞는군요……."

스프롯 부인이 불쑥 튀어나가서 그의 팔을 붙잡았다.

"그 애를 보셨나요? 정말 내 딸을 보셨느냐고요?"

"저런, 정말로 당신 딸인가요? 거 참 이상하군……."

스프롯 부인이 외쳤다.

"말씀해 보세요."

그리고 그녀는 그 조그만 사내가 인상을 찡그릴 정도로 그의 팔을 손톱으로 꽉 눌렀다.

터펜스가 다그쳐 물었다.

"될 수 있는 한 빨리 당신이 본 대로 우리한테 말씀해 주세요. 그렇게 해주신다면 은혜는 잊지 않겠어요."

"아, 그렇다면 물론이죠. 사실 전혀 무관한 것인지도 모릅니다. 하지만, 그 설명과 너무나 꼭 들어맞아서……."

터펜스는 옆에 있는 스프롯 부인이 부들부들 떨고 있다고 느꼈지만, 자기는 차분하고 서두르지 않으려고 몹시 애썼다. 그녀는 이런 사람들의 성격을 잘 알고 있었다. 소란스럽고, 사람을 정신없게 만들며, 자신감을 잃게 할 뿐만 아니라, 핵심에 곧장 다다를 수도 없고, 게다가 만일 서두른다면 일을 더욱 그르치게 될 성질의 사건이었다.

그녀가 말했다.

"제발 말씀해 주세요."

"그게 그러니까……, 내 이름은 로빈스, 그러니까 에드워드 로빈스라고 합니다."

"예, 로빈스 씨."

"나는 언스 클리프 가(街)의 화이트웨이스에 살고 있지요. 신시가지 위에 지은 새집 중 하나입니다만, 가장 경제적이고, 정말 온갖 편의 시설을 다 갖춘 데다 바로 그 아래 눈앞으로는 아름다운 경치가 펼쳐져 있죠."

블레츨리 소령이 막 화를 내려고 하는 것을 얼핏 본 터펜스가 그를 진정시키며 말했다.

"그래, 당신은 우리가 찾는 꼬마 여자애를 보셨나요?"

"예 틀림없이 그런 것 같군요. 외국인 같은 여자하고 함께 가는 여자애를 말씀하셨지요? 틀림없이 내가 그 여자를 보았지요. 물론 요즈음에는 우리 모두가 '제5열'에서 암약하는 스파이들을 경계하고 있습니다. 안 그렇습니까? 소위 그들이 말하는 빈틈없는 경계죠. 그리고 나는 항상 그렇게 하려고 노력했습니다. 그 결과 내가 말한 대로 그 여자를 본 겁니다.

내 생각으로는 간호사거나 하녀가 아닌가 싶었는데, 많은 스파이들이 그런 신분으로 영국에 건너오거든요. 그리고 그 여자는 아주 이상하게 생겼더군요. 언덕 위로 걸어 올라가더니만 계속 내리막길로 내려가더군요. 여자애하고 말이죠. 그 여자애는 지친 듯 약간 뒤떨어져 꾸물거리더군요. 그리고 7시 30분경이었나……, 글쎄요, 그 시간엔 대개의 아이들이 잠자러 가는데……. 그래서 난 그 여자를 아주 세심하게 관찰했죠. 그러니까, 그 여자가 허둥거리는 것 같았어요. 그녀는 뒤에 처진 어린애를 이끌고 길가로 서둘러 가더니, 나중에는 그 애를 안아 들고 그 길을 벗어나서 절벽 위로 데리고 가더군요.

짐작하시겠지만, 나는 그 점이 아주 이상하게 생각되었어요. 왜냐하면, 그곳에는 집이라고는 전혀 없거든요. 아무것도 없어요. 화이트해븐 항구에 도착하기 전에는 일절 없어요. 약 5마일 정도에 걸친 내리막길에는 말이죠. 도보 여행자에게는 안성맞춤의 행로죠. 하지만, 나는 그 상황이 아주 어색하게 느껴지더군요. 아마 그 여자가 신호를 보내러 가는 게 아닌가 하는 의심도 해보았어요. 적의 활동사항에 관해 그 정도의 예비지식은 있으니까요. 게다가, 그녀는 내가 쳐다보는 것을 의식했는지 불안해하는 기색이 역력했죠."

헤이독은 차에 탄 뒤 시동을 걸며 말했다.

"언스 클리프 가라고 했죠? 마을 반대편에 있는 곳이 맞습니까?"

"예, 산책길을 따라가다가 구시가지를 지나서 올라가시면 됩니다."

나머지 사람들은 로빈스의 말을 더 이상 들어보지도 않고 차 안으로 뛰어들었다.

터펜스가 소리 질렀다.

"감사합니다, 로빈스 씨."

그리고 그들은 입을 벌린 채 멍하니 바라보는 그 사람을 뒤에 두고 차를 몰았다. 그들은 운전 솜씨보다는 요행수에 떠맡긴 채 간신히 교통사고를 피하면서 시내를 맹렬한 속도로 질주했다.

마침내 그들은 가스 공장이 인접해 있고, 여기저기 건물 공사가 벌어지고 있어 땅이 고르지 못하고 험한 지역에 도착했다. 여러 갈래의 작은 길들을 따라 죽 올라가면 내리막길에 다다르는데, 언덕에 이르는 짧은 길이 갑자기 끊겨 있었다. 이 길 중 세 번째가 언스 클리프 가였다.

헤이독은 날쌔게 그 길로 방향을 틀어서 차를 몰고 올라갔다. 이윽고 그 길은 벌거벗은 산허리 지점에서부터 폭이 좁아져, 꼭대기까지는 오솔길이 구불구불하게 이어져 있었다.

"여기서부터는 내려서 걸어가는 편이 낫겠어." 블레츨리가 말했다.

헤이독은 그럴 것까지 있겠느냐는 듯이 말했다.

"차가 거의 꼭대기까지 올라갈 수 있을 텐데. 이만하면 땅바닥도 꽤 굳은 편이군. 약간 울퉁불퉁하긴 하지만, 해낼 수 있을 겁니다."

스프롯 부인이 외쳤다.

"오, 예, 제발 제발……. 빨리 서둘러야 해요."

헤이독은 혼잣말로 중얼거렸다.

"부디 우리가 제대로 길을 찾아가길 빌 뿐입니다. 그 작고 보잘것없는 사내가 정말로 어린애와 함께 가는 여자를 본 거라면 좋을 텐데."

차가 울퉁불퉁한 길을 애써 올라가는 동안 불안하게 덜덜덜 소리가 났다. 경사가 심했지만 짧은 잔디가 탄력이 있었다. 그들은 언덕 꼭대기까지 무사히 도착했다. 그 위에서는 저 멀리 화이트해븐 만의 꺾어진 곳까지 거치적거리는 것 없이 한눈에 아주 잘 보였다.

블레츨리가 말했다.

"꽤 그럴 듯한 생각이군. 그 여자는 필요하다면 이 위에서 하룻밤을 지낸 다음, 내일 아침 화이트해븐 만에 들러 거기서 열차를 잡아타려 했을 거야."

헤이독이 말했다.

"아무리 살펴봐도 그들이 지나간 흔적은 없군."

그는 치밀한 계획에 따라 가져온 쌍안경으로 주위를 살피고 있었다. 갑자기 그의 얼굴은 움직이는 작은 두 개의 점에 초점을 맞추는 순간 굳어졌다.

"맹세코 그들이 틀림없어……."

그는 다시 운전석에 앉아서 자동차를 마구 몰고 나갔다. 이제 조금만 더 추적하면 되었다. 공중으로 치솟는가 하면 좌우로 몹시 흔들거리면서, 차에 탄 사람들은 맹렬히 그 작은 두 점을 향해 질주해 나아갔다. 그들은 이제 육안으로도 뚜렷이 알아볼 수 있었다. 키 큰 어른과 작은 꼬마.

점점 가까이 갈수록, 아이와 손을 잡고 가는 여자의 모습이 분명히 드러났다. 좀더 접근하자, 그래, 녹색 체크무늬 옷을 입은 꼬마, 베티가 틀림없었다.

스프롯 부인은 질식한 듯한 목소리로 외쳤다.

"부인, 이제 안심하십시오"

블레츨리 소령이 그녀를 부드럽게 토닥거려 주며 말했다.

"이젠 찾았어요."

그들은 계속해서 따라갔다.

그 여자가 갑자기 뒤돌아보더니, 차가 자기 쪽으로 돌진해 오는 것을 알았다. 그녀는 외마디 비명과 함께 아이를 팔에 안고 뛰기 시작했다.

그러나 그녀는 곧장 앞으로 달리는 것이 아니라, 옆으로 벗어나 낭떠러지 쪽으로 뛰어가는 것이었다.

몇 야드쯤 갔으나 자동차로는 더 이상 뒤쫓아 갈 수가 없었다. 땅바닥이 너무 울퉁불퉁한 데다 커다란 자갈이 널려 있어 계속해서 나아갈 수가 없었다.

차가 멈춰 서자 탑승자들은 구르다시피 뛰쳐나왔다.

스프롯 부인이 맨 먼저 나와서 도망치는 여자를 맹렬히 쫓아갔다. 그리고 다른 사람들도 그녀 뒤를 바짝 뒤쫓았다.

그들과 20야드 이내로 거리가 좁혀지자, 그 여자는 막다른 곳에 몰리게 되었다. 그녀는 이제 낭떠러지 맨 끝에 서 있었다. 귀에 거슬리는 괴성을 질러대면서 그녀는 그 아이를 꼭 껴안았다.

헤이독이 소리쳤다.

"맙소사, 아이를 낭떠러지 밑으로 내던질 참이군……."

그 여자는 베티를 꼭 껴안은 채 꼼짝 않고 서 있었다. 그녀의 얼굴은 극도의 증오심으로 인해 몹시 일그러졌다. 그녀는 쉰 목소리로 아무도 알아듣지 못할 말을 한참 늘어놓았다. 그리고 여전히 아이를 붙든 채 가끔씩 저 아래쪽을 쳐다보았다. 그녀가 서 있는 곳에서 낭떠러지 끝까지는 1야드(약 0.9m)도 되지 않았다.

그녀가 아이를 낭떠러지 밑으로 집어던지려고 위협하는 것이 분명했다.

그들은 모두 돌발적인 참사가 벌어질까 두려워서 옴짝달싹도 못 한 채 멍하니 놀란 표정으로 그 자리에 서 있었다.

헤이독이 주머니에서 군용 연발 권총을 꺼내 들었다. 그가 외쳤다.

"그 어린애를 놓아 주시오. 그러지 않으면 쏘겠소"

그 외국 여자가 웃었다. 그러고는 자기 가슴 쪽으로 아이를 더욱 꼭 껴안았다. 그 두 사람은 마치 하나처럼 뭉뚱그려져 있었다.

헤이독이 중얼거렸다.

"이거 쏠 수가 없군. 아이가 맞을지도 몰라."

토미가 말했다.

"저 여자는 미쳤어. 갑자기 아이와 함께 뛰어내릴지도 몰라."

헤이독은 다시 한 번 힘없이 말했다.

"쏠 수가 없어……."

그러나 그 순간 찢어지는 듯한 총성이 울렸다.

그 여자는 비틀거리다가 쓰러졌고, 아이는 여전히 그녀의 팔에 안겨 있었다. 남자들이 달려나갔다.

하얀 연기가 피어오르는 권총을 손에 쥔 스프롯 부인은 눈을 부릅뜬 채 비틀거리며 서 있었다. 그녀는 꼿꼿이 몇 발걸음 앞으로 걸어갔다.

토미가 무릎을 꿇고 그들을 조심스럽게 돌려 눕혔다. 그는 여자의 얼굴을 보았다—감상이라도 하듯이 그녀의 묘한 야성적인 아름다움을 찾아보았다.

그 여자는 눈을 뜨고 그를 잠깐 쳐다보다가 도로 눈감아 버렸다. 그러고는 가볍게 한숨을 내쉬더니, 이마를 관통당한 그 여자는 곧 숨을 거두었다.

천만다행히도 조금도 다치지 않은 꼬마 베티 스프롯은 꿈틀거리며 빠져나오더니 조각처럼 뻣뻣이 서 있는 엄마 품을 향해 달려갔다.

마침내 스프롯 부인은 축 늘어졌다. 권총을 집어던진 그녀는 무릎을 꿇고 앉아서 어린애를 가슴에 꼭 껴안았다. 그녀는 울부짖었다.

"무사했구나, 무사했어. 어디 보자, 베티야……, 베티."

그러고는 낮고 겁에 질린 음성으로 내뱉었다.

"내가, 내가, 그 여자를 죽였나요?"

터펜스가 단호히 말했다.

"더 이상 그 일은 생각하지 마세요. 그 일은 잊어버려요. 베티만 생각해요. 오직 베티만을 생각하세요."

스프롯 부인은 눈물을 흘리며 아이를 더욱 꼭 껴안았다.

터펜스는 쓰러진 여자 곁에 서 있는 남자들에게 다가갔다.

헤이독이 중얼거리듯 말했다.

"정말 기적이야. 나라도 그렇게 정확히 총을 쏘지는 못했을 걸세. 저 여자가 총을 다뤄 본 경험이 있을 리는 없잖아. 이건 순전히 본능이야. 기적이라고."

터펜스가 외쳤다.

"하나님, 감사합니다! 이건 기적이나 다름없어요!"

그리고 그녀는 저 아래 바다 밑으로 이르는 깎아지른 듯한 벼랑을 내려다보며 치를 떨었다.

제8장

1

　며칠 뒤에 블렌켄숍 부인과 메도우스는 서로 만나서 주목할 만한 점들을 비교해 볼 수 있었다.

　그러기까지 몹시 분주한 나날을 보냈다. 그 죽은 여자는 전쟁이 터지자마자 영국에 입국한 폴란드 망명객으로서, 반다 폴론스카라는 이름이 확인되었다. 그녀에 대해서는 알려진 바가 거의 없었지만, 그녀가 익명의 단체로부터 일정한 금액을 받은 것이 확인됨으로써 적성 간첩이거나 혹은 그 사주를 받았을 가능성을 짙게 암시해 주었다.

　"그렇다면 여느 때처럼 막다른 벽에 부딪힌 셈이군."

　토미가 우울하게 말했다.

　터펜스도 고개를 끄덕였다.

　"그래요, 그들은 시작과 끝을 완전히 봉해 버렸어요. 서류도 없고, 그녀와 접선했던 인물에 관해 단서를 제공할 만한 아무런 것도 없어요."

　"너무 빈틈없군." 토미가 말했다.

　"터펜스, 당신도 느끼겠지만 사건의 양상이 영 꺼림칙해."

　터펜스도 동의했다. 사실 최근의 뉴스는 실망만을 안겨 주고 있다. 프랑스 군대는 퇴각 중이었고, 전세가 역전되리라는 기대도 어려워졌다. 벨기에와의 접경 지역인 뎅케르크 항구로부터 철수가 진행 중이라 했다. 파리가 함락되는 것은 시간문제임이 명백했다. 독일의 막강한 기계화 부대에 저항할 만한 장비와 보급품이 부족하다는 사실을 알고 일반 시민들은 낙심했다.

　토미가 말했다.

　"우리가 평소처럼 멍청하고 우둔해서 그럴까? 아니면, 배후에 교묘한 술책이 있어서일까?"

"내 생각에는 후자예요. 하지만, 결코 입증할 수는 없을 거예요."

"맞아, 우리의 적은 그런 점에서 말할 수 없이 영리해."

"지금 우린 많은 배신자들을 샅샅이 조사 중이에요."

"오, 그래, 혐의가 명백한 자들을 잡아들이고 있기는 하지만, 그 뒤에 있는 거물급엔 접근하지도 못하는 게 틀림없어. 참모진이나 조직, 그리고 전체적으로 빈틈없이 짜인 계획—그 계획은 꾸물거리는 습관이나 사소한 내분, 그리고 목표를 눈앞에 두고 우유부단하게 구는 우리의 허점을 이용하는 거야."

터펜스가 말했다.

"우리가 여기에 있는 이유도 바로 그거예요. 그런데 우린 만족스러운 결과를 얻지 못했어요."

"어느 정도의 성과는 이룬 셈이지."

토미가 그녀에게 상기시켰다.

"칼 폰 다이님과 반다 폴론스카. 맞아요, 그 조무래기들."

"당신은 그들이 함께 음모를 꾸몄다고 생각해?"

"틀림없이 그럴 거예요." 터펜스는 신중하게 생각한 뒤 말했다.

"생각해 봐요. 나는 그들이 이야기를 나누는 장면을 목격했거든요."

"그렇다면 칼 폰 다이님이 유괴 사건을 꾸민 게 틀림없군."

"나도 그렇게 보고 있어요."

"하지만, 왜? 이유가 뭐지?"

"모르겠어요." 터펜스가 말했다.

"바로 그 점에 대해 나도 심사숙고를 거듭하고 있어요. 도무지 이해가 가질 않는다고요."

"왜 특히 그 아이를 유괴했을까? 스프롯이 누구길래? 그들은 부자가 아니야. 따라서 몸값도 아니야. 그들이 둘 다 정부에 어떤 자격으로 고용된 것도 아니야."

"알아요, 토미. 전혀 이치에 닿지 않는 일이에요."

"스프롯 부인이 어디 깊이는 데라도 없을까?"

"그 여자는 암탉보다도 머리가 나빠요."

터펜스가 조소하듯이 비아냥거렸다.

"그녀는 전혀 생각을 하지 않아요. 단지 한다는 소리가 그건 몹쓸 독일인들이나 하는 짓이라는 거예요."

"바보 같으니." 토미가 말했다.

"독일놈들은 실리적이야. 그들이 어린애를 유괴하려고 스파이를 보냈을 때는 분명히 이유가 있을 거야."

"나도 같은 생각이에요." 터펜스가 말했다.

"스프롯 부인이 조금만 생각해 봐도 그 이유를 알 수 있을 텐데. 틀림없이 뭔가가 있어. 정확히는 모른다 해도 그녀가 우연히 얻게 된 일말의 정보 가운데에서 알아낼 수도 있어."

"아무 말 하지 마라. 지시를 기다려라."

토미는 스프롯 부인의 침실 바닥에서 발견된 쪽지의 내용을 되뇌어 보았다.

"제기랄, 여기에 뭔가 뜻이 있을 텐데."

"예, 그래요, 틀림없어요. 내가 생각할 수 있는 것은, 스프롯 부인이나 그 남편이 누군가로부터 뭔가 맡아 달라는 부탁을 받았을 거라는 것밖에는 없어요. 아마 그 부부는 너무 평범한 사람들이라 아무도 그 사실을 의심하지 않을 거라는 생각으로 그것을 맡겼겠죠―그것이 무엇인진 모르지만."

"그것도 일리가 있는 생각이군."

"그래요. 하지만, 정말 스파이 이야기 같아요. 좀 현실성이 없어 보이거든요."

"스프롯 부인한테 머리 좀 짜내 보라고 부탁이라도 해봤어?"

"물론 그랬죠. 문제는 그녀가 도대체 관심이 없다는 거예요. 그녀는 온통 베티를 도로 찾았다는 사실에만 신경 쓰거든요. 그러고는 사람을 쏘았다는 사실 때문에 히스테리를 일으켜요."

'여자란 우스운 존재로군.' 토미는 속으로 생각했다.

"한 여자가 자기 딸이 유괴당했다는 소리를 듣고 복수심에 분을 이기지 못해 뛰쳐나간다. 그녀는 자기 어린애를 되찾기 위해서라면 눈썹 하나 까딱 않고 냉혹하게 1개 연대 병력이라도 쏘아 죽일 기세다. 그런 다음 요행이라고는 믿기 어려울 만큼 완벽한 솜씨로 유괴범을 쏘아 죽이고, 그 자리에 털썩 주저

앉아 운다. 그러고 나서는 그 사실에 대해 언급만 하면 신경질을 부리며 모든 것을 덮어 버린다."

"검시관도 그녀에게 아무런 하자가 없다고 하며 무죄라고 했어요."

터펜스가 덧붙였다.

"사실 그래. 하지만, 천만에, 내가 그녀의 처지였다면 감히 총 쏠 엄두도 내지 못했을 거야."

터펜스가 말했다.

"그녀가 그 상황을 좀더 절실하게 인식했더라면 그런 짓은 차마 못 했을 거예요. 그녀는 사격이 얼마나 어려운지를 전혀 몰랐기 때문에 딸아이를 구해냈던 거예요."

토미는 고개를 끄덕였다.

"꼭 성경에 나오는 이야기 같군. 다윗과 골리앗 같은 양상이야."

그가 말했다.

"오!" 터펜스가 외쳤다.

"어때, 옛날 수법 같지 않아?"

"잘 모르겠어요. 당신이 말한 순간 뭔가가 머릿속을 불현듯 스쳤는데, 그만 다시 사라졌어요!"

"매우 편리한 답변이군." 토미가 비아냥거렸다.

"비꼬지 마세요. 가끔 있을 수 있는 일이에요."

"모험 걸고 활을 쏜 윌리엄 텔, 그 얘기 말이야?"

"아니, 그게 아니에요. 잠깐만 기다려 봐요. 솔로몬 왕과 관계있는 것 같은데."

"히말라야 삼목과 사원들, 그리고 수많은 아내와 소실들?"

"잠깐만요." 터펜스는 손으로 귀를 막으면서 말했다.

"당신 때문에 생각이 더 안 떠올라요."

"유대인들?" 토미가 자못 기대되는 표정으로 물었다.

"이스라엘 종족 말이야?"

그러나 터펜스는 고개를 저었다.

잠시 뒤에 그녀가 말했다.

"그 여자를 보고 연상되는 사람이 누군지만 알았으면 좋겠는데."

"죽은 반다 폴론스카 말이야?"

"그래요, 그녀를 처음 본 순간 희미하나마 어디서 본 것 같은 느낌이 들었어요."

"어디 다른 곳에서 그녀를 만났다는 거야?"

"아뇨, 확신은 할 수 없어요."

"피레나 부인과 실라는 서로 완전히 다른 타입이지."

"아, 예, 그들은 그래요. 토미, 당신도 그 두 사람을 생각하는 거죠? 나도 지금 그 생각을 하고 있어요."

"무슨 특기할 만한 거라도 있나?"

"꼭 그렇지는 않아요. 그 종이쪽지에 관한 건데, 베티가 유괴당했을 때 스프롯 부인이 방바닥에서 발견했다는 쪽지 있잖아요."

"그런데?"

"그 쪽지를 돌에 싸서 창문을 통해 던졌다는 말은 다 거짓말이에요. 누군가가 거기에 갖다 놓았어요. 스프롯 부인이 발견하기 쉽게 말이에요. 그리고 그 사람은 피레나 부인이라고 생각했어요."

"피레나 부인, 칼, 반다 폴론스카—모두 함께 공모를 했군."

"맞아요. 당신은 어떻게 해서 바로 그 아슬아슬한 순간에 피레나 부인이 들어와서 사건을 해결 지었는지 눈치챘어요?—그것도 경찰에 알리지 않고. 그녀가 사건 전체를 지휘한 게 틀림없어요."

"그래서 당신은 그녀를 여전히 M으로 꼽는 거야?"

"왜요? 당신 생각에는 그녀가 아닌가요?"

"나도 그렇게 생각해." 토미가 천천히 말했다.

"토미, 그런데 당신, 다른 생각을 하는 거죠?"

"아마 아주 쓸데없는 생각일지도 몰라."

"말해 보세요."

"아냐, 말하지 않는 편이 나아. 할 말 없어. 아무것도 아냐. 하지만, 만일 내가 옳다면, 우리가 맞서고 있는 자는 M이 아니라 N이야."

그는 생각에 몰두했다.

"블레츨리. 그는 전혀 나무랄 데가 없는 것 같아. 왜 그가 그렇게 하지 않았을까? 그는 정말 솔직한 타입이야. 너무 솔직하지. 그리고 결국 경찰에 전화로 연락하려 한 사람도 그였어. 맞아. 하지만, 애 엄마가 그 생각은 도저히 용납할 수 없으리라는 것을 그도 확실히 알고 있었을 텐데. 협박 편지를 보면 누구나 그걸 알 수 있어. 그는 정반대의 생각을 고집할 소지도 충분히 있는 사람인데……"

그러고는 다시 아직 실마리조차 찾지 못한, 그 골치 아프고 복잡한 문제를 떠올렸다.

왜 베티 스프롯을 유괴했을까?

2

상 수시 여관 밖에 경찰차가 한 대 서 있었다.

터펜스는 생각에 골똘한 나머지 미처 그 사실을 눈치채지 못했다. 차도로 들어선 그녀는 현관을 통해 2층의 자기 방으로 곧장 올라갔다.

그녀가 문을 여는 순간, 키가 큰 사람이 창문 쪽에서 홱 돌아서는 바람에 깜짝 놀라 문간에서 멈칫했다.

"어머나! 실라?" 터펜스가 물었다.

그 여자는 곧장 문쪽으로 다가왔다.

터펜스는 더욱 또렷이 그녀를 볼 수 있었다. 창백하고 수심에 가득 찬 얼굴에도 그녀의 쑥 들어간 눈은 빛나고 있었다.

실라가 말했다.

"부인이 오셔서 기뻐요. 부인을 기다리고 있었어요."

"무슨 일이지?"

"그들이 칼을 체포했어요!"

실라의 목소리는 나직하고 전혀 감정의 동요가 없는 듯했다.

"경찰이?"

"예."

"오, 저런." 터펜스가 말했다.

그녀는 상황이 별로 좋지 않음을 느꼈다. 실라의 목소리는 조용했지만 터펜스는 그녀의 마음속에 자리 잡은 의도를 제대로 파악할 수 있었다. 그들이 같은 공모자든지 아니든지 간에, 이 여자는 칼 폰 다이님을 사랑하고 있으며, 터펜스는 이 비극적인 처녀에 대한 동정심으로 가슴이 아파져 옴을 느꼈다.

실라가 말했다.

"이제 어쩌면 좋죠?"

버림받은 여자의 소박한 이 물음에 터펜스는 움찔했다.

그녀는 힘없이 말했다.

"원, 세상에, 이런 일이 다 있나."

실라의 목소리는 구슬픈 하프 소리처럼 울려 왔다.

"그들이 그를 빼앗아갔어요. 다시는 그를 못 볼지도 몰라요."

그녀는 절규했다.

"어쩌면 좋아요? 어떻게 해야 하죠?"

그리고 침대 옆에 무릎을 꿇고 엎드려서 실컷 울었다.

터펜스는 그녀의 검은 머리칼을 쓰다듬었다. 그녀는 곧 희미한 목소리로 속삭였다.

"그건, 사실이 아닐 거예요. 아마 그들은 단지 그를 구속만 할 거예요. 아가씨도 알다시피 그는 적대국 사람일 뿐이에요."

"그들은 그렇게 말하지 않았어요. 그들은 지금 그의 방을 조사하고 있어요."

터펜스는 천천히 말했다.

"글쎄 모르지, 그들이 아무것도 발견하지 못한다면야……."

"물론 아무것도 발견하지 못할 거예요! 그들이 무엇을 찾아내겠어요?"

"나는 몰라. 그렇지만, 적어도 아가씨는 알고 있을 거라고 생각했는데……."

"제가요?"

그녀의 경멸과 놀라운 표정은 너무도 그럴 듯해서 거짓말 같지 않았다. 실라 피레나가 이 사건과 관련이 있을 거라는 터펜스의 의혹은 이 순간 깨끗이 사라졌다. 이 여자는 아무것도 모르고 있고, 전에도 아는 바가 전혀 없었던 게 분명했다.

터펜스가 말했다.

"만일, 그가 무죄라면……."

실라가 말 중간에 끼어들었다.

"무엇이 문제 될까요? 경찰은 그에게 불리한 진술을 할 거예요."

터펜스가 날카로운 어조로 말했다.

"말도 안 돼요, 아가씨. 그건 그렇지 않아."

"영국 경찰은 무슨 짓이든지 할 거예요. 우리 어머니가 늘 그렇게 말했어요."

"어머니는 그러실지도 모르지, 하지만, 그렇진 않아요. 내 확신하지만, 그렇지 않을 거예요."

실라는 의아해하는 눈초리로 그녀를 한참 동안 쳐다보았다. 그러고는 말했다.

"그렇게까지 말씀하신다면 할 수 없죠. 부인을 믿겠어요."

터펜스는 몹시 불안했다. 그녀는 분명히 말했다.

"실라, 사람을 너무 지나치게 믿지 마세요. 칼을 믿는 것은 현명하지 못한 일인지도 몰라."

"부인도 역시 그에게 반감을 갖고 계신가요? 저는 부인이 그를 좋아할 거라고 생각했는데. 그도 역시 그렇게 생각하고 있어요."

감동하기 쉬운 젊은이들은 다른 사람이 자신을 좋아하고 있다고 쉽게 믿어 버리는 법이다. 그리고 그것은 사실이기도 했다. 그녀가 칼을 좋아했다는 것, 그녀가 정말로 그를 좋아한다는 것.

그녀는 다소 피곤한 듯이 말했다.

"들어봐요, 실라. 좋아하든 안 좋아하든 간에 그 사실과는 아무 관련이 없어. 이 나라와 독일은 지금 전쟁 중이에요. 조국을 위해 봉사하는 방법에는 여러 가지가 있지. 그중 한 가지를 든다면 정보를 빼내는 거예요. 그리고 지시에 따라서 행동하는 거지. 그렇게 하는 것은 용감한 일이에요. 왜냐하면 붙잡히게 된다면 그건……."

그녀는 잠시 말을 끌었다.

"끝장이기 때문이에요."

실라가 말했다.

"혹시 칼을 의심이라도……."

"그런 식으로 자기 조국을 위해 일을 하는지도 모르잖아요? 그건 가능성 있는 일이 아닐까?"

"아니에요." 실라가 잘라 말했다

"아가씨는 믿지 않을지도 모르지만, 망명객으로 여기에 피신해 와서는, 열렬한 반나치주의자처럼 행동을 하면서 정보를 수집하는 것이 그의 본심일지도 몰라요."

실라가 조용히 말했다.

"그렇지 않아요. 저는 칼을 알아요. 그의 마음과 생각을 다 알아요. 그는 과학을 무척 사랑해요. 그의 연구, 진리와 그 연구에 관련된 지식을 사랑하는 거예요. 그는 여기에서 일하게 해준 영국에 대해 감사한 마음을 갖고 있어요. 때때로 사람들이 무자비한 이야기를 할 때, 그는 독일인이란 사실에 대해 괴로워해요. 하지만, 그는 항상 나치와 그들이 주장하는 것, 자유의 탄압을 증오해요."

터펜스가 말했다.

"물론 그는 그렇게 말하겠지."

실라는 비난하는 듯한 눈초리로 그녀를 노려보았다.

"그렇다면, 그가 스파이라고 믿고 있나요?"

"그럴 가능성이……." 터펜스가 머뭇거렸다.

"있을 수 있다는 것뿐이야."

실라는 문쪽으로 걸어갔다.

"알겠어요. 우리에게 도움을 줄까 싶어 부인을 찾아온 게 실수로군요."

"아가씨, 내가 무슨 일을 할 수 있다고 생각했나요?"

"부인은 발이 넓어요. 부인의 아드님들은 육군에도 해군에도 있고 또, 그분들이 영향력 있는 사람들을 알고 있다고 말씀하시는 걸 여러 번 들었어요. 저는 혹시나 부인이 그들에게 부탁해서 뭔가 도와줄 수 있을 거라고 기대했는데, 틀렸나요?"

터펜스는 더글러스, 레이먼드, 그리고 시릴—이 가공의 인물들을 생각해 보았다.

"유감스럽게도 그 애들은 아무 일도 해줄 수 없을 거예요." 그녀가 말했다.

실라는 고개를 번쩍 쳐들었다. 그리고 격정적으로 말했다.

"그렇다면, 우리에게는 희망이 없어요. 경찰은 그를 끌어내다가 입을 틀어막은 다음, 어느 날 이른 아침 벽에 세워 놓고 총살시켜 버릴 거예요. 그리고 그걸로 모든 게 끝나겠죠."

그녀는 문을 닫고 나가 버렸다.

"오, 이런 못난 아일랜드 여자!"

터펜스는 감정이 얽히고설켜 화가 난 듯 생각에 잠겼다.

"왜 내가 처한 상황을 파악하기도 전에, 무슨 엄청난 힘이 일을 이다지도 꼬이게 하는 걸까? 만일 칼 폰 다이님이 스파이라면 총살당하는 건 당연하겠지. 그 처녀가 아일랜드 말투로 나를 현혹시켜, 이것이 한 영웅과 순교자 간의 비극이라는 생각을 하지 못하도록 하기 위해서는, 그녀에게 칼의 유죄를 끝까지 인식시켜야 하겠어!"

그녀는 '바다로 간 기수(騎手)'란 연극에서 한 유명한 여배우가 외쳤던 대사의 어조를 생각했다.

"그들이 편안히 쉬기에는 더할 나위 없이 조용한 시간이군……."

그 일이 꽤 마음에 걸리는데……, 이런 감상에 휩싸이다니…….

그녀는 생각했다.

"만일 그게 사실이 아니라면. 오, 사실이 아니라면……."

그러나 그녀가 해야 할 일을 안 이상 어떻게 머뭇거리고 있을 수 있단 말인가?

3

그 낚시꾼은 낡은 선창가 끝에서 낚싯줄을 드리우고 있었다. 그리고 조심스럽게 얼레를 감아 들였다.

"어찌되었든 의심할 여지가 없습니다. 유감스럽군요." 그가 말했다.

"당신도 알겠지만, 그 점에 대해선 죄송합니다. 그는……, 글쎄요, 아주 멋진 친굽니다." 토미가 말했다.

"이봐요, 그들은 늘 그렇습니다. 적지에 가겠다고 자처하는 자들은 결코 그 나라의 비겁자나 배신자가 아니에요. 그들은 용감한 자들이에요. 우리도 그 점을 충분히 알고 있지요. 하지만, 그것 보시오, 이번 사건으로 입증이 되었잖습니까?"

"그 사람이 틀림없다는 말인가요?"

"조금도 의심할 여지가 없어요. 그가 가진 화학 공식집 가운데에 파시스트 동조자들로서 그 공장에 접근했던 사람들의 명단이 있더군요. 또한, 아주 교묘한 사보타지 계획과 화학 비료에 첨가된 화학반응을 이용해 광범위한 식량 생산지를 황폐화시킬 계획까지 꾸며놓고 있었습니다. 칼이 있는 거리에선 그 모든 게 다 완벽하게 준비되어 있습니다."

토미는 마지못해, 터펜스가 은근히 저주하는 듯한 표정으로 그에게 당부했던 말을 꺼냈다.

"나는 그런 일로 해서 그를 스파이로 몰아세울 수는 없다고 보는데요?"

그랜트 씨가 웃었다. 마치 악마처럼 짓궂은 웃음이었다.

"틀림없이 부인의 생각이겠군요."

"글쎄, 어……, 예, 사실은 그렇습니다만."

"그는 매력적인 남성이긴 하죠."

그랜트 씨가 참을성 있게 말했다. 그리고 계속 말을 이었다.

"사실 그럴 순 없습니다. 난 우리 측이 그런 발상을 참작하리라고는 보지 않아요. 그는 암호용 잉크를 공급받아 왔거든요. 그건 아주 기막힌 연락 방법이죠. 전에도 그 방법을 사용했는지는 분명치 않습니다. 그것은 세면대나 뭐 그런 비슷한 데서 '필요하면 사용할 수 있는 액체'는 아니죠. 사실 그것은 아주 독창적인 거죠. 전에 딱 한 번 그 방법을 본 적이 있었는데, 아마 조끼 단추였을 겁니다. 아시겠지만, 그 물질에 적시는 거죠. 그것을 사용하고 싶을 때 단추를 물에 담그는 겁니다. 칼 폰 다이님의 조끼에는 단추가 없었어요. 그는 구두끈을 사용한 것입니다. 아주 감쪽같죠."

"아!"

뭔가가 토미의 머릿속을 뒤흔들어 놓았다. 희미하긴 하지만, 아주 막연히……

터펜스는 영리했다. 그가 그녀에게 그 이야기를 상세히 해주자마자 그녀는 눈에 띌 만한 사실을 알아냈다.

"구두끈이라고요? 토미, 이제 알아냈어요!"

"그게 뭔데?"

"베티, 왜 바보같이 그 생각을 못 했을까! 그 애가 내 방에 와서 구두끈을 풀어서 물속에 담그던 그 우스운 일 생각 안 나요? 난 그때 어린애가 그런 일을 할 생각을 다 하나 싶어 얼마나 우스워했는데요. 하지만, 그 애는 칼이 하는 행동을 보고 그대로 흉내 낸 걸 거예요. 그는 어린애한테 그런 흉내를 내지 말라는 말을 할 수가 없으니까 그 애를 유괴하기로 그 여자와 약속했던 거예요."

토미가 말했다.

"그렇다면 의심이 풀린 셈이군."

"예, 이렇게 밝혀지니 아주 후련한데요. 당신도 실험 좀 해봐요."

"그럴 필요가 있겠군."

터펜스는 고개를 끄덕였다.

참으로 우울한 세월이었다. 프랑스는 뜻하지 않게 갑자기 항복했다. 프랑스 국민은 혼란에 빠져 실망을 금치 못했다. 프랑스 해군의 운명은 전혀 장담할 수가 없었다.

현재 프랑스 해안은 완전히 독일군의 수중에 넘어갔고, 곧 영국에 대한 침공을 개시할 거라는 소문이 실현될 날도 그리 먼일만은 아닌 것 같았다.

토미가 말했다.

"칼 폰 다이님은 그 계통의 유일한 연락책이었어. 피레나 부인은 그 핵심인 셈이지."

"맞아요. 하지만, 쉽지는 않을 거예요."

"어려운 일이지. 결국 그녀가 사건 전체의 사령탑이라면, 그리 호락호락 넘어가리라고 기대할 수는 없을 거야."

"M이 바로 피레나 부인일까요?"

토미는 그녀가 틀림없다고 추측했다. 그는 천천히 말했다.

"당신은 정말로 그 처녀는 이 일과 전혀 관련이 없다고 생각해?"

"관련이 없다고 확신해요."

토미가 한숨을 쉬었다.

"물론 당신이 더 잘 알겠지. 하지만, 만일 사실이 그렇다면, 그녀로서는 억세게도 운이 없는 셈이군. 처음에는 사랑한 남자와 그다음엔 친엄마까지도. 그녀는 남아 있는 상당한 재산까지도 상속받지 못할 거야, 안 그래?"

"우리로서도 그 점은 어쩔 수 없어요."

"그렇지. 하지만, 만일 우리가 잘못 짚었다면, M이나 N이 그 밖의 다른 사람이라면?"

터펜스는 다소 냉정하게 말했다.

"당신 또 그 문제를 되풀이하는 거예요? 당신은 그런 확신이라도 가진 거예요?"

"무슨 뜻이지?"

"내 말뜻은요, 실라 피레나를 의심하느냐고요."

"터펜스, 당신 좀 어떻게 된 것 아냐?"

"아뇨, 그럴 리가 있을라고요. 토미, 실라 피레나는 다른 남자와 마찬가지로 당신에게도 사실을 용하게 얼버무리고 있어요."

토미는 화가 난 듯이 대답했다.

"천만에. 나도 나름대로 생각이 있어."

"뭔데요?"

"잠시 그들과 상대를 안 할 생각이야. 누가 옳았는지 알게 되겠지."

"글쎄요, 내 생각으로는 우리 모두가 피레나 부인한테 신경 써야 할 것 같은데요. 그녀가 어딜 갔으며 누구를 만났는지, 모든 것을 알아봐야 해요. 어딘가 연락선(連絡船)이 있는 게 틀림없어요. 오늘 오후에 그녀에게 앨버트를 붙이는 게 어때요."

　"당신이 하구려. 나는 바쁘니까."

　"왜요, 뭘 할 작정이죠?"

　토미가 말했다.

　"골프를 칠 거야."

제9장

1

"정말 까마득한 옛날 같군요. 안 그렇습니까, 부인?" 앨버트가 말했다.

그의 얼굴은 기쁨으로 환하게 빛나고 있었다. 이제 비록 중년의 나이에 접어들어 다소 뚱뚱해지긴 했지만, 앨버트는 자기들이 젊고 모험심이 왕성했던 시절, 토미와 터펜스와 처음으로 사귀게 되었을 당시의 낭만적인 소년의 열정을 그대로 간직하고 있었다.

"당신이 처음 나와 어떻게 만났는지 기억하세요?" 앨버트가 물었다.

"내가 일류 아파트에서 놋쇠장식을 닦고 있을 때였죠. 후후, 그때 그 홀에서 지긋지긋한 짐이나 나르던 짐꾼을 물론 기억하고 있으시겠죠? 그러던 어느 날 부인은 내게 와서 이상한 소리를 늘어놓았어요! 레디 리타라는 사기꾼에 관한 얘기였는데, 그건 몽땅 다 거짓말이었지요, 그중 일부만 빼고는. 그 뒤에, 부인이 하는 말에 대해서 나는 절대로 무슨 일을 하거나 망설이지 않았어요. 나는 그때 겪었던 그 끔찍한 모험에서 손을 뗀 뒤로 차분히 안정을 다져 나갔지요."

앨버트가 한숨을 쉬자, 터펜스는 당연히 그래야만 되겠다는 생각이 들어 앨버트 부인의 안부를 물었다.

"아, 아내는 잘 있어요. 하지만, 아내 말대로 웨일스 지방 사투리를 익히는 것에는 그다지 신경 쓰지 않아요. 아내는 사람들이 진짜 영어를 배워야 한다고 생각하고 있거든요. 그리고 공습에 관한 거라면, 그럼요, 이미 거기에 있는 동안 두 번씩이나 당했어요. 아내가 말하던데, 자동차 한 대를 집어넣을 수 있을 만한 커다란 구멍이 포화로 인해 땅바닥에 패였다는군요. 그렇다면, 안전 문제는 어떠냐고요? 아내 말로는 우울한 가로수를 쳐다볼 필요도 없고, 병 속에 든 신선하고 깨끗한 우유를 마시려면 켄징턴 시(市)에 가 있는 것이 낫다고 하던데요."

터펜스가 갑자기 충격을 받은 듯이 말했다.

"모르겠어……, 앨버트, 당신을 이 일에 참여시켜도 될는지."

"부인, 그런 소리 하지 마세요." 앨버트가 말했다.

"나는 이런 일에 끼어들려고 시도도 안 해보았고, 그들도 너무 거만해서 나 같은 건 쳐다보지도 않을 겁니다. 그들은 내 나이 또래한테는 별도의 지시가 있을 때까지 기다리라고만 말하죠. 나같이 혈기왕성한 사람은 매우 열성적으로 다 쓰러져 가는 독일놈들쯤은 골탕먹일 수도 있는데—이 말투는 용서하세요. 나에게 그들을 어떻게 훼방 놓으며, 그들의 계획을 망칠 수 있는지만 일러 주세요. 그 일로 여기에 온 거니까요. '제5열'—그게 바로 우리가 경계하고 대항해야 하는 것이라고 신문에서 그러더군요—비록 나머지 4열에서는 무슨 일을 벌이고 있는지 언급은 하지 않았지만. 어쨌든 분명히 말씀드리는데요, 나는 부인과 베레즈포드 씨를 위해 원한다면 무슨 방법으로든지 지원해 줄 준비가 되어 있어요."

"좋아, 그럼 당신이 해야 할 일을 얘기해 주지."

2

"블레츨리를 어떻게 그렇게 잘 아시죠?"

토미는 굴러가는 공을 만족한 듯이 바라보며 물었다.

멋진 드라이브를 쳐낸 헤이독은 만면에 기쁜 표정을 지으며 골프채를 어깨에 멘 채 대답했다.

"블레츨리요? 가만있자. 아! 약 9개월쯤 되었지요. 그가 작년 가을에 여기에 왔으니까."

"아주 절친한 친구라고 당신이 말하는 걸 들은 것 같은데요?"

토미는 거짓말을 꾸며댔다.

"내가 그랬던가요?" 헤이독은 약간 놀란 표정으로 쳐다보았다.

"아닐걸요. 그런 말을 한 기억이 없는데. 내가 그를 만난 곳은 여기 클럽에서인 것 같은데."

"약간 신비에 싸인 인물이라는 생각이 안 드나요?"

이번에는 헤이독의 놀라는 기색이 역력했다.

"신비스러운 사나이라? 그 늙은 블레츨리가?"

그는 믿을 수 없다는 듯 솔직히 말했다.

토미는 몰래 한숨을 내쉬었다. 그는 헤이독이 뭔가 생각에 잠겨 있는 거라고 짐작했다. 그는 다음 샷을 때렸다.

공이 높이 올라갔다. 헤이독은 공이 그린에 조금 못 미쳐 떨어질 만큼 멋진 아이언 샷을 때렸다. 그는 다시 공을 치려다 말고 말했다.

"도대체 당신은 무슨 이유로 블레츨리를 신비에 싸인 남자라고 말하는 거요? 나는 그 사람이야말로 지독하게 재미없는 사내라고 생각하는데. 전형적인 군인 타입이죠. 생각하는 거나 모든 면에서 틀에 박힌 게 군대라는 편협한 생활 때문에 그렇겠죠. 그런데 신비롭다니!"

토미가 모호한 말로 얼버무렸다.

"아, 글쎄요, 누군가가 말하는 것을 듣고 그런 생각을 하게 되었죠."

그들은 퍼팅을 하러 내려갔다. 헤이독이 공을 홀 안에 밀어 넣었다. 그는 대단히 만족스러워했다.

그때, 시합의 승패에는 전혀 개의치 않고 있던 토미가 바라던 대로, 다시 처음 시작했던 얘기로 되돌아갔다.

"어떤 의미에서 신비롭다는 거죠?" 그가 물었다.

토미는 어깨를 으쓱했다.

"아, 단지 아무도 그에 대해서 자세히 모르고 있다는 거죠."

"그는 전에 럭비셔스에 있었어요."

"아, 당신, 정확히 알고나 하는 말인가요?"

"글쎄, 나도……, 아뇨, 실은 나도 잘 모릅니다. 당신 생각은 어떤가요? 블레츨리라면 뭐 이상한 점이 하나도 없잖아요?"

"아, 예, 물론이죠." 토미는 서둘러 대답했다.

그는 지엽적인 얘기로 이끌었다. 그는 이제 등을 기대고 느긋하게 앉아서 헤이독이 그 점에 대해 얼렁뚱땅 둘러대는 모습을 관망할 수가 있었다.

"아무리 생각해도 나로서는 그가 아주 어리석을 정도로 고리타분한 타입의 사람이라는 것밖에는 생각나는 것이 없군요." 헤이독이 말했다.

"바로 그겁니다. 바로 그거예요."

"아, 예. 당신이 무슨 뜻으로 말하는지 알겠군요. 너무 지나칠 정도로 전형적이다, 이 말씀인가요?"

'증인을 유도심문하는 것 같군.' 토미는 생각했다.

'아직은 그 낡아빠진 머릿속에서 뭔가 더 생각해낼 만한 게 있을 텐데.'

"예, 당신의 말뜻을 분명히 알았습니다."

헤이독은 생각에 잠긴 듯 계속 말했다.

"이제 생각나는 건데, 블레츨리가 여기 오기 전에 알고 지냈던 사람을 나는 한 명도 만나보지 못했어요. 그에게는 같이 지내는 옛 친구가 한 명도 없어요. 그런 사람은 있을 수가 없거든요."

"아!" 토미가 외쳤다. 그리고 덧붙여 말했다.

"기왕이면 승패에 상관없이 좀더 계속할까요? 운동을 더 해도 괜찮겠어요. 아주 기분 좋은 저녁입니다."

그들은 드라이브를 휘둘러 친 뒤, 다음 샷을 때리기 위해 각각 흩어졌다. 그들이 다시 그린에서 만났을 때 헤이독이 불쑥 말을 꺼냈다.

"당신이 그에 관해 들은 바를 말씀해 보시죠."

"아무것도 없어요. 전혀 없는데요."

"메도우스 씨, 나를 그렇게 경계할 필요는 없습니다. 나는 모든 소문을 다 듣거든요. 알고 계십니까? 모든 사람들이 다 나에게 물어오곤 하죠. 그런 문제라면 아주 정통하다고 소문이 나 있습니다. 블레츨리가 겉보기와는 다르다는 사실에 대해 어떻게 생각하나요?"

"그건 단지 추측일 따름입니다."

"사람들은 그가 어느 혈통이라고 하던가요? 훈족? 그건 말도 안 됩니다. 그 사람도 당신이나 나처럼 영국인이에요."

"아, 예, 확실히 그는 아주 정상이지요."

"글쎄요, 그는 늘 더 많은 외국인들을 검거해야 한다고 외쳐댔어요. 그가 젊

은 독일인에게 얼마나 난폭하게 굴었는지 보십시오. 그건 아주 당연한 것 같
아요. 이건 경찰서장에게 비공식석상에서 들은 얘기입니다만, 폰 다이님을 수
십 번씩이나 교수형에 처할 만한 혐의를 파악했다는 겁니다. 그는 영국 전체
의 식수에다 독약을 탈 계획을 갖고 있으며, 실제로 새로운 가스 실험을 진행
중이었답니다. 우리나라의 공장 한가운데에서 버젓이 그런 연구를 하고 있었
다고요. 맙소사, 우리 국민은 한 치 앞도 못 내다보니 원!

그 작자가 음모를 꾸밀 수 있도록 일정한 장소에 모셔두었다고 생각해 보
세요. 그의 말이라면 우리 정부는 무엇이든지 믿으려 했습니다! 웬 젊은이가
전쟁이 시작되기 전 이 나라에 와서, 핍박을 당했노라고 애처롭게 넋두리하기
만 하면 사람들은 그에게 아예 관심조차 두지 않고, 그로 하여금 우리의 모든
비밀을 낱낱이 조사하도록 허용해 준다니까요. 그들은 한이란 작자에 대해서
라도 똑같은 실수를 범했어요."

토미는 헤이독이 잘 패인 궤도를 질주하게 놔둘 수가 없었다. 그는 일부러
퍼팅을 실수했다.

"어려운 코스군." 헤이독이 외쳤다.

그는 조심스럽게 샷을 때렸다. 공이 홀 안으로 들어갔다.

"내가 이겼소. 당신은 오늘 게임이 좀 순조롭지 못하군요. 우리가 무슨 얘기
하다 그만뒀죠?"

토미가 단호하게 말했다.

"블레츨리가 지극히 정상적이라고 했었죠."

"물론이오, 물론입니다. 이제야 좀 의심나는 점이 있는데, 그에 관해 좀 우
스운 얘기를 들은 적이 있어요. 그 당시에는 별생각이 안 들었지만……."

이쯤에서 난처하게도 다른 두 남자가 그들에게 다가와 인사를 했다. 네 명
은 함께 클럽 회관으로 들어가서 술을 마셨다. 그러다가 헤이독은, 자기와 메
도우스가 재미있게 보냈다고 말하며 시계를 들여다보았다. 토미는 저녁식사에
와주지 않겠느냐는 헤이독의 말에 응했다.

스머글러스 레스트 저택은 늘 그랬듯이 아주 질서정연하게 정돈되어 있었
다. 키가 큰 중년의 하인이 아주 노련한 솜씨를 발휘하여 그들의 시중을 들었

다. 그런 완벽한 접대는 런던 시내의 레스토랑 외에서는 다소 접하기가 어려운 것이었다. 그 하인이 방을 떠나자 토미는 그에 대한 생각을 말했다.

"예, 애플도어를 만나게 된 건 아주 행운인 셈이지요."

"어떻게 그를 구하셨습니까?"

"광고를 냈더니 그것을 보고 왔더군요. 신용보증도 흠 잡을 데 없이 훌륭했고, 다른 지원자들보다 실력도 아주 뛰어난데다, 임금도 어처구니없이 소액만 요구하더군요. 그래서 당장 그 자리에서 채용해 버렸죠."

토미는 웃으면서 말했다.

"전쟁 때문에 훌륭한 레스토랑의 서비스를 대부분 받지 못하게 된 것은 분명해요. 실제로 훌륭한 웨이터들은 모두 외국인이었으니까요. 영국인들에게 그것이 잘 어울리지 않는 것은 당연한 것 같아요."

"좀 지나칠 정도로 비굴한 태도가 이유겠죠. 아무래도 굽실거리는 것은 영국산 불도그에게는 잘 어울릴 수가 없어요."

밖에 앉아 커피를 마시면서 토미는 점잖게 물었다.

"당신이 골프장에서 하려던 말이 뭐였죠? 좀 우스운 얘기라고 했는데, 블레슬리에 관한 게 아니었나요?"

"방금 저게 뭐지? 이봐요, 저거 봤소? 저기 해상에서 빛이 번쩍한 것 같았는데. 망원경을 가져와야겠군!"

토미는 또 한 번 한숨을 쉬었다.

운항 중인 별들마저도 그의 운명을 방해하는 것 같았다. 헤이독은 집 안으로 수선떨며 들어가더니 다시 망원경을 들고 나왔다. 그러더니 지평선을 죽 훑어보고는 적들이 해안가의 적당한 지점에서 신호로 연락하는 건지 살펴보았다. 그럴 만한 증거가 보이지 않는데도 그는 가까운 장래에 적의 침입이 성공할 거라는 우울한 상상에 빠졌다.

"조직력도 없고 적절한 대응책도 없어요. 메도우스, 당신은 지역 방위자원군입니다. 그게 뭔지 아실 겁니다. 보호를 받고 있는 늙은 앤드루스 같은 사람과 함께 있는 격이지요."

이곳은 진부한 지역이었다. 그게 헤이독이 늘 하는 불평거리였다. 그는 병사들을 통솔하는 위치에 있어야만 하며, 가능하다면 앤드루스 연대장을 정말로 내쫓을 결심을 하고 있었다.

헤이독이 계속해서 말하는 동안 하인이 위스키와 리큐르를 가지고 왔다.

"—우리는 여전히 스파이들 때문에 위태로운 지경에 빠져 있어요. 그들이 벌집 쑤셔놓듯 해놓았죠. 지난번 전쟁도 마찬가지였어요. 이발사나 웨이터들 때문에……."

애플도어가 민첩한 동작으로 두 신사를 거들고 있는 동안 토미는 등을 기댄 채 애플도어의 옆모습을 바라보며 생각했다.

"웨이터라고? 저 친구한테는 애플도어보다 프리츠라는 이름이 더 잘 어울리겠군……."

글쎄, 안 될 것도 없지 않은가? 그 친구는 정말 완벽한 영어를 구사했다. 그건 사실이었다. 그러나 그 당시에는 영어를 잘하는 독일인들이 꽤 있었다. 그들은 영국 레스토랑에서 수년간 영어를 완벽하게 익혔다. 그리고 인종적 차이도 별로 없었다. 금발에 푸른 눈(가끔 머리 모양이 표가 날 때가 있기는 했지만). 맞아, 그 머리 모양이다. 최근에 어디에서 그런 머리를 보았더라?

"이따위 서류들은 다 쓰나마나예요. 메도우스 씨, 전혀 쓸모가 없어요. 멍청한 질문들뿐이니까요."

그는 충동적으로 말을 내뱉었다. 그 말은 헤이독이 막 꺼낸 말과 우연히도 아주 꼭 들어맞았다.

"난 좋은 방법을 알죠. 예를 들자면, 당신의 이름은? 'N 또는 M으로 기재하시오.'"

실수가 벌어졌다. 와장창 하고 그릇 깨지는 소리가 났다. 완벽한 하인 애플도어가 허둥거렸다. 토미의 옷소매와 손은 박하가 든 리큐르가 흘러내리는 바람에 온통 젖어 버렸다.

그 남자는 말을 더듬었다.

"죄송합니다, 선생님."

헤이독은 몹시 화를 냈다.

"이런 바보 같으니, 그런 실수를! 도대체 일을 얼마나 그르친 줄 아나?"

늘 불그스름한 그의 얼굴은 화가 난 탓에 더욱 붉어졌다.

토미는 생각했다.

'육군 기질의 명령투에다, 해군 군악대의 북소리는 저리 가라군!'

헤이독은 계속해서 욕을 퍼부었다. 그러자 애플도어는 코가 땅에 닿도록 빌었다.

토미가 그 남자를 측은히 여기는 사이, 갑자기 마법에 걸리기라도 한 듯 헤이독의 분노는 온데간데없이 사라지고 다시 전처럼 관대해졌다.

"따라가서 씻으시지요. 좀 비위가 상하실 겁니다. 박하가 섞인 리큐르라시."

토미는 내실로 그를 따라가서, 곧장 온갖 설비가 갖추어진 호화로운 욕실로 들어갔다. 그는 꼼꼼하게 설탕같이 끈적끈적하게 묻어 있는 것을 씻어냈다. 바로 옆의 침실에서 헤이독이 말을 걸어왔다.

그는 약간 계면쩍은 듯이 말했다.

"내가 자제심을 잃어서 죄송하게 되었습니다. 늙고 가엾은 애플도어, 그도 내가 평소 때보다 더욱 화를 낸 걸 알 겁니다."

그는 손을 닦고 세면대에서 돌아섰다. 비누 한 장이 바닥 위에 미끄러져 떨어진 것을 모르고 무심코 그것을 밟았다. 리놀륨을 깐 바닥의 광택이 아주 번쩍번쩍했다.

다음 순간 토미는 아주 볼썽사나운 발레리나처럼 스텝을 밟았다. 그는 팔을 죽 뻗은 채로 욕실을 총알처럼 가로질러 나갔다. 오른손은 욕탕의 수도꼭지를 세게 붙잡고, 왼손으로는 조그마한 욕실용 캐비닛을 세차게 밀었다. 그것은 방금 벌어진 돌연한 재난이 아니고서는 도저히 상상도 할 수 없는, 도가 지나친 몸동작이었다.

그의 발은 욕탕의 판넬 벽 끝을 향해 세차게 미끄러졌다.

마치 마법의 장난처럼 다음 일이 벌어졌다. 숨겨져 있던 회전축이 빙그르르 돌아가면서 벽면이 회전되며 그 안쪽이 노출된 것이다. 토미는 어둠침침한 비밀의 장소를 들여다보았다. 그 방구석을 차지하는 것이 무엇인지는 의심할 여지가 없었다. 그곳에는 무선 통신기기가 설치되어 있었던 것이다.

헤이독의 목소리가 그쳤다. 그가 갑자기 문쪽에 나타났다.

문이 딸각하고 열리는 순간, 토미의 머릿속에는 여러 가지 일들이 떠올랐다.

어째서 그는 여태껏 그 사실을 몰랐을까? 저 유쾌하고 혈색 좋은 얼굴, 친절한 영국인의 얼굴은 단지 가면이었다.

왜 그는 성미 까다롭고 거만한 프러시아 제국의 관리 같은 저 얼굴의 정체를 여태 눈치채지 못했을까?

두말할 것도 없이 토미는 방금 발생한 사고에 의해 모든 것을 알아차리게 되었다. 또한, 이 프러시아인 악당이 하인에게 진짜 융커 당원처럼 고래고래 호통을 쳤던 아까의 그 사건도 생각해 보았다.

모든 게 완벽했다. 마치 마법의 조화처럼 완벽했다. 헤이독은 이중의 속임수를 썼던 것이다. 첫 번째로 밀파된 적간첩 한이란 자는 외국인 인부들을 고용해서 그 장소를 준비해 놓았다. 그는 조심스럽게 그 계획을 진행해 나가다가 용감한 영국 해군 출신인 헤이독에 의해 그 정체가 백일하에 폭로되었다. 그런 다음, 그 영국인은 그 장소를 사들여서 모든 사람들이 싫증 낼 정도로 계속해서 자기 무용담을 지껄였으니, 그 얼마나 자연스럽게 보였겠는가. 따라서, 자신의 확고한 장소에 안착해서 해상 통신과 은밀한 무선 연락을 감행함과 동시에, 상 수시 여관에 묵고 있을 참모 M이란 자와 아주 가까이에서 내통함으로써, N이란 자는 항상 독일의 계획을 수행해 나갈 수 있는 만반의 준비를 갖춘 상태에 있었던 것이다.

토미는 일순간 탄복해 마지않았다. 이 음모는 너무나 완벽하게 계획된 것이었다. 그 자신은 결코 헤이독을 의심해 본 적이 없었다. 그는 헤이독을 진짜 믿을 만한 사람이라고 생각해 왔다. 그런데 완전히 예기치 않았던 일로 인해 그 내막은 폭로되고 말았던 것이다.

아주 순식간에 이런 모든 생각이 토미의 머릿속에 떠올랐다. 그는 자기가 필연적으로 아주 위험한 지경에 처했다는 사실을 너무나 확연히 깨달았다. 그는 자신에게 머리가 우둔해서 남의 말에 아주 잘 속아 넘어가는 영국인 역할을 잘해낼 수 있어야 한다고 격려했다.

그는 그럴 듯하게 아주 자연스레 크게 소리 내 웃으면서 헤이독을 쳐다보았다.

"당신의 거처를 보면 매번 놀라지 않을 수 없군요. 이건 한이 설치한 또 다른 작은 장치가 맞죠? 지난번에는 나에게 이것을 안 보여 주었잖아요."

헤이독은 아주 침착하게 서 있었다. 문을 가로막고 서 있는 그의 큰 몸뚱어리 주위에는 긴장감이 감돌았다.

'나는 도저히 저 친구를 감당해 낼 수 없어.' 토미는 생각했다.

'게다가, 그 고약한 하인 녀석까지 있으니.'

잠시 동안 헤이독은 목석처럼 서 있다가 긴장을 풀었다. 그도 웃으면서 말했다.

"메도우스 씨, 정말 너무 우스운 꼴이군요. 당신은 마치 발레리나처럼 바닥을 미끄러져 나갔습니다! 수천 번에 한 번 나올까 말까 한 일이지요. 자, 손을 닦고 다른 방으로 가십시다."

토미는 욕실을 나와 그의 뒤를 따라갔다. 그의 전신 근육은 바짝 긴장되었다. 무슨 수를 써서라도 자기가 알게 된 이 사실을 갖고 여기를 안전하게 빠져나가야만 한다. 과연 헤이독이 속아 넘어갔을까?

헤이독의 음성은 아주 자연스러웠다. 헤이독은 아주 천연덕스럽게(아마 안 그럴지도 모르지만) 토미의 어깨에 팔을 얹고 거실로 안내했다. 그는 돌아서서 문을 닫았다.

"자, 친구, 이리로 오시오. 당신에게 말해 줄 게 있어요."

그의 목소리는 호의적이면서 자연스러웠다—당황한 빛이 없는 건 아니었지만. 그는 토미에게 앉으라고 했다.

"이거 참, 일이 좀 난처하게 되었군요." 그가 말했다.

"내 참, 곤란한 일이에요! 하지만, 당신에게 나의 비밀을 털어놓는 수밖에 없군요. 단, 조건이 있는데, 메도우스 씨, 당신이 이 사실을 틀림없이 비밀로 해주셔야 합니다, 아시겠어요?"

토미는 일부러 아주 흥미 있는 듯한 표정을 지어 보였다.

헤이독은 자리에 앉은 다음 꽤 믿을 만하다는 표정을 지으며, 의자를 바짝 끌어당겼다.

"메도우스 씨, 당신도 보았다시피 이게 이렇습니다. 아무도 이것을 알 리 없지만, 나는 사실 정보부에서 일하고 있어요. M. I. 42B. X. —이게 내 부서죠. 들어본 적이 있나요?"

토미는 고개를 설레설레 흔들며 더욱더 흥미 있다는 표정을 지었다.

"그렇겠죠, 아주 극비니까. 내 말뜻을 이해할지 모르겠지만, 이건 일종의 은밀한 활동입니다. 우리는 여기에서 어떤 정보를 전달하죠. 하지만, 그 사실이 새어나가면 아주 치명적입니다, 아시겠어요?"

"물론이죠, 물론이고말고요." 메도우스가 말했다.

"아주 흥미진진하군요! 물론 내가 한마디도 누설하지 않을 거라고 믿으셔도 됩니다."

"예, 정말 중요한 일이에요. 전체 활동이 완전히 극비니까요."

"잘 알았습니다. 당신이 하는 일은 정말 스릴이 넘치는 것 같군요. 정말 멋진 일입니다. 그 내용을 좀더 알고 싶지만……, 물론 물어보는 게 어리석겠죠?"

"그럼요. 미안하지만, 말할 수가 없어요. 알다시피 극비사항이거든요."

"아, 예, 알겠어요. 진심으로 사과드립니다. 정말 엄청난 사실이군요."

그는 곰곰이 생각에 잠겼다.

'그가 분명히 참말로 알아듣지는 않았을 텐데? 설마 내가 자기 말에 속아넘어갔다고 생각하지는 않겠지?'

토미는 헤이독의 마음을 믿을 수 없었다. 헤이독은 영리하고 대단한 인물이었다. 보잘것없는 친구 메도우스는 우둔한 영국인이다. 무슨 일이든지 믿을 그런 위인이다! 헤이독이 그런 식으로만 계속 생각해 준다면 다행인데.

토미는 계속 말했다. 그는 열렬한 관심과 호기심을 보였다. 그는 질문을 해서는 안 된다는 것을 알고 있었지만, 헤이독의 작업이 매우 위험스러운 일임이 틀림없다고 추측해 보기도 하고, 그가 거기에서 일하는 동안 독일에 갔다온 적이 있느냐고 순진한 질문을 던지기도 했다.

헤이독은 아주 상냥한 태도로 답변해 주었다. 그는 이제 활기찬 영국 해군의 모습으로 되돌아왔다. 프러시아 관리처럼 딱딱했던 인상도 이미 사라졌다.

그러나 토미는 그를 새로운 시선으로 쳐다보면서, 그가 어떻게 지금까지 이사실을 숨겨 왔는지 의아해했다. 머리의 모양, 턱의 선, 그 어느 것도 영국적인 데라곤 없었다.

곧 메도우스는 자리에서 일어났다. 그것은 지금으로서는 아주 중요한 시도였다. 과연 무사히 도망칠 수 있을까?

"이제 정말 가봐야 하겠군요. 너무 오랫동안 지체했어요. 정말 실례가 많았습니다. 하지만, 누구한테도 이 사실을 발설하지 않겠다는 점을 분명히 말씀드립니다."

(때는 지금이다. 아니면, 결코 기회가 없을 거야. 그가 나를 순순히 보내 줄까, 아니면? 마음을 단단히 먹고 있어야지. 그의 턱에다 한 방 먹이는 게 제일 낫겠군)

메도우스는 정중하게 말한 뒤, 아주 흐뭇한 표정을 지으며 문쪽으로 바싹 다가갔다.

그는 홀 안에 서 있었다. 그가 이미 현관문을 열어놓았다.

그는 오른쪽 문을 통해 애플도어가 아침에 먹을 음식을 접시 위에다 준비하는 것을 얼핏 보았다(저 천치 같은 녀석 때문에 도망칠 수 있겠군!).

두 사람은 잡담을 나누며 현관에 잠시 서 있었다. 다음 주 토요일에 한 번 더 게임을 갖자고 약속했다.

토미는 미간을 찡그리며 생각했다.

'자네에게 다음 주 토요일이란 존재하지도 않을 걸세.'

바깥쪽 길에서 목소리가 들려왔다. 두 사람이 터벅터벅 걸어오고 있었다. 토미와 헤이독도 약간 안면이 있는 사람들이었다.

토미는 그들을 큰소리로 불렀다. 그러자 그들이 멈추었다. 대문에 서서 그들과 몇 마디 주고받은 뒤, 토미는 헤이독에게 정중한 인사말을 남기고는 두 사람과 함께 태연스럽게 떠났다.

그는 무사히 도망쳐 나온 것이다.

헤이독, 멍청이 같은 녀석, 감쪽같이 속아 넘어갔어!

그는 헤이독이 집 안으로 들어가서 문을 닫는 소리를 들었다. 토미는 유쾌한 기분으로 시간 맞춰 나타나 준 두 명의 새 친구와 언덕 아래로 활보하며 내려갔다.

날씨가 곧 변할 것만 같았다. 먼로 영감은 또다시 그 게임에서 졌다. 애쉬비란 친구는 지역 방위자원군에 가입하기를 거절했다—그게 결코 좋은 게 아니라고 변명했다. 골프장 부지배인인 젊은 마쉬는 양심적인 병역거부자였다. 메도우스 씨, 그 문제를 위원회에 보고해야 한다고 생각지 않으세요? 지난밤에는 사우댐프턴에 상당히 심한 공습이 가해졌다—피해가 아주 막심했다. 메도우스 씨, 스페인에 대해 어떤 전망을 하고 있나요? 그쪽도 힘들게 되어가고 있을까? 물론, 프랑스가 붕괴된 이후론 그럴 것이다—토미는 크게 소리라도 지르고 싶은 심정이었다. 아주 유쾌한 기분으로 태평스럽게 평범한 이야기를 나누었다. 이들 두 사람은 바로 그 위기의 순간에 천우신조로 토미 앞에 나타났던 것이다.

그는 상 수시 여관 대문에서 그들과 작별인사를 나누고 안으로 들어갔다.

그는 기분 좋게 휘파람을 불며 진입로를 걸어갔다.

그가 갖가지 식물이 우거져 있는 어두컴컴한 정원 모퉁이를 막 돌아가려는 순간, 뭔가 무거운 것이 그의 뒤통수를 내리쳤다.

그는 어둠 속으로 무너지듯 쓰러져 정신을 잃고 말았다.

제10장

1

"블렌켄솝 부인, 스페이드 석 장이라고 말씀하셨나요?"

블렌켄솝 부인은 스페이드 석 장이라고 말했다.

전화를 받고 와서는 숨을 헐떡이면서, "공습경보 훈련시간이 다시 변경되었군요, 하필 이런 때." 하고는 스프롯 부인은 다시 돈을 걸겠다고 했다.

민턴 양은 늘 그랬듯이 쉴 새 없이 중언부언하면서 꾸물거리고 있었다.

"내가 클럽 두 장이라고 했던가요? 확실해요? 으뜸패 없이 내기 걸었다는 것을 부인이 눈치챘을 거라고 생각했는데…… 아, 예, 그렇죠, 이제야 생각나는군요. 케일리 부인이 하트 한 장이라고 말하지 않았던가요? 비록 셈에 계산해 넣진 않았지만, 으뜸패 없이 한 장만 내기 건다고 말하려 했는데. 하지만, 누군가가 게임을 재미있게 풀어나가야겠군요. 가만있자, 케일리 부인이 하트 한 장이라고 했으니까 난 클럽 두 장을 걸래요. 나는 항상 모자라는 패를 가지고 있을 때가 제일 힘들다고 생각해요."

터펜스는 민턴 양이 카드를 다 펴보려고 테이블 위에 손을 올려놓을 때면, 시간을 벌 수 있다고 혼잣말로 중얼거렸다. 그녀는 그 카드 안에 정확히 무슨 패가 있는지 알 수 있었다.

"자아, 우리가 맞혔어요." 민턴 양이 우쭐해서 말했다.

"하트 한 장에 클럽 두 장."

"난 스페이드 두 장." 터펜스가 말했다.

"내가 기권이라고 했죠?" 스프롯 부인이 말했다.

그들은 어깨를 앞으로 숙인 채 이야기를 듣고 있던 케일리 부인을 쳐다보았다.

민턴 양이 계속 말해 나갔다.

"그러면 케일리 부인이 하트 두 장에 내가 다이아몬드 세 장이면 되겠군요."

"그러면 난 스페이드 세 장이에요." 터펜스가 말했다.

"난 기권이에요." 스프롯 부인이 말했다.

케일리 부인은 역시 침묵을 지키고 앉아 있었다. 마침내 그녀는 모든 사람들이 자기를 쳐다보고 있다는 것을 눈치챘다.

"어머, 이런." 그녀는 얼굴을 붉혔다.

"미안해요. 혹시 남편이 나를 부르지나 않을까 해서요. 그이가 바깥 테라스에서 별일 없으면 좋겠는데."

그녀는 그들을 하나하나 쳐다보았다.

"나가서 좀 보고 오는 게 낫겠어요. 괜찮으시겠죠. 좀 이상한 소리가 들린 것 같아서…… 아마 그이가 책을 떨어뜨린 것 같군요."

그녀는 안절부절못하며 창문 밖으로 나갔다.

터펜스는 화난 듯이 한숨을 쉬고 말했다.

"그녀는 손목에다 끈을 매서 다녀야겠어요. 그러면 남편이 필요할 때마다 끈을 잡아당기면 되지 않겠어요."

"너무도 헌신적인 아내죠." 민턴 양이 말했다.

"매우 보기 좋은 광경 아닌가요?"

"그래요?"

전혀 기분이 좋지 않은 듯 터펜스가 말했다.

세 여자는 한동안 말없이 앉아 있었다.

"오늘 밤엔 실라가 어딜 갔을까요?" 스프롯 부인이 말했다.

"피레나 부인은 어디 있죠?" 터펜스가 물었다.

"자기 방에서 계산할 일이 좀 있다고 하더군요." 민턴 양이 말했다.

"가엾기도 해라. 계산하느라고 아주 피곤할 거예요."

"저녁 내내 돈 계산을 하는 것은 아닐 텐데요." 스프롯 부인이 말했다.

"왜냐하면 내가 홀에서 전화를 걸고 있을 때 그녀가 밖에서 막 들어왔었거든요."

"그녀가 어디에 가 있었을까 궁금해요."

생활 대부분을 그런 사소한 놀라움으로 메우는 민턴 양이 말했다.

"영화관에는 가지 않았어요, 그들 모녀는 함께 나가지 않았거든요."

"그녀는 모자도 쓰지 않았던데요." 스프롯 부인이 말했다.

"코트도 안 입었고 머리카락은 제멋대로였어요. 그녀는 밖에서 마구 뛰어온 것 같았어요. 몹시 숨이 차서 헐떡거리고 있었거든요. 그녀는 한마디도 없이 2층으로 뛰다시피 올라가면서 나를 노려보더군요. 아주 날카로운 표정으로 쳐다보지 뭐예요. 나는 아무 짓도 안 한 게 확실한데."

케일리 부인이 다시 창문에 나타났다.

"상상해 보세요. 우리 남편이 혼자서 정원을 이리저리 걸어다녔답니다. 그이는 그게 아주 즐겁다고 하는군요. 오늘 밤은 이렇게 온화할 수가 없군요."

그녀가 다시 자리에 앉았다.

"가만있자……, 아, 다시 한 번 돈내기해 볼 생각 없어요?"

터펜스는 도저히 참을 수 없는 한숨을 애써 억제했다. 그들은 다시 카드 게임을 했는데, 그녀에게는 스페이드 세 장밖에 남아 있지 않았다.

그들이 막 다음번 패를 떼고 있을 때 피레나 부인이 들어왔다.

"산책을 즐기셨나요?" 민턴 양이 물었다.

피레나 부인이 그녀를 노려보았다. 그것은 사납고도 불쾌한 눈초리였다. 그녀가 말했다.

"나는 밖에 나간 적이 없어요."

"오, 오, 스프롯 부인은 당신이 방금 들어왔다고 하던데요."

피레나 부인이 말했다.

"단지 날씨가 어떤지 알아보려고 나갔을 뿐이에요."

그녀는 아주 불만스러운 투로 말했다.

피레나 부인이 악의에 찬 눈으로 마음 약한 스프롯 부인을 노려보자, 그녀는 얼굴을 붉히며 완전히 겁에 질려 버렸다.

"믿어지지 않아요."

새로운 뉴스거리를 제공하면서 케일리 부인이 말했다.

"우리 남편이 글쎄 정원 주위를 빙빙 걸어다녔다니까요."

피레나 부인이 신랄하게 대꾸했다.

"그분이 웬일이죠."

케일리 부인이 말했다.

"아주 온화한 밤이니까요. 그이는 목도리를 두 겹으로 두르지도 않았는데, 여전히 들어올 생각을 안 해요. 그이가 감기에나 걸리지 않았으면 좋겠는데."

피레나 부인이 말했다.

"감기보다 더 나쁜 게 있어요. 몇 분 내로 대포알이 날아와서 우릴 모두 박살 낼지도 몰라요!"

"오, 맙소사, 제발 그런 일이 없어야 할 텐데."

"그래요? 나는 제발 그러기라도 했으면 좋겠어요."

피레나 부인은 문밖으로 나갔다.

브리지 게임을 하던 네 사람은 그녀가 나간 쪽을 물끄러미 쳐다보았다.

"오늘 밤 피레나 부인이 아주 이상해 보이는데요." 스프롯 부인이 말했다.

민턴 양이 상체를 앞으로 숙였다.

"그렇게 생각하면 안 돼요."라고 말하며, 그녀는 사람들을 번갈아 쳐다보았다. 그들은 서로 조금씩 가까이 다가앉았다.

민턴 양이 쉬하고 손가락을 입에 갖다대며 나직이 말했다.

"그녀가 술을 마셨다고 의심하지는 않겠죠?"

"어머, 세상에나." 케일리 부인이 말했다.

"이제 생각하니 이상한 데가 있어요. 바로 그것 때문에 그랬군요. 그녀는 아주 가끔 도저히 이해할 수 없는 면이 있어요. 블렌켄솝 부인은 어떻게 생각하시죠?"

"오, 난 전혀 그렇게 생각지 않아요. 나는 피레나 부인에게 근심거리가 있을 거라고 생각해요. 오, 스프롯 부인, 당신 차례예요."

"저런, 뭐라고 말해야 하나?"

스프롯 부인은 자기 손을 유심히 훑어보며 말했다.

태연하게 그녀의 손을 흥미 있다는 듯이 쳐다보는 민턴 양이나 충고할 수 있을까, 아무도 자청해서 그녀에게 말하려 하지는 않았다.

"베티 때문이 아닐까요?"

스프롯 부인은 고개를 번쩍 들고 반응을 기다렸다.

"그게 아니에요." 터펜스가 딱 잘라 말했다.

그녀는 그들이 다시 게임을 즐겁게 해나가지 않는다면, 비명을 지르지 않고는 못 배길 것 같은 느낌이 들었다. 여전히 어머니다운 마음을 간직한 채 스프롯 부인은 자신의 손을 막연히 쳐다보았다. 그리고 말했다.

"아, 난 다이아몬드 한 장이에요."

빙 돌아가며 상대방의 패를 보여 달라고 요구했다. 케일리 부인이 맨 처음 패를 냈다.

"망설여질 때는 으뜸패를 내놓으라고 하던데요."라고 말하면서 그녀는 다이아몬드 9를 내려놓았다.

낮고 온화한 목소리가 들렸다.

"다이아몬드 9를 내놓았단 말이지!"

오루크 부인이 숨을 몹시 헐떡이며 창문 곁에 서 있었다. 그녀의 눈동자가 초롱초롱 빛났다. 그녀는 영악하고 심술궂은 표정을 지었다.

그녀는 방으로 들어가려 했다.

"아주 한가롭고 재미있는 브리지 게임이군요, 안 그래요?"

"당신 손에 쥔 게 뭐죠." 스프롯 부인이 관심 있게 물었다.

"이건 망치예요." 오루크 부인이 상냥하게 대답했다.

"진입로에 놓여 있는 것을 발견했어요. 틀림없이 누군가가 거기에다 갖다놓았을 거예요."

"망치가 그런 데 있다니 좀 우습군요."

스프롯 부인이 의심스러운 표정으로 말했다.

"그건 그렇군요." 오루크 부인도 시인했다.

그녀는 아주 기분이 좋아 보였다. 망치 손잡이를 잡고 빙빙 돌리면서 홀 쪽으로 나갔다.

"가만있자." 민턴 양이 말했다.

"카드가 뭐더라?"

게임은 5분 정도 중단되지 않고 계속되었으나, 그다음에 블레츨리 소령이 들어왔다. 그는 극장에 갔다 와서 그들에게 리처드 1세의 재위 시대를 배경으로 한 '방랑 시인'이란 영화의 줄거리를 상세하게 들려주었다. 소령은 군인 출신답게 특히 십자군의 전투 장면에 대해 상당히 장황한 비평을 늘어놓았다.

브리지의 3회 승부는 아직 끝나지 않았다. 왜냐하면 케일리 부인이 시계를 쳐다보고는, 시간이 꽤 지난 것을 알자 몸서리치듯 낮고 날카로운 비명을 외치면서 남편에게로 뛰쳐나갔기 때문이다.

보살핌을 받지 못하는 환자, 케일리 씨는 음산한 태도로 기침을 하며 극적으로 몸을 부르르 떨면서도, 혼자 있는 시간을 상당히 즐겼는지 같은 말을 여러 번 되풀이했다.

"정말 괜찮아, 여보. 난 당신이 게임을 즐겼으면 했어. 내겐 조금도 문젯거리가 없어. 내가 아주 지독한 감기에 걸린들 그게 무슨 상관이지? 전쟁이 밀어닥치고 있는데!"

2

다음 날 아침식사 시간에 터펜스는 확실히 긴장된 분위기를 금세 느낄 수 있었다. 입술을 굳게 다문 피레나 부인에게서 간간이 튀어나오는 말씨는 아주 신랄했다. 그녀가 그 방을 떠나는 모습을 굳이 표현하자면 버둥거리는 듯 튀어나가는 것이나 진배없었다.

토스트에다 오렌지 잼을 듬뿍 바르며 블레츨리 소령은 몹시 낄낄거리며 웃었다.

"저 쌀쌀한 태도 좀 보라고." 그가 말했다.

"원, 참! 역시 생각했던 대로군."

"왜요, 무슨 일이 일어났는데 그러죠?"라고 물으면서, 민턴 양은 즐거운 기대감으로 가느다란 목에 경련을 일으키며 상체를 구부렸다.

"남의 속사정을 이렇게 소문내도 괜찮은 건지 모르겠군요."

소령이 귀찮은 듯이 대답했다.

"오! 블레츨리 소령님!"

"말씀해 주세요." 터펜스가 말했다.

블레츨리 소령은 신중하게 모인 사람들을 둘러보았다.

민턴 양, 블렌켄솝 부인, 케일리 부인과 오루크 부인이 있었다. 스프롯 부인과 베티는 조금 전에 자리를 떴다. 그는 말하기로 결심했다.

"메도우스 씨 얘긴데요⋯⋯." 그가 서두를 꺼냈다.

"밤새껏 바깥에 나가 있었는지, 아직 돌아오지 않았어요."

"뭐라고요?"

터펜스가 비명에 가까운 소리를 질렀다.

블레츨리 소령은 그녀에게 만족스러우면서도 기분 나쁜 시선을 던졌다. 그는 음흉한 미망인이 당황해 하는 것을 보고 즐거워했다.

"메도우스는 좀 웃기는 작자예요." 그는 의기양양하게 말했다.

"피레나 부인이 짜증을 내는 것도 당연하죠."

"오, 이런."

민턴 양은 고통스러운 듯 안색이 붉게 변해서 말했다.

케일리 부인도 충격을 받은 것 같았다. 오루크 부인은 단지 낄낄거리기만 했다.

"난 이미 피레나 부인에게 그 얘기를 들었어요." 그녀가 말했다.

"아, 어쨌든, 역시 남자는 남자예요."

민턴 양이 열을 내며 말했다.

"오, 하지만, 아마, 아마 메도우스 씨가 우연한 사고를 당했을지 몰라요. 알다시피, 등화관제가 있었잖아요."

블레츨리 소령이 말했다.

"아주 분위기 있고 익숙한 등화관제였죠. 등화관제 훈련 탓이 크긴 해요. 차량이 모두 정차했으니 그 어둠 속에서 무슨 소동이 벌어졌는지 알게 됩니까. 단지 '집에서만 남편을 보게 된' 수많은 부인들. 그들의 신분증명서 위에 적힌 엉뚱한 이름들 하며! 그리고 몇 시간 뒤에 각자 동떨어져서 다른 길로 집에 돌아온 부인들이나 남편들 꼴이라니, 하하!"

그는 낄낄거리며 웃다가, 블렌켄솝 부인이 못마땅한 눈초리로 따갑게 쏘아 보자 재빨리 안색을 바꾸었다.

"인간의 본성이란, 좀 우습지 않습니까, 예?" 하고 달래듯이 말했다.

"오, 하지만, 메도우스 씨, 그는 정말 사고를 당했을지도 몰라요. 차에 치여 쓰러졌을지도 모르죠." 민턴 양이 말했다.

"정말 그런 일을 당했을지도 모르겠군요. 차에 치여 쓰러졌다 해도 아침에 는 회복되어 집에 돌아와야죠." 소령이 말했다.

"그렇다면 병원으로 호송되었을지도 모르잖아요."

"그쪽에서 우리에게 연락을 했을 텐데. 그는 분명히 신분증을 가지고 있었 겠죠, 안 그래요?"

"맙소사!" 케일리 부인이 말했다.

"우리 남편이 뭐라고 그럴까요?"

이 말엔 아무도 대꾸하지 않았다.

터펜스는 짐짓 자존심이 상한 듯 벌떡 일어나서 방을 나가 버렸다.

블레츨리 소령은 문이 닫히자마자 낄낄거리며 웃었다. 그가 말했다.

"가엾은 메도우스 씨. 착한 미망인이 그 일로 짜증을 내는군요. 그녀가 혹시 그를 유혹하려 했던 게 아닌가 하는 생각이 드는데요."

"어머, 블레츨리 소령님." 민턴 양이 말했다.

블레츨리 소령이 눈을 찡긋했다.

"디킨스 작품에 나오는 샘을 생각해 보세요. '새미, 과부들을 조심해.'"

3

터펜스는 토미가 예고도 없이 사라져 버려 적이 당황했으나, 우선은 마음을 진정시키려고 애썼다. 그는 우연히 어떤 숨 막히는 추격전을 벌이다가 사라졌 을지도 모른다. 그러한 상황 아래서 서로 연락하기 어렵다는 점은 둘 다 예상 한 일이었고, 한쪽이 돌연 행방불명이 되더라도 다른 한쪽은 지나친 걱정을 하지 않기로 사전에 약속해 두었었다. 그들은 그런 비상시를 대비해서 그들끼리 어떤 기발한 방법을 정해 놓았다.

스프롯 부인의 말에 의하면, 피레나 부인이 간밤에 밖에 나가 있었다고 했다. 그녀가, 그 자명한 사실을 강력히 부인하는 점만으로도, 그녀가 간밤에 사라졌던 사실을 더욱 흥미 있게 관찰해 보고 싶어졌다.

토미는 비밀리에 적과 접선하러 가는 그녀를 추적하다가 뭔가 따라가 볼만한 가치가 충분히 있는 것을 발견했을지도 모른다.

그렇다면 분명히 그는 특별한 방법으로 터펜스와 연락을 취하거나, 아니면 곧장 이곳에 나타날 것이다.

그럼에도 터펜스는 일말의 불안감을 떨쳐 버릴 수가 없었다. 그녀는 블렌켄솝 부인이란 인물이 어떤 호기심이나, 심지어 걱정되는 표정을 꾸미기에는 아주 자연스러운 역할이라고 마음을 굳혔다.

그녀는 더 이상 망설일 것도 없이 피레나 부인을 찾아갔다.

피레나 부인은 그 문제에 관해 길게 얘기하려 들지 않았다. 그녀는 자기 여관의 손님으로서 그러한 행동을 관대히 보아 주거나 대충 넘어갈 수는 없다는 점을 명백히 밝혔다.

터펜스는 숨을 거칠게 몰아쉬며 소리쳤다.

"오, 하지만, 그분은 사고를 당했을지도 모르잖아요. 나는 틀림없이 그랬을 거라고 봐요. 그분은 절대 그럴 사람이 아니에요. 결코 주의력이 산만하다거나, 뭐 그런 사람이 아니에요. 차에 치인 게 분명한 것 같아요."

"우리도 어떻게 해서든지 곧 내막을 알게 될 거예요."

피레나 부인이 말했다.

그러나 한나절이 지나도록 메도우스는 나타날 기미가 보이지 않았다.

저녁이 되어서야 그 여관 투숙객들의 탄원에 들볶인 피레나 부인이 정말 마지못해 경찰에 전화 연락을 했다. 경사 한 명이 필기장을 가지고 그 집에 와서, 경위를 상세하게 기록했다. 확실한 사실이 그때야 밝혀졌다.

메도우스는 어젯밤 10시 30분경에 헤이독의 집에서 출발했다. 거기서부터 그는 월터스 씨, 커티스 의사와 함께 상 수시 여관까지 걸어와서, 정문에서 그들과 작별 인사를 나눈 뒤 진입로로 들어섰다.

그 순간부터 메도우스의 행방은 묘연해진 것이다.

터펜스의 머릿속에는 이 사실에 관해 두 가지 가능성이 떠올랐다.

진입로를 걸어 들어오다가 토미는 피레나 부인이 그에게 다가오는 것을 목격하고 슬그머니 덤불 속으로 숨은 다음 곧 그녀를 쫓아갔을 것이다. 그녀가 웬 낯선 사람과 만나는 장면을 목격한 그는 다시 제2의 인물을 따라갔을 것이고, 그동안 피레나 부인은 상 수시 여관으로 돌아온 것이다. 그럴 경우 그는 몹시 흥분해서 서둘러 추적을 했을 것이다. 사태가 그렇게 벌어졌다면 그를 찾으려는 경찰의 치밀한 계획은 허사로 돌아갈 것이다.

또 다른 가능성은 그리 유쾌한 것이 못 되었다. 그것은 두 가지 양상으로 나타났다. 하나는 피레나 부인이 '숨을 헐떡이며 머리를 산발한 채로' 들어온 것과 다른 하나는 도저히 간과할 수 없는 사실로써, 오루크 부인이 무거운 쇠망치를 들고서 창문에서 웃으며 서 있었던 광경이었다.

그 망치에 무슨 끔찍한 사건이 관련된 걸까? 무슨 이유로 바깥에 망치가 떨어져 있었을까? 누가 그것을 휘둘렀는지가 가장 아리송했다.

피레나 부인이 정확히 집으로 돌아온 그 시간과 상당한 관련이 있는 것은 확실했다. 분명히 10시 30분경의 시간대였을 것이다. 그러나 모두 브리지 게임에 열중해 있어서 어느 누구도 정확히 그 시간을 기억하지 못했다.

피레나 부인은 날씨를 알아보러 밖에 나간 일밖에는 외출한 일이 없다고 강력히 주장했다. 스프롯 부인에게 들켰다는 사실이 그녀로서도 몹시 당황할 만한 일이라는 것은 명백했다.

다른 부인 네 명은 브리지 게임에 몰두해 있었다고 마음 놓고 진술할 수 있었다.

정확히 그 시간은 언제였을까?

터펜스는 사람들이 그 시간에 대해 각기 모호하게 말하는 것을 알았다. 만일 시간만 일치한다면, 피레나 부인이 가장 유력한 용의자라는 것은 분명한 사실이 된다.

그러나 다른 가능성도 있었다. 상 수시 여관에 묵고 있는 사람 중 세 명이 토미가 돌아오던 시간에 나가 있었다. 블레츨리 소령은 영화 구경하러 나갔다.

그러나 그는 혼자 극장에 갔었고, 영화 줄거리를 아주 상세하게 설명하는 점으로 봐서 철저한 알리바이를 위장했다는 의혹을 불러일으켰다.

그리고 정원을 온통 걸어다닌 병자인 체하는 케일리 씨가 있었다. 케일리 부인이 자기 남편에 대해 걱정하지만, 않았더라면, 아무도 그가 산책했다는 사실을 알 수 없었을 것이고, 모두 케일리 씨는 테라스 위에 있는 의자에 담요를 두르고 마치 미라처럼 얌전히 앉아 있다고만 생각했을 것이다(사실 심한 엄살을 피우는 환자가 그렇게 오랫동안 차디찬 밤공기에 노출될 모험을 할 것 같지가 않았다).

그리고 망치를 돌리면서 웃고 있던 오루크 부인이 있었다.

4

"데보라, 무슨 일이야? 이봐 걱정스러운 표정이군."

데보라 베레즈포드는 토니 마스든의 동정 어린 갈색 눈을 뚫어지게 쳐다보더니 갑자기 웃음을 터뜨렸다. 그녀는 토니를 좋아했다.

그는 머리가 좋았다(암호 부서에서 가장 유망한 초보자 중 한 사람이었다). 게다가, 장래가 유망해 보였다.

데보라는 비록 자기 일이 절대적인 집중력을 요구한다는 것을 알고 있지만, 그래도 그 직업을 즐겼다. 그것은 피곤한 일이었지만 그만한 가치가 있었고, 자신이 중요한 일에 기여한다는 자부심을 느끼도록 해주었다. 이것이야말로 진짜 일이었다. 정(正) 간호사가 될 기회나 기다리며 병원에 매달려 있는 것하곤 근본적으로 달랐다.

그녀가 말했다.

"아, 아무것도 아냐. 그냥 우리 가족 때문에! 너도 알잖아."

"식구들도 물론 좀 곤란을 겪겠지. 네 집은 어때?"

"문제는 우리 엄마야. 사실은, 엄마 때문에 약간 걱정돼."

"왜? 무슨 일이라도 생겼어?"

"글쎄, 너도 알지, 엄마가 몹시 연로하신 고모님을 만나러 콘월로 내려가셨어. 78세의 고령에다 노망이 이만저만이 아니야."

"안됐군." 젊은이가 동정적으로 말했다.

"그래, 엄마의 행동은 매우 훌륭하신 거야. 하지만, 이 전쟁통에는 아무도 엄마를 필요로 하지 않기 때문에 다소 기분이 울적해지셨을 거야. 지난번 전쟁 때는 간호사 일을 하면서 무슨 일인가를 했었지. 하지만, 지금은 때가 때이니만큼 중년 부인은 원하지 않아. 그들은 젊은 사람들을 즉석에서 채용하려고 해. 하여간, 내가 말한 대로 엄마는 그런 모든 일로 해서 약간 울적해지신 거야. 그래서 엄마는 그레이시 고모와 함께 지내려고 콘월로 내려가셨는데, 정원 일을 하면서 별도로 채소도 재배하신다는군. 그게 전부야."

"아주 건전한 일인데." 토니가 말했다.

"맞아, 엄마가 할 수 있는 최상의 일이지. 너도 알겠지만, 우리 엄마는 여전히 활동적이야." 데보라가 상냥하게 말했다.

"뭐, 괜찮은 것 같군."

"아, 그래. 그런데 그게 다는 아니야. 엄마 일에 관해 난 다행스럽게 생각하고 있었어—불과 이틀 전에 아주 기분 좋은 편지를 한 통 받았거든."

"그렇다면 뭐가 문제지?"

"문제는, 내가 말한 찰스 있잖아. 그가 그 지방에 자기 가족들을 만나러 가면서 우리 엄마를 찾아뵈려 했는데, 우리 엄마가 거기 계시지 않았다는 거야."

"안 계셨다고?"

"그래. 엄마가 거기에 안 계셨대! 분명히 그 지방에는 나타나지도 않았대!"

토니는 다소 당황하는 눈치였다.

"좀 이상하군." 그가 중얼거렸다.

"어디에 가신 걸까, 그러면 너의 아버지는?"

"우리 아버지? 오, 아버지는 스코틀랜드 어딘가에 계실 거야. 온종일 서류를 세 겹으로 접는 일을 하는 지긋지긋한 부서 중 하나겠지 뭐."

"너희 어머니가 혹시 아버지와 함께 계신 건 아닐까?"

"그럴 리 없어. 아버지가 계신 곳은 여자가 따라갈 수 없는 지역이니까."

"아, 어, 글쎄, 내가 짐작하기에는 어머니가 어디로 도망가신 것 같구나."

토니는 이 말을 하고 나서 분명히 당황해 하는 눈치였다. 특히, 데보라의 근심 어린 큰 눈이 그를 애처롭게 쳐다보고 있어 더욱 그러했다.

"그래, 하지만, 왜지? 아주 이상해. 모든 편지는 그레이시 고모와 정원일, 그리고 그 밖의 잡다한 일로 가득 적혀 있는데."

"알아, 알아." 토니가 급히 대답했다.

"물론 어머니는 네가 그렇게 생각해 주길 원한 거야. 말하자면, 요즈음 들어, 글쎄, 사람들은 종종 어디론가 훌쩍 떠나 버리고 싶어 하잖아, 만일 네가 내 말뜻을 알아듣는다면 말이야."

애처롭던 데보라의 눈빛이 갑자기 분노로 바뀌었다.

"만일 우리 엄마가 다른 사람과 주말을 즐기러 떠났다고 생각한다면 큰 오산이야. 절대로 그럴 리 없어. 우리 부모님은 서로에게 깊은 애정을 가지고 계셔—정말 헌신적이라고. 그건 우리 가족에 대한 큰 모욕이야. 엄마는 결코 그럴 리가……."

토니가 황급히 대꾸했다.

"물론 아닐 거야. 미안해, 결코 그런 뜻이 아니었는데……."

화가 누그러지자 데보라는 양미간을 찌푸렸다.

"이상한 점은, 누군가가 전에 그러던데, 사람들이 하고많은 장소 중에 리햄프턴에서 우리 엄마를 보았다는 거야. 물론 나는 엄마가 콘월에 있다고 믿었기 때문에 그럴 리가 없다고, 잘못 본 걸 거라고 말했지. 하지만, 지금 생각해 보니 이상하긴 해."

토니가 담배에 성냥불을 붙이려다 갑자기 멈칫하는 바람에 불이 꺼졌다.

"리햄프턴?"

그가 날카로운 목소리로 물었다.

"그래, 엄마가 피신할 장소는 전혀 아닌 것 같은데 말이야. 거기서 할 만한 일은 아무것도 없어. 퇴역한 대령들, 아니면 노처녀들만 가득한 곳이야."

"확실히 가 있을 만한 장소는 아닌 것 같군." 토니가 말했다.

그는 다시 담뱃불을 붙이고 평범한 투로 물었다.

"지난 전쟁 때는 어머니가 무슨 일을 하셨는데?"

데보라는 아무런 감정 없이 대답했다.

"아아, 간호사로도 좀 있었고 장군차도 몰았어. 육군이었는데, 버스는 아냐. 다 평범한 일들이었어."

"그래, 아마도 너와 비슷한 일을 하셨나 보구나, 정보부에서."

"아냐, 엄마는 결코 그런 종류의 일이라곤 접해 보지도 못했을 거야. 비록 전쟁 뒤에 엄마와 아버지 두 분 모두 정보부서에서 뭔가 하기는 했던 게 틀림없지만, 비밀 서류와 거물급 스파이들 뭐 그런 종류의 일이었대. 물론 부모님은 그게 다 훌륭한 일거리라고 허풍을 떠셨고, 비록 그게 몹시 중요하긴 했지만, 그래도 아주 건전한 일이라고 말씀하셨지. 가족이란 게 뭔지 너도 알잖니. 우리도 구태여 그런 얘기를 자세히 들려달라고 부모님한테 조르지는 않았어. 매번 되풀이되는 똑같은 진부한 얘기들이지."

"암, 그렇고말고. 나도 전적으로 동감이야."

토니 마스든은 진심으로 말했다.

다음 날 하숙집으로 돌아온 데보라는 자기 방이 전과 좀 달라 보여서 당황했다. 그녀는 한동안 무슨 일이 벌어졌는지 곰곰이 생각해 보았다. 그러다가 그녀는 항상 서랍장 위에 놔두었던 커다란 사진이 없어진 것을 알아차리고, 어떻게 된 거냐고 버럭 화를 내며 주인집 아줌마에게 따져 물었다.

로울리 부인도 불만스러운 듯 화를 냈다. 그녀는 신뢰할만한 사람이라고는 말할 수 없었다. 그녀는 그것을 손댄 적이 없다고 했다. 아마 글래디스가 그랬을지 모른다고 했다.

그러나 글래디스도 그것을 치운 적이 없다고 했다. 어떤 남자가 거기서 가스를 넣고 있었다고 여주인이 얘기를 해주었다.

그러나 데보라는 가스 공장 종업원이 굳이 중년 부인의 초상화를 가져갈 생각을 할 까닭이 없을 거라고 마음을 가라앉혔다. 더더욱 데보라의 생각에, 글래디스가 사진들을 때려 부수고는 쓰레기통에 황급히 쑤셔 박아 넣고 범죄의 흔적을 모두 없애 버리려 했을 것 같지는 않았다.

데보라는 더 이상 그 일로 법석 떨지 않았다. 언제 시간 나면 다시 사진을 부쳐달라고 엄마에게 부탁하면 그만이었다.

그녀는 속이 상해서 혼자 생각에 잠겼다.

'늙으신 엄마에게 무슨 일이 생긴 걸까? 내게 말씀해 주시겠지. 물론, 토니가 말했듯이 엄마가 다른 남자와 사라졌다는 것은 생각해 볼 필요도 없이 말도 안 되는 소리야. 하지만, 어쨌든 매우 이상해……'

제11장

1

이번에는 터펜스가 선창가 끝에 앉아 있는 낚시꾼에게 말을 걸 차례가 되었다. 그녀는 그랜트 씨에게서 위안이 되는 사실을 들으리라고 기대했다. 그러나 그녀의 기대는 곧 깨졌다. 그는 토미한테서 아무런 소식도 듣지 못했다고 분명히 말했다.

터펜스는 될 수 있는 한 침착하게 확신에 찬 사무적인 투로 물었다.

"그이에게 도대체 무슨 일이 벌어졌는지 추측할 만한 근거라도 없나요?"

"아무것도 없습니다. 하지만, 일이 벌어졌다고 가정해 봅시다."

"뭐라고요?"

"나는 단지, 가정에 불과하다고 말하는 겁니다. 부인은 어떻습니까?"

"아, 알 만해요. 나는 물론 계속 추진해 나갈 생각이에요."

"그러면 됐습니다. 전쟁이 끝난 뒤에도 슬퍼할 시간은 충분히 있습니다. 지금은 전쟁이 한창 치열한 때입니다. 그리고 시간도 얼마 없어요. 부인이 우리에게 제공해 준 정보는 정확한 것으로 판명되었습니다. 부인이 엿들은 '네 번째'에 관한 것 말입니다. 그 '네 번째'란 말은 다음 달 4일을 말합니다. 우리나라에 대한 대대적인 공격이 감행될 날짜이지요."

"확실한가요?"

"물론, 확실합니다. 우리의 적은 매우 조직적입니다. 그들의 모든 계획은 빈틈없이 짜여서 수행됩니다. 우리 국민에 대해서도 그와 똑같은 말을 할 수만 있다면 얼마나 좋을까요. 계획을 제대로 세우지 못하는 것이 바로 우리의 취약점이죠. 하여간 네 번째란 그날을 말하는 겁니다. 지금 벌어지는 모든 공습은 실제 상황이 아닙니다. 대부분 예비점검이지요. 공습에 대한 우리의 방어력과 반응을 측정하기 위한 겁니다. 4일에 진짜 공격이 감행될 겁니다."

"하지만, 당신이 그 점을 안다면……."

"우리는 그날이 결정된 것을 알고 있습니다. 알고 있죠. 아니, 적어도 대충이나마 알고 있다고 생각하는 것이죠. 어디에선가……(그러나 우리가 짐작한 장소가 틀릴 수도 있습니다만). 우리는 가능한 한 만반의 준비를 갖추고 있습니다. 하지만, 트로이 목마의 포위공격은 옛날 얘기예요. 우리가 알고 있듯이 그들도 외부의 군대에 관해서는 모든 정보를 알고 있습니다. 우리가 알아야 하는 것은 우리 내부의 적에 관한 겁니다. 목마를 탄 매복병 말입니다!

왜냐하면 그들은 요새의 열쇠를 적에게 넘겨줄 수 있는 자들이기 때문입니다. 중대한 분야에서 지휘권을 가진 수십 명의 고위직 인물들이 상충하는 명령을 내림으로써, 이 조국을(독일의 계획이 성공하는 데 있어서 필수적인) 혼란 상태로 빠져들게 할 수 있는 거지요. 우리는 빨리 내부로부터 새어나오는 정보를 얻어야만 합니다."

터펜스가 절망적으로 말했다.

"난 아주 쓸모없는 인간이라고 생각해요. 게다가 경험도 없어요."

"아니, 그 점이라면 염려하실 필요 없습니다. 우리는 경험이 풍부한 베테랑을 고용하고 있습니다. 온갖 경험자와 재능 있는 사람들을 보유하고 있지요. 하지만, 내부에서 변절 행위가 생길 때에는 어느 누구도 믿을 만하다고 장담할 수 없습니다. 부인과 베레즈포드 씨는 일종의 비정규군입니다. 아무도 당신들에 관해서는 모릅니다. 그것이 부인이 이 계획에서 성공을 거둘 수 있는 요인이지요. 그게 바로 부인이 어느 선까지는 성과를 거둘 수 있었던 이유입니다."

"당신 요원 몇 명을 피레나 부인에게 배치할 수 없을까요? 당신이 절대적으로 신임할 수 있는 사람들이 틀림없이 몇 명 있을 텐데요?"

"아, 이미 그렇게 했습니다. 피레나 부인이 반영(反英) 감정을 가진 I. R. A. (아일랜드 공화국군)의 일원이라는 정보에 따라 활동을 벌이고 있습니다. 하여튼 그것은 충분히 타당성 있는 사실입니다. 하지만, 더 이상은 증명할 수가 없어요. 우리는 결정적으로 중요한 사실만을 원하지는 않습니다. 따라서, 베레즈포드 부인, 그 일을 끝까지 버텨 나가십시오. 계속해서 부인의 최선을 다하시는 겁니다."

"4일이라……." 터펜스가 입을 열었다.

"그러면 겨우 1주일밖에 남지 않았잖아요?"

"정확히 1주일 남았죠."

터펜스는 주먹을 꽉 쥐었다.

"우리는 뭔가 목표에 접근해 가는 게 틀림없어요! 내가 우리라고 말한 것은 토미가 뭔가를 파악하고 있다고 믿기 때문이에요. 그리고 그이가 아직 돌아오지 않은 이유도 그 때문이에요. 그이는 뭔가 단서가 될 만한 것을 끝까지 추적하는 중일 거예요. 그게 뭔가를 나도 알 수만 있다면 좋을 텐데. 이제야 의심이 가는군요. 만일에 내가……."

그녀는 새로운 형태의 반격을 계획하면서 인상을 찡그렸다.

2

"알고 있겠지만, 앨버트, 가능성이 있어."

"물론 무슨 뜻인지 알았습니다, 부인. 하지만, 난 그 생각이 정말 마음에 안 들어요. 별로 내키지가 않습니다."

"나는 잘 될 거라고 생각해."

"그렇습니까? 부인, 하지만, 그 일로 공격을 받게 될 겁니다. 그 점이 꺼림칙해요. 그리고 바깥양반도 분명히 좋아하지 않을 겁니다."

"우린 평범한 방법은 죄다 시도해 보았어. 말하자면, 우리가 비밀리에 해볼 만한 것은 다 해본 셈이야. 현재로서 유일한 방법은 공개적으로 나서는 길뿐이라는 생각이 들어."

"부인, 그렇게 한다면 이제까지 지켜 왔던 유리한 입장을 잃게 된다는 것을 알고 계십니까?"

"앨버트, 오늘 오후에 보니 유난히도 말투가 BBC(영국 공영 방송) 같다."

터펜스가 약간 화내며 말했다.

앨버트는 약간 놀란 기색을 보이더니 좀더 자연스러운 말투로 바꾸어 말했다.

"지난밤에 연못에 사는 생물에 관해 아주 흥미 있는 방송을 들었어요."

그가 설명했다.

"지금 한가하게 연못에 사는 생물이 어떻다는 얘기나 나누고 있을 시간이 없어." 터펜스가 말했다.

"베레즈포드 씨가 어디 있는지 알고 싶군요."

"나도 마찬가지야." 터펜스가 괴로운 듯이 말했다.

"한마디도 없이 사라지다니, 좀 정상이 아닌 것 같아요. 지금까지 부인한테 눈짓이라도 한 번 보냈어야 마땅한데. 그건 아마……."

"그래서, 앨버트?"

"내가 말하려는 것은, 만일 그분의 정체가 노출되었다면 부인만이라도 그러지 않는 게 나을 것 같다는 겁니다."

그는 생각을 정리하기 위해 잠시 쉬었다가 계속했다.

"내 말은 만일 그들에게 그분의 정체가 노출되었다 하더라도, 부인에 관해서는 아직 모를 수도 있다는 뜻입니다. 그러니 계속 비밀에 부치는 것은 부인에게 달렸지요."

"마음의 결정만이라도 내릴 수 있으면 좋겠어." 터펜스가 한숨을 쉬었다.

"부인, 어떤 방법으로 대처해 나갈 생각을 하고 있나요?"

터펜스는 생각에 잠긴 듯이 중얼거렸다.

"전에 한번 내가 쓴 편지를 잃어버린 적이 있어. 그걸 찾느라 몹시 소란을 떨었는데, 그때 내가 아무래도 너무 당황했었던 것 같아. 그러고 나니 그게 홀 안에서 눈에 띄더군. 비어트리스가 홀 테이블 위에 놔둔 것 같아. 그런데 눈이 옳게 박힌 사람이라면, 그것을 한 번이라도 쳐다봤을 거야."

"편지에 뭐라고 적혀 있었는데요?"

"대강 말하자면, 의문의 사나이 정체를 밝히는 데 성공했다는 것과 내일 직접 충분한 보고서를 작성하겠다는 그런 내용이었어. 그리고 앨버트, N이나 M이 내 정체를 알아냈을 거야. 아마 나를 총으로 쏴 죽이려 할 거야."

"맞아요, 아마 그들은 분명히 그럴 겁니다."

"하지만, 경계를 단단히 한다면 감히 그렇게 하진 못하겠지. 내 생각으로는,"

그들이 나를 어디론가 유인해 낼 것 같아. 어떤 외딴 장소겠지. 당신이 협조해 줘야 할 부분이 바로 그거야. 왜냐하면, 그들은 당신의 정체를 모르거든."

"말하자면, 그들을 끝까지 추격해서 현행범으로 체포한다 이 말인가요?"

터펜스는 고개를 끄덕였다.

"그래, 맞았어. 그 점에 관해 신중히 궁리해 봐야겠어. 그럼, 내일 봐."

3

터펜스는 '재미있는 서적'이라고 추천받은 책을 손에 쥐고 시립 도서관에서 막 나오려는 순간, "베레즈포드 부인" 하고 부르는 소리에 깜짝 놀랐다.

그녀는 홱 뒤돌아서서 만족스러워하는 것 같으면서도 약간 당황한 듯한 표정으로 웃는 키가 큰 검은 머리의 젊은이를 쳐다보았다.

그가 말했다.

"저, 저를 기억하실는지 모르겠군요?"

터펜스는 그런 상투적인 말은 귀에 못이 박이도록 들어왔다. 그녀는 그다음에 나올 말도 정확하게 예측할 수가 있었다.

"저는 어, 언젠가 데보라와 함께 아파트에 간 적이 있습니다."

데보라의 친구라고! 그 친구라는 젊은 남자들이 터펜스에게는 한결같이 다 똑같아 보였다! 이 젊은이같이 약간 검은 머리의 사나이, 금발의 사나이 아니면 종종 붉은 머리칼을 가진 사나이. 그러나 모두 다 한결같이 판에 박은 듯이 유쾌한 성격에, 점잖은 태도, 그리고 그들의 머리 모양까지도 그랬다.

하지만, 터펜스는 이 젊은이의 머리가 약간 길어 보인다고 생각했다(하지만, 이런 말을 할라치면 데보라는, "오, 엄마, 1916년 얘기라면 진저리가 나요. 난 짧은 머리라면 딱 질색이에요." 하고 투정을 하던 생각이 떠올랐다).

길을 건너려다 데보라와 안다는 젊은이와 만나게 된 것이 그녀로서는 성가셨다. 그러나 그녀는 곧 그를 떨쳐 버릴 수 있을 것이다.

"저는 앤터니 마스든이라고 합니다." 젊은이가 자기소개를 했다.

터펜스는 건성으로 말을 꺼냈다.

"아, 그러시군요." 그러고는 악수를 했다.

토니 마스든은 계속했다.

"뵙게 돼서 무척 반갑습니다, 베레즈포드 부인. 저는 데보라와 같은 일을 하고 있습니다. 그런데 사실은 좀 난처한 일이 생겼습니다."

"설마?" 터펜스가 말했다.

"그게 뭐죠?"

"저, 데보라는 자기가 생각했던 것과는 달리 부인께서 콘월에 있지 않다는 사실을 우연히 알게 되었습니다. 그리고 부인으로서도 그 점이 이상하세 어겨지지 않습니까?"

"저런, 귀찮게 됐군." 걱정스럽게 터펜스가 말했다.

"그 애가 어떻게 알아냈죠?"

토니 마스든이 설명했다. 그는 다소 수줍은 듯이 말을 이었다.

"물론, 데보라는 부인께서 실제로 하는 일이 무엇인지 모르고 있습니다."

그는 신중을 기하려는 듯 말을 잠시 멈췄다가 계속했다.

"그녀가 알아서는 안 된다는 것이 중요하다고 저는 생각합니다. 사실 저의 직업도 비슷한 계통이지요. 저는 단지 암호부서의 초보자 정도로만 알려져 있습니다. 실제로 제가 지시를 받은 것은 온건한 파시스트 당원들의 정보를 속달로 보내는 일입니다. 예를 들자면, 독일 체제를 찬양하고, 히틀러와 함께 연합 전선을 맺는 것이 그다지 나쁜 일만은 아니라고 빗대어 말하는 것(그런 모든 종류의 것), 이런 것에 대한 사람들의 반응이 어떤 것인지를 알아보는 것이지요. 알고 계시겠지만, 상당히 많은 사람들이 변절하고 있습니다. 우리는 그 배후에서 이 같은 일을 누가 조종하는지 알아내야 합니다."

'어디에도 없을 거야.' 터펜스는 생각했다.

"하지만, 데보라가 부인에 관한 이야기를 꺼내자마자……"

젊은이가 계속했다.

"전 곧장 내려가서 부인에게 그럴듯한 이야기를 꾸미도록 말씀드려야겠다고 생각했죠. 저는 부인께서 무언가 매우 중요한 일을 하고 있다는 사실을 우연히 알게 되었습니다. 부인의 신분에 대한 소문이 퍼지면 그 결과는 치명적입니다. 저는 아마 부인이 스코틀랜드나 그 외의 다른 지역에서 베레즈포드 대위와 합류한 것처럼 보이게 할 수도 있을 거라고 생각했습니다. 바로 거기에서 부인은 그분과 함께 일하게 되어 있었다고 둘러대는 거죠."

"그게 좋을 것 같군요." 터펜스가 신중하게 말했다.

토니 마스든이 걱정스럽게 말했다.

"제가 주제넘게 나선다고 생각하실지 모르겠군요?"

"아니에요. 당신을 매우 고맙게 생각해요."

토니는 다소 엉뚱한 이야기를 끄집어냈다.

"전, 글쎄요……, 아실지 모르겠지만, 데보라를 좋아하고 있습니다."

터펜스는 그를 재미있다는 듯이 흘끗 쳐다보았다. 친절한 젊은 남자들과, 그들에게 무례하게 구는 데보라와의 관계가 이 젊은 사람에게도 예외는 아닐 것이며, 그런 사실은 멀리 떨어져 있어도 훤히 짐작할 수 있었다. 그녀는 이 젊은 남자가 정말 매력적이라고 생각했다. 그녀는 흔히 혼잣말로 되뇌곤 하던 '평화 시의 잡념'을 떨쳐 버리고, 현재 상황에 온 신경을 쏟았다.

한참 뒤에 그녀가 천천히 말했다.

"내 남편은 지금 스코틀랜드에 없어요."

"정말인가요?"

"그래요. 그이는 나와 이곳에 함께 있었어요. 적어도 며칠 전까지만 해도. 그런데 현재, 그이는 사라졌어요."

"거 참 안됐군요. 무슨 사건에 말려들었나요?"

터펜스가 고개를 끄덕였다.

"그렇게 생각해요. 그이가 이렇게 사라진 것이 나쁜 징후만은 아니라고 생각하는 이유도 바로 그거예요. 내 생각으로는 조만간 그이가 나에게 연락을 해줄 거라고 봐요. 자기 나름대로의 방식으로 말이에요."

그녀는 살짝 웃어 보였다.

약간 당황한 듯 토니가 말했다.

"물론, 부인께선 그 계획이 어떤 것인지를 잘 아실 줄 믿습니다. 하지만, 조심하셔야 합니다."

터펜스가 고개를 끄덕였다.

"무슨 뜻인지 알겠어요. 책 속에서는 항상 아름다운 여주인공을 미끼로 유혹하면 쉽게 넘어가죠. 하지만, 토미와 나는 나름대로 방법을 가지고 있어요. 우리가 내건 암호는 이거예요."

그녀는 이렇게 말하고 웃었다.

"겉만 번지르르한 2펜스짜리 싸구려 물건."

"뭐라고요?"

젊은 남자는 그녀가 혹시 정신이 나간 게 아닌가 하고 물끄러미 쳐다보았다.

"나의 별명이 터펜스(Tuppence=twopence와 같은 뜻으로, '시시한 것'이라는 의미)라는 걸 설명 드려야겠군요."

"아, 알았습니다." 젊은이의 의혹이 풀렸다.

"독창적이군요—참으로."

"그랬으면 하고 바랄 뿐이죠."

"간섭하고 싶지는 않지만, 뭐 도와 드릴 일이라도 있습니까?"

"물론이죠." 터펜스가 신중히 말했다.

"그래 줬으면 좋겠다고 생각해요."

제12장

1

영겁과 같이 긴 무의식의 시간이 지난 뒤, 토미는 공간에 떠다니는 둥근 불덩어리를 의식하기 시작했다. 그 둥근 불덩어리 가운데 고통의 핵심이 있었고, 우주가 수축하면서 그 둥근 불덩어리는 점차로 느린 회전을 시작했다.

그는 불현듯 그 핵심이 바로 자신의 쑤시는 듯이 아픈 머리라는 것을 알았다. 천천히 그는 다른 사실—차갑고 갑갑하게 느껴지는 사지(四肢)와 배고픔, 그리고 입술조차 움직일 수 없는 무력감을 느끼기 시작했다.

점점 더 천천히, 아주 천천히 둥근 불덩어리가 회전했다……. 이제 그것은 토미 베레즈포드의 머리가 되었고, 그 머리는 딱딱한 바닥에 받쳐져 있었다. 아주 딱딱한 바닥이었다. 확실하진 않지만 그 바닥은 돌과 같았다.

맞았다, 그는 단단한 돌 위에 누워 있었고, 고통스러워서 움직일 수도 없으며, 극도의 허기와 추위 때문에 말할 수 없이 불편한 상황이었다.

비록 피레나 부인의 상 수시 여관 침대가 지나치게 푹신하게 느껴진 적은 결코 없었지만, 확실히 이곳도 그렇지 않을 수밖에 없었다.

물론이고말고, 헤이독! 무전기! 독일인 하인! 상 수시 여관의 대문을 돌아서는 순간……, 누군가가 그의 뒤로 살금살금 다가와서 그를 쓰러뜨렸다. 그것 때문에 머리가 이리도 아픈 것이다.

그런데 그는 무사히 도망쳐 나왔다고 생각했었다! 그렇다면, 결국 헤이독이 그렇게 바보는 아니란 말인가?

헤이독? 헤이독이 스머글러스 레스트 저택으로 문을 닫고 들어가는 것을 똑똑히 보았다. 그런데 그가 어떻게 그 언덕길을 내려와서 상 수시 여관의 마당에서 토미를 기다리고 있었을까?

있을 수 없는 일이다. 토미가 집 안으로 들어가는 그의 모습을 보지 않았다면 또 모른다.

그렇다면, 그 하인일까? 미리 가서 기다리도록 지시를 받았을까? 그러나 토미는 홀을 가로질러 나오면서 애플도어가 문이 빠끔히 열려 있는 부엌 안에서 음식을 준비하는 모습을 확실히 보았다. 아니면, 자신이 보았다는 착각에 빠진 걸까? 아마 그게 해답일지도 모른다.

어쨌든 그건 문젯거리가 되지 않았다. 그가 지금 어디에 있는지를 알아내야 했다.

눈이 어둠에 익숙해지자 그는 작은 장방형의 희미한 빛줄기를 발견했다. 창문, 아니면 쇠창살이었다. 공기가 차갑고 곰팡내가 났다. 그는 자신이 지하실에 누워 있다고 생각했다. 그의 손과 발은 꽁꽁 묶여 있고, 재갈이 물린 입은 붕대로 다시 꼭 붙여 놓았다.

'꼭 처형당할 죄수 같은 꼴이군.' 토미는 생각했다.

그는 아주 신중하게 팔다리와 몸뚱이를 움직이려고 했지만 뜻대로 되지 않았다.

그 순간 희미하게 삐걱거리는 소리가 들리더니 뒤쪽 어디에선가 문이 열렸다. 한 사내가 촛불을 들고 들어왔다. 그는 촛불을 바닥에 내려놓았다.

토미는 애플도어를 알아보았다. 애플도어는 다시 사라졌다가 물병과 유리잔, 그리고 빵과 치즈를 쟁반 위에 담아서 나타났다.

우선 그는 몸을 웅크리고 토미의 사지를 묶어 놓은 밧줄을 살펴보았다. 그다음에 재갈을 이리저리 만져 보았다.

그는 조용하고 차분한 목소리로 말했다.

"이 밧줄을 풀어 주려고 하는데, 그래야 네가 음식을 먹고 마실 수 있을 거야. 하지만, 조금이라도 수상한 소리가 들리면, 음식을 도로 가져가겠다."

토미는 고개를 끄덕이려고 했지만 그럴 수가 없어서 대신 눈동자를 여러 번 끔벅였다.

애플도어가 그 의미를 알았는지 조심스럽게 재갈을 풀어주었다. 입이 자유로워지자 토미는 몇 분 동안 턱을 천천히 움직여 보았다. 애플도어가 물잔을 그의 입술에다 갖다 댔다. 맨 처음에는 삼키기가 어려웠으나 차츰 수월해졌다.

물 한 모금이나마 마시고 나니 세상이 훨씬 좋아 보였다.

그는 딱딱하게 말했다.

"이젠 훨씬 낫군. 나도 예전처럼 그렇게 젊지는 않으니까. 자, 식사 말인데, 프리츠, 프란츠인가?"

그 남자가 조용히 말했다.

"여기서 내 이름은 애플도어로 통하지."

그가 빵과 치즈 조각을 들이대자, 토미는 게걸스럽게 그것을 물어뜯었다. 물을 조금 곁들여서 식사를 말끔히 해치운 다음 그가 물었다.

"자, 다음 차례는 뭐지?"

그 대답으로 애플도어는 다시 재갈을 집어들었다.

토미가 재빨리 말했다.

"헤이독을 만나게 해줘."

애플도어는 고개를 저었다. 민첩하게 재갈을 다시 물린 다음 그는 밖으로 나갔다.

토미는 어두컴컴한 곳에서 생각에 잠겼다.

얼마가 지났는지 그는 문이 다시 열리는 소리 때문에 뒤숭숭한 잠에서 깨어났다. 이번에는 헤이독과 애플도어가 함께 들어왔다. 재갈이 풀어지고 그의 팔을 묶었던 밧줄도 느슨해져서 일어나 앉거나 팔을 내뻗을 수도 있었다.

헤이독은 자동 권총을 가지고 있었다.

토미는 마음속으로 그다지 확신을 하지는 않았지만, 메도우스의 역할을 계속해 나가기 시작했다.

그는 화를 내며 말했다.

"이보시오, 헤이독, 이게 대체 무슨 짓거리요? 나는 기습을 당했어. 납치된 거라고!"

헤이독은 점잖게 고개를 저으며 말했다.

"쓸데없이 떠들지 마. 다 소용없어."

"당신이 첩보기관의 요원이라서 그럴 수 있다고 생각하나 본데……."

다시 헤이독이 고개를 흔들었다.

"아니지, 아니지, 메도우스. 그따위 소리로 날 속일 수는 없어. 계속 꾸며댈 필요는 없다고."

그러나 토미는 낭패한 기색을 보이지 않았다. 그는 헤이독이 사실은 확신을 하지 못했을 거라고 자신에게 타일렀다. 만일 그가 자기 역을 계속 밀고 나간다면……

"도대체 당신이 누구라고 생각하는 거요?" 그가 캐물었다.

"당신의 영향력이 얼마나 큰지는 몰라도 이렇게 행동할 권리는 없소. 나는, 우리의 중대한 비밀에 대해서는 완선히 입 다물 수 있단 말이오!"

헤이독이 냉정하게 말했다.

"너는 네 역할을 아주 잘 해내고 있군. 하지만, 네가 영국 정보부의 요원이든, 아니면 단순히 멍청한 사립탐정이든 나에게는 중요하지가 않아."

"아주 뻔뻔스럽군……"

"닥쳐, 메도우스."

"말할 게 있소……"

헤이독은 흉악한 얼굴을 앞으로 들이댔다.

"빌어먹을 놈, 입 닥치지 못해? 오래전부터 네가 어떤 놈이며, 누가 너를 보냈는지 생각해 보았다. 이젠 상관없는 일이야. 알겠지만, 시간이 촉박해. 그리고 네가 알아낸 사실을 누구에게 연락할 기회도 없을 거다."

"내가 행방불명이 된 사실을 알자마자 경찰이 나를 찾으러 올 거야."

헤이독은 갑자기 눈을 번득이면서 이를 드러내 보였다.

"오늘 저녁 여기에서 이미 경찰을 만나보았지. 좋은 녀석들이야. 둘 다 내 친구들이니까. 그들이 나에게 메도우스 씨에 관한 것을 소상히 묻더군. 그가 사라진 것을 몹시 걱정하면서 말이야. 사건이 난 날 저녁 그가 어땠으며, 그가 한 말 등을 물었다. 그들이 찾는 그자가, 바로 자기들이 앉아 있는 자리의 발 밑에 있다는 사실을 감히 상상도 하지 못할 거야. 네가 이 집에 아주 건강하게 살아 있다는 게 명백한데도, 그들은 너를 여기에서 찾을 수 있으리라고는 꿈도 꾸지 못할 거다."

"네놈이 나를 여기에 영원히 가두어 둘 순 없을 거다."

토미가 격양된 어조로 말했다.

헤이독은 짐짓 가장 영국인다운 태도로 말했다.

"이봐, 존경하는 친구, 그럴 필요가 없게 됐네. 너는 오직 내일 밤까지만 살아 있으면 돼. 작은 만(灣)에 보트가 도착할 예정이지. 우린 너의 건강을 위해 항해시키려고 생각하고 있어. 사실 목적지에 도착할 때쯤 네가 살아 있으리라고는 기대하지도 않을뿐더러, 어쩌면 배 위에서 죽을지도 모르지."

"내 머리를 쳐서 곧장 죽여 버리지 않은 게 유감이군."

"여보게, 날씨가 몹시 덥가면. 우리의 해상 연락이 종종 중단될 때가 있다네. 만일 그렇게 된다면……, 글쎄, 그 이유로 해서 자네는 아마 시체 상태로 발견되겠지."

"알겠네." 토미가 말했다.

그도 이제 알았다. 그 문제는 완전히 분명해졌다. 그는 보트가 도착할 때까지만 살아 있을 것이다. 그다음에는 살해되겠지. 아니면 마취제에 취해서 바다로 끌려나갈 것이다. 그가 발견될 즈음, 그의 시체와 스머글러스 레스트 저택과는 아무런 상관도 없게 될 것이다.

헤이독은 가장 자연스러운 태도로 이야기를 계속했다.

"나는 우리가 뭔가 할 만한 일이 있을까 싶어서 이렇게 왔다네. 어, 자네를 위해서지—사후에라도."

토미는 깊이 생각해 보았다. 그리고 말했다.

"고맙군. 하지만, 내 머리칼을 존스 우드 가(街)에 사는 작은 마누라에게 보내 달라고 하거나, 아니면 그런 비슷한 것을 부탁할 마음은 없네. 봉급날이 다가오면 마누라는 나를 찾게 될 걸세. 하지만, 내 감히 얘기하겠는데, 마누라는 어디서든지 날 아는 친구를 찾게 될 거야."

그는 어떤 경우에도 단독으로 이 일에 관여하고 있다는 인상을 주어야겠다고 느꼈다. 터펜스에게 혐의를 두지 않는 한, 비록 그 자신은 참여하지 못하더라도 이번 계획은 여전히 성공할 가능성이 있었다.

"좋으실 대로." 헤이독이 말했다.

"만일 자네 친구에게 전갈을 보내고 싶다면, 나중에 그게 제대로 전달됐는지 확인해 줄 용의는 있네."

따라서, 그는 결국 존재하지도 않는 메도우스 씨에 대한 약간의 정보라도 얻을까 싶어 노심초사하는 것이 분명했다. 그래, 그렇게 된다면 헤이독은 토미의 정체가 무엇인가 하고 다시 생각하게 될 것이다.

그는 거절을 했다.

"아무것도 없어."

"아주 잘 됐군."

아주 무관심한 표정으로 헤이독은 애플도어를 향해 고개를 끄덕였다.

애플도어는 밧줄과 재갈을 전 상태로 해놓았다. 두 사람은 밖으로 나가서 문을 잠갔다.

혼자 남아서 생각에 잠긴 토미는 결코 유쾌한 기분이 못 되었다. 그는 시시각각 다가오는 미리 정해진 죽음 앞에 직면해 있었다. 더군다나 그가 발견한 정보에 관해 뒤에 어떤 단서라도 남겨놓을 수단조차 없었다.

그의 온몸은 완전히 무기력했다. 이상하게 두뇌도 잘 돌아가지 않는 것처럼 느껴졌다. 그는 헤이독이 제안한 유서를 이용할 수 있을까 궁리해 보았다. 그의 머리가 좀더 명쾌하게 돌아가 준다면 혹시…… 그러나 쓸 만한 생각은 아무것도 떠오르지 않았다.

물론 아직 터펜스가 있긴 하다. 그러나 터펜스가 무엇을 할 수 있을까? 방금 헤이독이 지적했듯이, 토미가 사라진 것과 헤이독과는 아무런 관련이 없는 것으로 될 것이다.

토미는 스머글러스 레스트 저택을 무사히 빠져나왔다. 명백히 두 명의 신뢰할 만한 증인들이 그 점을 확신시킬 것이다. 터펜스가 누군가를 의심하고 있다손 치더라도, 그것은 헤이독이 아닐지도 모른다. 그리고 그녀는 결코 의심하지 않을는지도 모른다. 그녀는 토미가 단순히 누군가를 추적 중이라고만 생각할 수도 있다.

제기랄, 조금만 더 경계를 철저히 했더라면 이런 일은 없었을 텐데……

지하실 안에 한 줄기 희미한 빛이 가물거렸다. 그 빛은 벽 구석 높은 곳에 있는 창살을 통해 들어왔다. 입만 자유롭다면 살려달라고 소리칠 수도 있을 텐데. 성공할 가능성이 거의 없더라도, 혹시 누군가 그 소리를 들을지도 모른다.

30분 동안 꽁꽁 묶인 밧줄을 풀려고 애쓰는 동시에 재갈을 물어뜯으려고 노력해 봤다. 그러나 헛수고였다. 분명히 헤이독이나 하인은 그가 도망갈 궁리를 할 거라고 미리 다 예상을 했을 것이다.

늦은 오후인 것 같았다. 그는 헤이독이 밖에 나갔을 것이라고 추측했다. 머리 위에선 아무 소리도 들리지 않았다.

빌어먹을! 아마 헤이독은 클럽 회관에서 골프를 치면서, 메도우스에게 무슨 일이 일어났는가에 관해 떠들어댈 것이다.

"어젯밤에 나하고 식사를 하고 있을 때만 해도 별 이상 없었는데, 금방 이렇게 비관적이 될 줄이야."

토미는 분노로 몸서리쳤다. 그 친절한 영국식 태도! 어느 누구도 그 둥근 머리가 프러시아계 두개골의 형상이라는 것을 알아차리지 못할 만큼 판단력이 없었던 걸까? 하긴 그 자신도 그 점을 눈치채지 못했으니, 일급 배우가 아니면 해낼 수 없는 탁월한 연기력이다.

그래서 그는 여기에 갇혀 있다. 실패다, 치욕스러운 실패. 아무도 자신의 행방을 짐작조차 할 수 없는 곳에서 마치 병아리처럼 무력하게 온몸이 꽁꽁 묶여 있다.

터펜스가 투시력을 가졌다면? 그녀는 의혹을 품을지도 모른다. 때때로 그녀는 신비스러운 통찰력을 발휘했었다······.

저게 뭘까?

그는 아득히 멀리서 들려오는 소리에 귀를 쫑긋했다.

어떤 남자가 콧노래를 부르고 있었다.

그런데 그는 여기에서 그 누구의 관심을 끌 만한 소리도 내지 못한 채 갇혀 있다.

콧노래 소리가 점점 가깝게 들렸다. 전혀 가락이 맞지 않는 소음이었다. 그러나 가락이(그 뜻은 비록 알아들을 수 없어도) 전에 들은 적이 있어 귀에 익은 것이었다.

그것은 지난번 전쟁 때로 거슬러 올라간다. 이러한 가사였던 것으로 기억된다. "만일 당신이 이 세상에 유일한 처녀고, 내가 유일한 남자라면."

그가 1917년 당시에 얼마나 자주 흥얼거리던 노래였던가.

제기랄, 저 친구 왜 저렇게 노래 실력이 엉망일까?

토미는 갑자기 몸이 긴장되며 뻣뻣해져 옴을 느꼈다. 그런 특별한 순간이 이상하게 친근하게 여겨졌다. 확실히 이런 특별한 장소에 특별한 방법으로 항상 길을 잘못 드는 사람이 꼭 하나씩은 있었다!

'맙소사, 앨버트로군!' 토미는 생각했다.

앨버트는 스머글러스 레스트 저택 부근을 배회하고 있었다. 앨버트가 아주 가까이 왔다. 그러나 토미는 차가운 지하실 바닥에서 사지가 꽁꽁 묶인 채 손도 발도 움직일 수가 없으며, 소리조차 지를 수 없는 신세였다…….

잠깐만이라도 기다려다오. 그가 맞을까?

오직 한 가지 소리를 낼 방법이 있다. 입을 다물고 있는 상태라 입을 벌리고 있을 때만큼 분명하지는 못하지만, 그래도 소리를 낼 수는 있을 것이다.

토미는 필사적으로 코를 골기 시작했다. 그는 눈을 감은 채, 만일 애플도어가 내려온다면 깊은 잠에 빠진 것처럼 흉내 낼 준비를 하면서 코를 골고 또 골았다…….

세 번은 짧게 코를 골았다. 그리고 잠시 멈췄다. 이번에는 길게 세 번 골았다. 그리고 다시 멈추고, 다시 짧게 세 번…….

2

터펜스가 떠난 뒤 앨버트는 몹시 혼란상태에 빠졌다.

지난 수년간 그는 머리 회전이 둔해지기는 했지만, 끈질긴 면은 그대로 남아 있었다.

전반적은 사건 추이가 크게 잘못되어 있다고 그는 느꼈다.

전쟁은 시작부터 완전히 잘못되었다.

"독일놈들."

앨버트는 침울한 생각이 들었으나 원한은 거의 없었다. 히틀러에 대한 찬양과 오만불손하게 거들먹거리는 걸음걸이와 세계를 침략해 폭탄과 기관총 사격을 가함으로써 결국 그들 스스로 역병을 일으키는 해로운 존재로 타락해 버렸다. 그들의 행위가 중단되어야 한다는 데에는 재론의 여지가 없다. 그럼에도 지금까지 아무도 그들을 중단시키지 못했다.

지금 여기 곤란한 일에 스스로 뛰어들어 더욱 큰 어려움을 찾아나서는 멋진 여인, 베레즈포드 부인이 있다. 그러니 어찌 앨버트가 그녀의 마음을 돌릴 수 있겠는가? 그도 그럴 수 있을 것 같지는 않았다. 그들은 '제5열'이라는 추잡한 운명에 직면해 있는 것이 틀림없다. 그들 중 몇몇은 또한 영국 태생이다! 바로 그 점이 치욕이었다!

베레즈포드는 항상 부인의 충동적인 태도를 막아 왔다. 그 대위가 행방불명되었다. 앨버트는 그 점이 영 마음에 걸렸다. 그는 그 사건의 배후에 '독일놈들'이 관련되어 있다고 짐작했다.

아주 불길한 예감이 든다. 아니, 어쩌면 토미가 범인을 잡은 것처럼 생각되기도 했다.

앨버트에겐 신중하게 추리하는 능력이 없었다. 대부분의 영국인처럼 그도 무엇인가 자극을 받으면 그럭저럭 골칫거리가 해결될 때까지 계속해서 되는대로 해나가는 것이었다. 대위를 구해야겠다고 결심한 앨버트는 충견처럼 그를 찾으러 나섰다.

그는 정해진 계획에 의해 행동하는 것이 아니라, 아내의 손가방이나 자기 안경이 잘못 놓여 있을 때 으레 찾으려고 하는 것과 똑같은 방법으로 일을 해나갔다. 말하자면, 그는 마지막으로 물건을 본 장소를 기억해서 거기서부터 일에 착수하는 것이다.

이 사건의 경우 토미의 행방에 관해 마지막으로 밝혀진 바로는, 그는 스머글러스 레스트 저택에서 헤이독과 저녁식사를 마친 뒤 상 수시 여관으로 되돌아와서 대문을 향해 모퉁이를 돌아섰던 그 순간까지만 목격되었다.

그 증언에 따라서, 앨버트는 상 수시 여관의 대문에서 가능한 한 멀리 떨어진 언덕에 올라가서, 약 5분 동안 혹시라도 하는 마음으로 대문을 살펴보았다. 그의 뇌리를 번득이며 스치고 지나칠 만한 아무런 특징도 발견되지 않자, 그는 한숨을 내쉬며 스머글러스 레스트 저택을 향해 언덕 위로 천천히 올라갔다.

앨버트는 지난주 오네이트 극장에 가서 '방랑 시인'이라는 영화를 보고 큰 감명을 받았었다. 얼마나 낭만적인가! 그는 그 영화의 내용이 자신이 처한 곤경과 아주 유사한 데 대해 놀라지 않을 수 없었다. 그도 영화의 주인공 게리 쿠퍼처럼 옥에 갇힌 대장을 찾아나서는 충실한 블론델 역을 맡은 셈이었다. 블론델처럼 그도 과거에 대위의 편에 서서 싸운 경력이 있다. 지금 그의 상사는 변절자에 의해 배신당했으며, 그를 찾아서 베렌거리아 여왕의 사랑스러운 품으로 되돌려줄 사람은 충실한 블론델밖에는 아무도 없었다.

앨버트는, 충실한 서정 시인이 탑 아래를 전전하면서 아주 감상적으로 흥얼거리던 '리처드, 오 나의 왕이시여'란 감미로운 곡을 생각해 내면서 한숨을 쉬었다.

가엾게도 그는 노래를 잘 부를 수가 없다. 음정을 잡는 데 한참이나 시간이 걸렸다. 그는 양 입술을 오므려서 시험 삼아 휘파람을 불었다. 그 오래된 곡조는 최근에 다시 유행되고 있다.

"만일 당신이 이 세상의 유일한 처녀고, 내가 유일한 남자라면."

앨버트는 아주 말끔하게 흰색 칠을 한 스머글러스 레스트 저택의 대문을 살펴보려고 멈춰 섰다. 여기가 바로 대위가 저녁식사에 초대되어 갔던 곳이다.

그는 좀더 언덕길을 올라갔다가 내리막길로 다시 내려왔다.

거기에는 아무것도 없다. 잔디와 몇 마리의 양뿐이었다.

스머글러스 레스트 저택 대문이 빙그레 열리면서 차 한 대가 나왔다. 골프 채를 든 덩치가 큰 사람이 다른 네 사람과 함께 언덕 아래로 차를 몰고 내려갔다.

"헤이독이 맞을 거야. 틀림없어." 앨버트는 생각했다.

그는 다시 어슬렁어슬렁 내려와서 그 저택을 살펴보았다.

말끔하고 아담한 곳이었다. 멋진 정원이 있었는데, 경치가 아주 훌륭했다. 그는 그곳을 부드러운 눈길로 쳐다보았다.

"난 당신에게 멋진 얘기를 들려줄 수 있을 텐데." 하고 그가 흥얼거렸다.

그 집의 쪽문에서 한 사내가 제초기를 들고 나오더니 작은 문을 통해 사라져 버렸다.

자기 집 뒤뜰에다 금련화와 양상추를 조금 재배하는 앨버트로서는 즉시 흥미를 느끼지 않을 수 없었다. 그는 그 저택으로 서서히 접근해서 열린 대문을 통해 들어갔다. 역시 말끔하고 아담한 저택이었다.

그는 천천히 그 주위를 배회했다. 아래쪽으로 계단을 밟고 내려가면 채소밭으로 가꾸어진 평평한 밭이 있었다. 집에서 나온 그 사내는 바삐 그리로 내려갔다.

앨버트는 한참 동안 그를 관심 있게 쳐다보았다. 그러고 나서 집을 살펴보려고 뒤돌아섰다. 말끔하고 아담한 장소라고 다시 한 번 생각했다. 퇴역한 해군 출신 신사에게 꼭 어울릴 만한 그런 집이었다. 이 집이 바로 대위가 그날 밤 저녁을 즐겼던 장소다.

앨버트는 천천히 집 주위를 돌고 또 돌았다. 그는 상 수시 여관의 대문을 살펴보았던 것처럼 찬찬히 그 집을 살펴보았다. 거기서 뭔가 단서를 얻어낼 수도 있지 않을까 해서였다.

그는 걸어가면서 마치 대장을 찾아 헤매는 20세기의 블론델처럼 콧노래를 흥얼거렸다. '아주 멋진 일들을 할 수 있을 텐데.'라는 곡조였다.

"난 당신에겐 멋진 얘기를 들려 줄 수 있을 텐데. 아주 멋진 일을 해줄 수 있을 텐데."

어딘가 잘못된 것 같은데? 그는 전에도 불러본 적이 있었다.

에이! 웃기는 일이군. 그렇다면 헤이독이 돼지를 키우고 있단 말인가?

길게 꿀꿀거리는 소리가 그에게 들렸다. 우습군. 마치 지하에서 들려오는 소리 같았다. 돼지를 그런 곳에 가두어 두다니 정말 말도 안 되는 얘기군.

돼지일 리가 없다. 그러면 그렇지, 그건 잠을 자는 사람이었다―코를 골면서. 지하실에서 잠을 자는 것 같은데……

낮잠을 자기에는 안성맞춤인 날씨지만, 잠을 자기에는 좀 우스운 장소였다. 땅벌처럼 윙윙 콧노래를 부르면서, 앨버트는 좀더 접근해 갔다.

그 소리는 작은 창살문을 통해서 들려왔다. 세 번 꿀꿀거린 다음 세 번 코를 골고, 다시 세 번 꿀꿀거렸다. 해괴망측하게 코를 고는 소리였다.

뭔가 그의 머리에 퍼뜩 떠오른 것이 있었다.

"아!" 앨버트가 탄성을 질렀다.

"바로 그거다. S. O. S.—돈 돈 돈, 쯔—쯔—쯔, 돈 돈 돈."

그는 재빨리 주위를 둘러보았다.

그런 다음 무릎을 구부리고 앉아서, 작은 창문 쇠창살을 조용히 두들겨서 응답 타전을 보냈다.

제13장

1

비록 터펜스는 낙관적인 기분으로 잠자리에 들었지만, 사람의 심기(心氣)가 가장 저하되는 이른 새벽 몇 시간 동안은 눈을 붙이지 못해 아주 고통스러운 시간을 보내야 했다.

그러나 아침 식사하러 내려가서 몹시 왼쪽으로 기울어진 필체로 주소가 적힌 편지 한 통을 발견한 뒤 기분이 좀 나아졌다.

이 편지는 더글러스나 레이먼드, 또는 시릴, 아니면 다른 사람으로부터 정기적으로 그녀에게 배달되는 위장된 편지가 아니고, 오늘 아침에는, '지난번에 편지를 못 보내 드려 죄송합니다. 만사가 다 괜찮습니다, 모디.'라는 내용을 휘갈겨 쓴 밝은색의 우편엽서가 동봉된 편지였다.

터펜스는 얼른 편지를 펴보았다.

친애하는 패트리셔에게(중략),

그레이시 고모님이 오늘 아주 위독한 것 같군요. 의사들은 고모님이 곧 운명할 거라는 말은 안 하지만 내가 보기에는 유감스럽게도 희망이 없어요. 만일 임종 전에 그분을 보고 싶으면 오늘 오는 게 좋을 것 같습니다. 10시 20분 발 예로우행 열차를 타면 내 친구가 자동차로 마중 나갈 겁니다. 서글픈 마음은 차치하고서라도 부인을 다시 만나볼 것을 학수고대합니다.

당신의 벗
피넬러피 플레인으로부터

터펜스가 할 수 있는 일이란 고작 기쁨을 감추는 것뿐이었다.

착한 페니 플레인.

그녀는 슬픈 표정을 짓느라 좀 힘이 들었다. 그리고 편지를 내려놓으면서 깊은 한숨을 내쉬었다.

그녀는 동정어린 표정으로 쳐다보는 오루크 부인과 민턴 양에게 그 편지 내용을 들려주고는 그레이시 고모님의 성격에 관해 생각나는 대로 과장해서 떠들었다.

그녀의 꿋꿋한 정신과 공습이나 위기에 처했을 때의 당당했던 태도, 그리고 결국엔 병 때문에 그녀가 돌아가시게 되었다는 것을 상세히 들려주었다.

민턴 양은 그레이시 고모가 앓는 병의 정확한 원인에 관심을 보이면서, 그녀의 사촌 셀리나가 가지고 있는 질병과 아주 흥미 있게 비교해 가며 설명했다. 그레이시 고모의 병명이 수종증인지 당뇨병인지를 모르고 있던 터펜스는 적이 당황했으나, 신장발병증세일 것이라고 그럭저럭 얼버무렸다.

그 노부인의 사망으로 말미암아 터펜스에게 경제적 이득이 생길 건지에 관해 열렬한 관심을 보인 오루크 부인은, 귀여운 시릴이 터펜스의 대자(代子)일 뿐만 아니라 그레이시 고모에게도 항상 가장 사랑받는 조카 손자임을 알게 되었다.

아침식사 후, 터펜스는 재단사에게 전화를 걸어서 그날 오후에 코트와 치마를 맞추겠다던 예약을 취소했다. 그다음에 피레나 부인에게 찾아가서 이틀 동안 집을 떠나 있게 될 것이라고 설명했다.

피레나 부인은 으레 그랬던 것처럼 서운한 표정을 지었다. 그녀는 오늘 아침 몹시 지쳐 보이고, 근심스러우면서도 짜증스러운 표정을 지었다.

그녀가 말했다.

"아직 메도우스 씨에 관한 소식은 없어요. 정말 이상하군요, 그렇잖아요?"

"그분이 사고를 당한 게 틀림없어요. 내가 추측하는 대로예요."

블렌켄솝 부인이 탄식했다.

"오, 하지만, 블렌켄솝 부인, 이 시간쯤이면 틀림없이 사고가 났다는 통보라도 와야 하는데."

"글쎄요, 부인의 생각은 어떤데요?" 터펜스가 물었다.

피레나 부인이 고개를 저었다.

"정말 무슨 말을 해야 할지 모르겠군요. 그가 고의로 자취를 감추었을 리는 없다고 봐요. 지금쯤은 전갈을 보냈어야만 해요."

"그런 추측은 가장 비합리적이고 무책임한 것이에요."

블렌켄솝 부인이 흥분하며 말했다.

"그 괘씸한 블레츨리 소령이 그 말을 꺼냈어요. 아니죠, 그게 사고가 아니라면, 기억상실증이 틀림없어요. 나는 그 사건이 일반적으로 알려진 평범한 것 이상이라고 믿어요. 특히, 우리가 현재 헤쳐나가야 하는 시기처럼 비상시에는 더욱 그래요."

피레나 부인이 고개를 끄덕였다.

그녀는 다소 의심스럽다는 표정으로 입을 다물었다. 그러고는 재빨리 터펜스를 쳐다보고 말했다.

"알다시피, 블렌켄솝 부인, 우리는 메도우스 씨에 대해 잘 몰라요, 그렇잖아요?"

터펜스가 퉁명스럽게 반문했다.

"무슨 뜻이죠?"

"오, 제발 그렇게 심하게 힐책하지 마세요. 난 믿고 싶지 않아요―한순간이라도."

"믿고 싶지 않다니, 뭘 말이죠?"

"항간에 떠도는 소문 말이에요."

"무슨 소문인데요? 난 못 들어 봤는데."

"아니에요. 글쎄……, 아마 다른 사람들도 당신에게는 말하려 하지 않을 거예요. 정말 그 얘기가 어떻게 해서 시작됐는지 나도 모르겠어요. 케일리 씨가 제일 먼저 꺼냈다고 생각되는군요. 물론 그 사람도 약간 수상하긴 해요. 내 말 뜻을 아시겠어요?"

터펜스는 될 수 있는 한 자제심을 잃지 않으려고 애쓰면서, "말씀해 주세요."라고 말했다.

"글쎄요, 단지 추측일 뿐인데, 메도우스 씨가 적국 스파이일지도 모른다는 거예요. 무시무시한 '제5열'의 요원 중 하나일 거라는 거지요."

터펜스는 이 말을 듣고 될 수 있는 한 블렌켄솝 부인으로서, 가장 화난 표정을 지었다.

"그런 엉터리 소리는 들어본 적도 없어요!"

"물론이죠, 나도 그럴 거라고는 생각지 않아요. 그렇지만, 메도우스 씨가 독일 청년과 자주 만나는 모습이 목격되었다고 하더군요. 그리고 그 공장에서 이루어지는 화학 처리 과정에 대해 이것저것 많은 질문을 했을 거예요. 그래서 사람들은 아마 그 두 사람이 함께 어떤 일을 했을지도 모른다고 생각하고 있어요."

터펜스가 말했다.

"피레나 부인, 칼도 좀 수상한 데가 있다고 생각하진 않나요?"

그녀는 일순간 피레나 부인이 경련을 일으키며, 얼굴이 일그러지는 것을 보았다.

"사실이 아니길 바라요."

터펜스가 점잖게 말했다.

"불쌍한 실라……."

이 말에 피레나 부인의 눈동자가 번쩍 빛났다.

"오 가엾은 것, 얼마나 실의에 차 있을까. 왜 일이 이 모양일까? 왜 하필 그 애가 칼 말고 다른 젊은이에게 애정을 품지 못했을까?"

터펜스가 고개를 저었다.

"일이 그런 식으로 된다면 안 돼요."

"옳은 말씀이에요."

피레나 부인이 낮고 비통한 목소리로 말했다.

"그건 마음을 갈가리 찢어놓는 일이 틀림없어요……. 슬프고 괴로우며 허무한 일이 분명해요. 나는 잔인함(이 세상의 불공정함)이라면 신물이 나요. 그것을 박살 내서 흔적도 없이 만들고 싶어요. 그리고 우리 모두 이런 규칙과 법률, 또 초국가적인 전제 행위를 없애버리고 다시 현실 세계에서 새 출발을 하는 거예요. 그러고 싶어요."

기침 소리에 그녀는 말을 멈추었다. 굵고 쉰 듯한 기침 소리였다.

오루크 부인이 커다란 몸으로 완전히 문틈을 막고서 출입구에 서 있었다.

"방해가 됐나요?" 그녀가 물었다.

스펀지 지우개가 칠판을 닦고 지나간 것처럼 피레나 부인의 폭발적인 격정은 온데간데없이 사라졌다. 단지 고급 여관의 주인으로서 말썽을 일으키는 투숙객들에 대한 온화하고 걱정스러운 표정만이 그 흔적으로 남아 있었다.

"천만에요, 오루크 부인. 우린 단지 메도우스 씨가 어떻게 됐나 이야기하고 있었을 뿐이에요. 경찰조차 그의 행방을 알 수가 없다니 기가 막히는군요."

"흥, 경찰!"

오루크 부인은 거리낌 없이 경멸적인 말투로 빈정거렸다.

"도대체 그들이 무슨 소용이 있나요? 전혀 없어요, 전혀! 단지 도난당한 자동차나 찾아내고, 애완견의 허가증을 발급받지 못한 가엾은 사람들이나 꾸짖는 일에 적격이죠."

"오루크 부인, 당신의 생각은 어떤가요?" 터펜스가 물었다.

"항간에 떠도는 소문을 아직도 듣지 못하셨나요?"

"그가 파시스트 당원에다 적국 스파이일 거라는 소문이 떠돈다고 듣긴 했어요. 그래요."

터펜스가 냉정하게 말했다.

"현재로선 사실일 가능성이 커요."

오루크 부인이 신중하게 말했다.

"그 남자에게는 처음부터 나의 호기심을 자아내는 뭔가가 있었기 때문에 하는 소리예요. 알다시피, 나는 그를 유심히 관찰해 보았어요."

그녀는 똑바로 터펜스를 쳐다보며 웃었다.

오루크 부인이 웃는 모습엔 항상 막연히 소름끼치는 데가 있었다. 도깨비의 미소, 바로 그것이었다.

"그의 행동거지로 봐서는 사업에서 손을 뗀 사람 같지도 않았고, 아예 사업하고는 아무런 관련도 없었어요. 내 판단을 취소한다손 치더라도 그는 여기에 어떤 목적이 있어서 왔다고 분명히 말할 수 있어요."

"그렇다면 경찰이 추격할 기미가 보이자 그가 잠적해 버렸다, 이 말인가요?"
터펜스가 캐물었다.

"아마 그럴 겁니다." 오루크 부인이 말했다.

"피레나 부인의 의견은 어떤가요?"

"모르겠어요."

피레나 부인이 한숨을 쉬며 말했다.

"그 일 때문에 속상해 죽겠어요. 그 일에 대해서는 너무도 의견이 분분해요."

"아! 그렇다고 손해 볼 건 없잖아요. 그들이 지금 바깥 테라스 위에서 즐겁게 온갖 상상과 추측을 하고 있을 거예요. 결국에는 그 조용하고 착하기만 한 사람이 침대에다 시한폭탄을 장치해서 우리 모두를 폭파시켜 버릴 거라고 사람들은 말할 거예요."

"부인 의견을 이제야 밝히는군요." 터펜스가 말했다.

오루크 부인은 여전히 흉악한 미소를 슬그머니 지었다.

"나는 그 사람이 어딘가에 안전하게 있을 거라고 생각해요. 아주 안전하게……."

터펜스는 생각에 잠겼다.

'이 여자는 마치 뭔가를 아는 것처럼 얘기할 수는 있겠지……. 하지만, 토미는 이 여자가 생각하는 곳에 있지 않아!'

그녀는 여장을 꾸리려 자기 방으로 올라갔다.

베티 스프롯은 장난기 있는 표정에 뭐가 그리도 기쁜지 온통 웃음을 띠고 케일리 부부의 방에서 뛰어나왔다.

"꼬마야, 뭐하고 놀았니?"

터펜스가 묻자, 베티는 키득거리며 웃었다.

"거위야, 바보 같은 거위야……."

베티가 목을 꼴깍거리며 소리쳤다.

"어디로 가느냐? 2층으로!"

터펜스는 베티를 자기 머리 위로 번쩍 들어 올렸다. 그러고는 "아래층으로!" 하며 그녀는 베티를 방바닥에 내려놓았다.

그때 스프롯 부인이 나타나서 베티에게 산책하기에 적당한 옷으로 갈아입히려고 데리고 나갔다.

"숨바꼭질?"

베티는 눕고 싶은 기대감에 물었다.

"숨바꼭질할 거야?"

"지금은 숨바꼭질을 할 수 없어요." 스프롯 부인이 말했다.

터펜스는 자기 방으로 가서 모자를 썼다(그녀는 모자를 쓰는 거라면 질색을 했다. 터펜스 베레즈포드는 결코 그런 적이 없었다. 그러나 터펜스는 패트리셔 블렌켄솝이라면 확실히 그렇게 해야만 어울릴 거라고 생각했다).

그녀는 벽장 속에 보관된 모자들의 위치가 바뀌어 있음에 주의했다.

누군가가 그녀 방에 들어와 뒤졌다는 건가? 좋아, 내버려두자. 그들은 블렌켄솝 부인의 결백을 의심할 아무런 단서도 찾아내지 못할 테니.

그녀는 피넬러피 플레인한테서 온 편지를 일부러 경대 위에 놔두고 아래층으로 내려와서 집 밖으로 나섰다.

그녀가 대문을 나설 때 시계는 10시를 가리키고 있었다.

시간은 아직 많이 남아 있다. 그녀는 하늘을 쳐다보고 걷느라 문기둥 옆에 있는 검은 웅덩이에 빠졌지만, 전혀 개의치 않고 계속 걸어갔다.

그녀의 심장은 몹시 뛰었다.

성공이다, 성공이다, 그들은 성공을 향해 나아가고 있었다.

2

예로우는 조그마한 시골 역으로서, 마을은 철길에서 좀 멀리 떨어져 있었다. 역 밖에 자동차 한 대가 대기하고 있었다.

잘생긴 젊은이가 차 안에 있었다. 그는 모자챙을 만지며 터펜스에게 예의를 차렸으나, 그 동작이 조금도 자연스러워 보이지 않았다.

터펜스는 미심쩍은 표정으로 반대편 차바퀴를 발로 서너 번 찼다.

"바람이 좀 빠진 것 같지 않아요?"

"그리 멀지 않은 거리입니다, 부인."

그녀는 고개를 끄덕이고 차에 올라탔다.

그들은 마을 쪽이 아니라 시내 쪽으로 차를 몰았다. 구불구불한 언덕길을 올라간 다음, 아래로 깎아지른 듯한 벼랑이 까마득하게 보이는 샛길로 접어들었다. 잡목 덤불의 그림자 속에서 한 인물이 그들을 맞으려고 걸어나왔다.

차가 멈추자, 차에서 내린 터펜스는 앤터니 마스든을 향해 걸어갔다.

"베레즈포드 씨는 무사합니다." 그가 재빨리 말했다.

"어제 그분이 있는 곳을 알아냈습니다. 현재로선 갇혀 있는 상태입니다. 석들이 그분을 가둬 놓았지요. 좋은 의미에서 그분은 12시간을 더 갇혀 있어야 합니다. 아실지 모르겠지만, 어떤 지점에 적의 보트가 도착할 예정입니다. 그러면 우리는 그 배를 현장에서 덮칠 생각입니다. 베레즈포드 씨가 지하실에 갇혀 있는 이유도 바로 그 때문이죠. 우리는 최후의 순간까지 그 계획을 노출하고 싶지 않은 겁니다."

그는 걱정된다는 듯이 그녀를 쳐다보았다.

"이해하시겠습니까?"

"오, 물론이죠!"라고 대답하며 터펜스는 나무 뒤에 반쯤 가려진 이상하게 뒤엉킨 천막 같은 것을 물끄러미 쳐다보았다.

"그분은 정말로 무사합니다."

젊은이는 계속 말을 했다.

"물론, 토미는 무사할 거예요."

터펜스는 참을성 없이 내뱉었다.

"나를 마치 두 살 먹은 어린애 취급하듯 설명할 필요는 없어요. 우리 둘은 모험을 할 준비가 되어 있으니까. 그런데 저기에 있는 게 뭐죠?"

"글쎄요……."

젊은이가 머뭇거렸다.

"바로 저겁니다. 저는 부인에게 어떤 제안을 하라는 명령을 받았습니다. 하지만,……, 하지만, 글쎄요, 솔직히 말씀드리자면 저는 그런 제안을 하는 것이 별로 달갑지 않습니다. 부인도 아시다시피……."

터펜스는 그를 날카로운 눈초리로 쳐다보았다.

"왜 그 제안을 꺼리는 거죠?"

"글쎄(이것 참), 부인은 데보라의 어머니이십니다. 제 말뜻은, 데보라가 나중에 저에게 뭐라고 할지, 만일에……."

"혹시 내게 좋지 않은 일이라도 일어날까 봐서 그래요?" 터펜스가 물었다.

"만일 내가 젊은이라면, 그 애에게는 이 일에 관해 언급하지 않을 거예요. 변명한다는 자체가 실수를 인정하는 것과 진배없으니까."

그러면서 그녀는 그를 보고 온화하게 웃었다.

"이봐요, 당신 기분이 어떤지는 잘 알아요. 당신이나 데보라 같은 젊은 사람들이 대체로 모험을 무릅쓴다는 것은 괜찮은 일이에요. 그런데 중년에 접어든 사람들은 단순히 늙었다는 사실 하나만으로 보호를 받아야 한다고 생각하죠.

하지만, 그건 어리석은 생각이에요. 왜냐하면 누군가가 만일 희생 되어야만 한다면, 그들의 인생에서 최고의 시기를 이미 겪은 중년의 사람들이 희생되는 게 훨씬 낫기 때문이에요. 데보라의 엄마라고 해서 보호의 대상으로 쳐다보지는 마세요. 그러니 어서 내가 해야 할 위험스럽고도 불쾌한 일이 뭔지나 말해 봐요."

젊은이는 열성을 다해 말했다.

"부인은 정말 훌륭하십니다. 한마디로 탁월한 분이십니다."

"칭찬은 그만둬요." 터펜스가 말했다.

"난 혼자서도 충분히 만족하고 있으니까, 당신까지 맞장구칠 필요는 없어요. 그래, 기발한 착상이라는 게 대체 뭐죠?"

토니는 아무렇게나 뭉쳐져 있는 덩어리를 몸짓으로 가리켰다.

"저건 낙하산입니다." 그가 설명했다.

"아."

터펜스가 그렇게 말하는 순간, 그녀의 눈빛이 빛났다.

"낙하산이 하나 내려왔습니다." 마스든이 말을 이었다.

"하지만, 이 근처의 지역 방위자원군들이 운이 좋았죠. 그들은 낙하하는 것을 목격하고 그녀를 체포했습니다."

"여자라고요?"

"예, 여자입니다! 병원 간호복 차림을 한 여자였지요."

"유감스럽게도 그녀는 수녀가 아니군요. 버스를 타고 내릴 때, 털이 난 근육 투성이의 팔로 버스비를 내는 수녀에 관해 항간에 떠도는 소문이 아주 많았어요."

터펜스가 말했다.

"하여간, 그 여자는 수녀도 아니었고 여장한 남자도 아니었습니다. 그녀는 자그마한 키에 나이는 중년쯤 되어 보이고, 검은 머리에 깡마른 몸매를 하고 있더군요."

"그러면 나 같은 여자가 아닌가요?" 터펜스가 물었다.

"예, 정확히 맞추셨습니다."

토니가 맞장구쳤다.

"그래요?"

마스든이 천천히 말했다.

"다음번 해답은 부인에게 달렸습니다."

터펜스는 빙그레 웃으면서 말했다.

"자, 난 준비가 다 됐어요. 내가 갈 곳과 할 일은?"

"베레즈포드 부인, 아주 대범하시군요. 정말 대단한 용기를 가지셨습니다."

"자, 내가 어디로 가서 무얼 하면 되죠?"

터펜스는 조바심이 나는 듯 되물었다.

"불행히도 지시사항은 매우 보잘것없습니다. 그 여자의 주머니에서 종이쪽지를 발견했는데, 독일어로 이런 내용이 적혀 있더군요. '레더배로우로 걸어가라 ―십자탑에서 정동 방향으로 가라. 세인트 아셀프 로(路) 14번지, 비니언 박사.'"

터펜스는 고개를 들어 살펴보았다. 언덕 꼭대기 근처에 십자탑이 있었다.

"바로 저겁니다." 토니가 말했다.

"물론, 도로표지판이 없어지기는 했지만, 래더배로우는 큰 지역이라서 십자탑에서 죽 가면 반드시 찾을 수 있을 겁니다."

"얼마나 멀지요?"

"최소한 5마일은 될 겁니다."

터펜스는 약간 인상을 찡그렸다.

"점심식사 전 건강에 좋은 도보 산책이야." 그녀가 중얼거렸다.

"비니언 박사가 거기에 도착하자마자 점심이라도 대접해 준다면 좋겠군요."

"베레즈포드 부인, 독일어를 할 줄 아십니까?"

"호텔 용어 정도밖에 모르는데. 확실하게 영어를 써야겠군요. 나의 작전지시상 그렇게 해야만 한다고 둘러대면 되겠지요."

"아주 무모한 짓입니다."

마스든이 말했다.

"그렇지 않아요, 어리석은 소리. 누가 바꿔치기 되었다고 상상이나 하겠어요? 아니면, 그 누가 수 마일 내에 낙하산이 내려왔다는 것을 알겠어요?"

"경찰서장이 그 사실을 보고한 두 명의 지역 방위자원군을 보호하고 있습니다. 그들은 아주 영리해서 자기 동료들에게 모험을 무릅쓰고서까지 그 얘기를 하려 하지는 않을 겁니다."

"혹시 그 밖의 다른 사람이 그 장면을 목격했거나, 아니면, 그 소문이라도 듣지 않았을까요?"

토니가 웃었다.

"존경하는 베레즈포드 부인, 매일같이 하나, 둘, 서넛, 심지어 백 개의 낙하산이 내려오는 장면을 목격했다는 소문이 항간에 떠도는 판국입니다!"

"그건 그렇겠군요." 터펜스도 동의했다.

"그럼, 이제 길을 안내해 줘요."

"자, 여기서부터는 복장을 달리해야 합니다. 분장술 전문인 여자 경찰이 있으니 절 따라오십시오."

토니가 말했다.

잡목 덤불 속에는 다 쓰러져 가는 창고가 하나 있었다. 그 창고 문 옆에 유능하게 생긴 중년의 여자가 서 있었다.

그녀는 터펜스를 살펴보더니 될 것 같다는 듯이 고개를 끄덕였다.

창고 안에 들어가 엎어놓은 포장용 상자 뒤에 걸터앉은 터펜스는 숙련된 분장 솜씨에 자신을 떠맡겼다.

이윽고, 분장사는 뒤로 몇 발걸음 물러서더니 흡족한 듯이 고개를 끄덕이며 말했다.

"자, 어때요, 아주 잘 된 것 같은데, 마음에 드십니까?"

"아주 훌륭합니다." 토니가 말했다.

터펜스는 팔을 뻗어서 그 여자가 들고 있던 거울을 집어들었다. 그녀는 거울 속의 자기 얼굴을 쳐다본 순간 깜짝 놀라서 비명을 지르지 않을 수 없었다.

눈썹이 완전히 다른 모양으로 손질돼서 전체 인상이 비뀌어 버린 것이다.

귀 앞쪽으로 끌어당긴 고수머리 밑에 가려진 작은 석회 조각들은 얼굴의 피부를 팽팽하게 해서 그 윤곽마저 바꾸어 버렸다.

코에 붙인 소량의 접착제 때문에 코 모양도 바뀌어서 터펜스의 옆모습은 뜻밖에도 매부리코가 되어 버렸다. 노련한 분장으로 양쪽 입가에 생긴 깊은 주름살과 더불어 나이가 한 대여섯 더 먹어 보였다. 얼굴 전체는 자기만족에 빠진 다소 어리석은 인상을 풍겼다.

"대단히 솜씨가 좋으십니다."

터펜스는 칭찬의 말을 했다. 그녀는 아주 조심스럽게 코를 만져 보았다.

"조심하셔야 합니다."

분장사가 주의를 주었다. 그녀는 아주 얇은 고무 두 장을 만들었다.

"부인의 양볼에 이것을 붙이겠습니다. 괜찮으시겠어요?"

"할 수 없죠."

터펜스는 얼굴을 찡그리며 말했다.

그녀는 그것을 붙이고 난 뒤, 조심스럽게 턱을 움직여 보았다.

"그다지 불편하지는 않군요." 그녀는 시인하지 않을 수 없었다.

그다음에 토니가 살그머니 창고 밖으로 나가자, 터펜스는 자기 옷을 벗어 버리고 간호사복 차림을 했다. 어깨 부분이 약간 좁기는 했지만 그다지 불편한 편은 아니었다. 마지막으로 감청색 모자를 쓰자 영 딴 인물이 되었다. 그렇지만, 튼튼하고 코가 네모진 구두는 신지 않기로 했다.

"5마일씩이나 걸어가야 한다면 내 신발을 신겠어요."

그녀는 단호하게 말했다.

그들도 둘 다 그편이 현명하다고 합의를 보았다. 특히 터펜스의 구두는 감청색 가죽이기 때문에 제복과 썩 잘 어울렸다.

그녀는 관심 있게 감청색 손가방을 살펴보았다. 분갑 하나(립스틱은 없었다), 영국 화폐 2파운드 14실링 6펜스와 손수건이 있었다. 그리고 프리다 앨턴이라는 이름에, 주소는 셰필드 시(市) 맨체스터 로(路) 4번지라고 적혀 있는 신분증명서가 들어 있었다.

터펜스는 자신의 분갑과 립스틱을 옮겨 넣고 일어서서 출발할 준비를 했다.

토니 마스든은 고개를 돌린 채 볼멘소리로 말했다.

"부인에게 이런 일을 시키는 저 자신이 비열한 놈같이 느껴지는군요."

"당신의 심정이 어떤지는 잘 알아요."

"하지만, 부인께서도 아시다시피 이것은 극히 중요한 임무입니다. 공격이 언제 어떤 방법으로 시작될지를 알아내지 않으면 안 됩니다."

터펜스는 그의 팔을 토닥거렸다.

"이봐요, 걱정하지 마세요. 믿든 안 믿든 간에 나는 스스로 즐거워서 하는 일이니까."

토니 마스든이 다시 말했다.

"저는 부인께 그저 놀랍다는 말밖에는 할 수가 없군요."

3

다소 지친 터펜스는 아샐프 로 14번지에 서서 비니언 박사의 간판을 보고 그가 내과의사가 아니라 치과의사라는 것을 알았다.

길모퉁이로 눈길을 돌리자 토니 마스든이 보였다. 그는 도로 아래쪽 집 바깥에 세워 둔 산뜻한 차 안에 앉아 있었다.

그녀가 그곳까지 차를 몰고 왔다면 그 사실이 감시될지도 모르기 때문에 터펜스는 지시받은 대로 정확히 래더배로우 쪽으로 걸어갈 필요가 있다고 판단했다. 두 대의 적 비행기가 시내 바로 위를 저공으로 선회하면서 시골길을 홀로 걸어가는 간호사의 모습을 확인한 뒤 재빨리 돌아갔을 것이 틀림없으리라.

토니는 노련한 여자 경관과 함께 정반대 쪽으로 차를 몰고 가다가 래더배로우에 도착하기 전 한참 동안 우회를 한 뒤, 세인트 아샐프 로에 도착해 있었다.

현재까지는 모든 것이 착착 진행되었다.

"투기장의 문이 열리는군."

터펜스는 중얼거렸다.

"기독교인 한 명이 사자를 맞으러 들어가고 있다. 오, 설마, 내가 세상을 아직 잘 알지 못한다고는 말할 수 없을 거야."

그녀는 길을 건넜다. 그리고 엉뚱하게도 데보라가 저 젊은 남자를 얼마나 좋아하는지를 궁금해하면서 초인종을 눌렀다. 그러자 곧 멍청하고 촌스러운 얼굴의 늙은 여자가 문을 열어 주었다. 영국인은 아니었다.

"비니언 박사님 계신가요?" 터펜스가 물었다.

그 여자는 천천히 아래위로 그녀를 살펴보았다.

"엘턴 간호사이군요."

"예."

"그렇다면, 박사님의 진찰실로 올라가세요."

그 여자가 뒤로 물러서서 문을 닫자, 터펜스는 리놀륨이 깔린 좁은 복도에 들어서게 되었다.

하녀는 터펜스를 2층으로 데리고 올라간 뒤, 복도 옆에 있는 문을 열었다.

"여기서 기다리세요. 박사님이 나오실 겁니다."

그녀는 문을 닫고 나갔다.

아주 평범한 치과의사의 방이었다. 시설은 다소 낡아서 초라해 보였다.

터펜스는 치과의사의 의자를 쳐다보면서, 의사 자신은 치료받을 때의 공포감이 어떤 것인지를 한 번도 상상해 보지 못했을 거라는 생각에 빙그레 미소 지었다. 그녀는 치과의사의 기분이 꽤 괜찮을 거라고 생각했다. 그러나 이런 경우에는 아주 다른 원인에서 비롯된 감정을 느끼겠지.

곧 문이 열리고 비니언 박사가 들어올 것이다.

비니언 박사는 어떤 사람일까? 아주 낯선 사람일까? 만일 그녀가 만났으면 하고 조금이라도 기대했던 사람이라면…….

문이 열렸다. 그러나 이제 막 방으로 들어서는 사람은 결코 터펜스가 만났으면 하고 기대한 사람이 아니었다!

그것은 그녀가 전혀 상상도 하지 못한 사람이었다.

바로 헤이독이었던 것이다.

제14장

1

토미가 사라진 뒤, 헤이독이 취했던 행동에 대한 얼토당토않은 추측이 터펜스의 머릿속에 거세게 밀려왔으나, 그녀는 완고히 그 생각을 떨쳐 버렸다. 지금은 오직 그녀 자신에게만 신경을 쏟을 때였다.

헤이독이 그녀를 알아볼까, 못 알아볼까? 그것은 흥미 있는 것이었다.

그녀는 누구를 만나든지 간에 아는 체하거나 놀란 표정을 짓지 않기로 사전에 단단히 마음을 굳게 하고 왔기 때문에, 그녀는 그런 상황에서라도 곤란한 표정을 드러내지는 않았을 거라고 상당히 자신하고 있었다.

그녀는 이제 한 남자가 나타나자 자리에서 일어나서 그야말로 독일 여성처럼 정중한 태도로 서 있었다.

"여어, 방금 도착하셨군." 헤이독이 말했다.

그는 영어로 말했는데 그의 태도는 여전히 빈틈이 없었다.

"예." 하고 대답한 터펜스는 마치 신임장을 펴보이듯이, "엘턴 간호사입니다." 하고 덧붙여 말했다.

헤이독은 장난스럽게 웃어젖혔다.

"엘턴 간호사라고! 놀랍군."

그는 만족한 듯이 그녀를 쳐다보았다.

"아주 그럴 듯해 보이는데." 그가 상냥하게 말했다.

터펜스는 고개를 숙이고 아무 말도 하지 않았다. 그녀는 그가 먼저 말을 걸도록 내버려 두었다.

"아시겠지만, 당신이 무엇을 해야 할 것 같소?" 헤이독이 계속해서 말했다. "자, 앉으시오."

터펜스는 공손히 앉은 뒤 대답했다.

"당신으로부터 세부적인 지령을 받게 되겠죠"

"바로 그거요." 헤이독이 말했다. 그의 목소리는 약간 비웃는 투였다.

"그 날짜를 아시오?"

터펜스의 입에서는 엉겁결에 이 말이 튀어나왔다.

"4일!"

이 답변에 헤이독은 적이 놀라는 눈치였다. 그는 이맛살을 몹시 찌푸렸다.

"그렇다면 당신도 그것을 알고 있었다고?" 그가 중얼거렸다.

잠시 침묵이 흘렀다.

이윽고 터펜스가 입을 열었다.

"그러면 이제 제가 할 일을 말씀해 주시지 않겠습니까?"

헤이독이 말했다.

"그러지, 바로 다 말해 주겠소"

그는 한동안 입을 다물고 있다가 물었다.

"틀림없이 상 수시 여관이란 곳을 들어본 적이 있겠지?"

"아뇨." 터펜스가 대답했다.

"못 들어보았다고?"

"그렇습니다." 터펜스가 단호하게 말했다.

'그 문제를 어떻게 매듭지을지 두고 보자!' 그녀는 속으로 생각했다.

헤이독의 얼굴에 묘한 미소가 떠올랐다.

"당신은 상 수시 여관에 대해서는 들어본 적도 없다 이거지? 매우 놀랍군. 당신이 지난달 내내 거기에 있었을 것이라는 생각이 들기 때문인데……."

쥐죽은 듯이 고요한 침묵이 흘렀다.

헤이독이 입을 열었다.

"혹시 블렌켄솝 부인을 아시오?"

"비니언 박사님, 무슨 말씀인지 모르겠군요. 저는 오늘 아침 낙하산으로 이 지역에 착륙했습니다."

헤이독이 또다시 웃었다. 몹시 기분 나쁜 웃음이었다.

"잡목 덤불 속에 처놓은 몇 야드 정도의 천막은 아주 기가 막힐 정도로 감쪽같았지. 그리고 나는 비니언 박사가 아니오, 부인. 비니언 박사는 나의 치과 의사일 뿐이지. 그는 아주 마음씨가 좋아서 종종 나에게 자신의 진찰실을 빌려 준다오."

"설마!" 터펜스가 자신을 억제하며 말했다.

"사실이오, 블렌켄솝 부인! 아니면 당신이 베레즈포드라는 본명으로 내게 직접 자기소개를 하는 게 더 좋을 것도 같군."

또다시 몸이 오싹해지는 침묵의 시간이 흘렀다.

터펜스는 깊은 한숨을 내쉬었다.

헤이독은 고개를 끄덕였다.

"알다시피, 게임은 끝났소. 당신은 내 응접실까지 제 발로 걸어 들어온 거요. 거미줄에 걸려 옴짝달싹 못하는 파리처럼."

희미하게 딸각 소리가 들림과 동시에 시퍼렇게 번쩍이는 권총이 그의 손에 쥐어져 있었다. 그의 목소리는 말할 때마다 잔인한 어조를 더해 갔다.

"그리고 당신한테 소란을 떨거나 이웃에 들리도록 소리 지르지 말라는 충고는 굳이 하지 않겠소. 당신은 고함 비슷한 소리를 지르기도 전에 죽을 것이오. 그리고 설사 비명을 지르더라도 아무런 관심을 끌지 못할 것이오. 아시겠지만, 가스실의 환자들이나 가끔 발악하는 법이지."

터펜스는 침착하게 말했다.

"당신은 모든 상황을 미리 생각해 본 것 같군요. 그런데 나의 행방을 아는 친구 한 명이 밖에 대기하고 있다고 말했던가요?"

"아! 여전히 푸른 눈의 청년을 되풀이 말씀하시는군—실은 갈색 눈이지! 젊은 앤터니 마스든 말이지? 베레즈포드 부인, 미안하지만, 젊은 앤터니는 영국에 있는 우리의 가장 충성스러운 지지자 중 한 사람이오. 방금 얘기한 대로 몇 야드의 천막은 기막힌 효과를 본 셈이지. 당신은 낙하산을 이용한 착상을 아주 수월하게 받아들였소."

"이런 시시한 장광설의 요지를 이해 못 하겠군요!"

"모르겠다고? 간단합니다. 우린 당신네 친구들이 아주 쉽게 당신을 따라오도록 내버려두지는 않았소. 만일 그들이 당신을 추적한다면, 예로우까지 차를 몰고 온 한 사나이를 주시하게 되겠지. 그러고는 영 딴판으로 생긴 병원 간호사가 나타나 래더배로우까지 걸어갔다는 사실 하나만으로 당신의 행방불명과 연관 지어 생각하기가 거의 불가능할 거요."

"아주 치밀한 계산이군요." 터펜스가 말했다.

헤이독이 말했다.

"어쨌든 당신의 용기에 찬사를 보냅니다. 아낌없는 찬사를 보내는 바요. 당신에게 겁줘서 미안하오. 하지만, 우리로서는 당신이 상 수시 여관에 머무르는 동안 얼마만큼이나 많은 비밀을 발견했는지 정확히 알아내는 것이 아주 중요합니다."

터펜스는 대답하지 않았다.

헤이독이 조용히 말했다.

"순순히 자백하는 게 좋을 거요. 여기에는 치과용 의자와 기구들이 있으니까, 모종의 가능성이 없지 않다는 것을 명심하시오."

터펜스는 그를 단지 경멸하는 듯한 태도로만 대했다.

헤이독은 의자 뒤로 몸을 젖혔다. 그가 천천히 말했다.

"물론, 당신은 용기가 대단하다고 감히 말할 수 있지. 당신 같은 타입이 종종 그렇기는 합니다만. 하지만, 사건의 전모 중 다른 절반에 대해서는 어떻게 생각하시는지?"

"무슨 뜻이죠?"

"나는 메도우스라는 가명으로 상 수시 여관에서 최근까지 지내왔던 당신의 남편, 토머스 베레즈포드를 얘기하는 거요. 그는 지금 내 집 지하실에서 아주 단단하게 묶여 있소."

터펜스가 날카롭게 쏘아붙였다.

"믿을 수가 없군요."

"페니 플레인한테서 온 편지 때문에 그러시나? 당신은 그게 젊은 앤터니가 멋지게 꾸며낸 작품이라는 사실을 깨닫지 못했군요. 당신이 그에게 암호를 건네 줄 때만 해도 그와 함께 멋지게 공모를 꾸몄지."

터펜스의 목소리가 떨렸다.

"그렇다면 토미······, 그렇다면 토미가······."

헤이독이 말했다.

"토미는 완전히 내 손바닥 위에서 놀아난 셈이지! 이제는 당신에게 달렸소. 만일 당신이 내 질문에 만족스러운 답변을 해준다면, 그에게도 기회는 있소. 만일 그렇게 할 수 없다면, 글쎄, 본디의 계획대로 처리하는 수밖에. 그는 머리를 한 방 얻어맞고 바다로 끌려가서 배에 타는 수밖에 없소."

터펜스는 한참 동안 묵묵부답이었다. 이윽고 그녀가 말했다.

"뭘 알고 싶은 거죠?"

"누가 당신을 시켰으며, 그 사람과 당신이 연락한 방법은 무엇이었고, 지금까지 당신이 보고한 사항과 당신이 아는 것이 무엇인지를 알고 싶소."

터펜스는 어깨를 으쓱했다.

"나는 거짓말이라도 꾸며댈 수가 있어요."

"당신이 하는 얘기를 일일이 점검할 것이니까 그렇게는 안 될 게요."

그는 좀더 가까이 의자를 끌어당기며 말했다. 이제 그의 태도는 애원하다시피 되었다.

"부인, 이런 일로 해서 당신의 심정이 어떠리라는 것은 잘 압니다. 하지만, 당신과 당신 남편에 대해서는 정말 찬탄을 금치 못하겠다는 나의 말을 믿어주시오. 당신은 용기와 담력을 가졌소. 당신과 같은 사람들이야말로 새 정부에 필요한 일꾼들입니다. 현재의 어리석은 정부가 사라지면, 이 나라에도 새 정부가 설립될 거요. 우리는 적의 일부를 친구로 삼을 용의가 있소. 그들은 그럴 만한 가치가 있으니까. 만일 당신의 남편을 죽이라는 명령을 받게 된다면, 그래야만 하겠지요—그게 나의 임무이니까. 하지만, 그렇게 하고 싶은 마음은 추호도 없소! 그는 훌륭한 친구요—조용하고 겸손하며 똑똑합니다.

당신에게 이 나라 국민이 거의 알지 못하는 점을 하나 강조할까 하오. 우리의 영도자께서는 당신들 모두가 생각하는 식으로 이 나라를 정복하지는 않습니다. 그분은 새로운 영국을 창조할 것을 목표로 삼고 있어요. 강한 힘을 갖춘 영국으로써, 독일인에 의한 통치가 아니라, 영국인 스스로에 의한 통치를 말하는 거요. 가장 훌륭하고 전형적인 영국인, 두뇌와 교양, 그리고 용기를 지닌 영국인에 의해서. 셰익스피어가 《템페스트》에서 부르짖은 '훌륭한 신세계'를 말이오."

그는 어깨를 앞으로 숙였다.

"우리는 혼란과 비능률을 제거하고자 하오. 뇌물 매수와 타락, 독선과 수전노 근성을 없애고 싶소. 그리고 이 새로운 신세계는 당신이나 당신 남편 같은 사람들을 필요로 합니다. 용감하고 수완 좋은 사람들, 과거의 적이 오늘의 친구가 되는 것이지요. 다른 나라와 마찬가지로 이 나라에도 우리의 목표에 공감하고 확신을 하는 사람들이 얼마나 많은가를 만일 당신이 알게 된다면 놀랄 거요. 우리 가운데에서 우리 모두는 새로운 유럽, 평화롭고 진보된 유럽을 창조할 거요. 그것을 위해 함께 노력해 보지 않겠소. 당신에게 장담할 수 있습니다. 왜냐하면, 그것은 이런 식으로……."

그의 목소리엔 강한 호소력이 있어서, 마치 그 속으로 빨리 들어가는 것만 같았다. 앞으로 어깨를 숙인 그는 솔직한 영국인 선원의 화신처럼 보였다.

터펜스는 그를 보고 무슨 말을 해야 할지 마음을 가다듬었다. 그녀는 유치하고도 조잡한 말밖에는 달리 생각하는 것이 없었다.

"거위야, 바보 같은 거위야!" 터펜스는 말해 버렸다.

2

그 말의 효과가 너무 신기할 정도라 도리어 그녀 쪽에서 깜짝 놀랐다.

헤이독은 벌떡 일어서더니 노기충천하여 얼굴이 붉으락푸르락했다. 그리고 일순간 마음씨 좋은 영국인 선원의 모습은 온데간데없이 사라져 버렸다.

그녀는 토미가 이미 보았던 면을 이제야 보게 되었다―노발대발한 프러시아인.

그는 독일어로 마구 욕설을 퍼부었다. 그러더니 이번에는 영어로 외쳐댔다.

"지옥에나 떨어질 바보 같으니! 그런 말을 하고도 온전히 살아남을 것 같아? 당신은 이제 스스로 죽음을 자초한 셈이야―당신과 그 잘난 소중한 남편까지."

그는 언성을 높여서 불렀다.

"안나!"

터펜스를 안내해 주었던 그 여자가 방으로 들어왔다.

헤이독은 그녀의 손에 권총을 건네주었다.

"이 여자를 잘 감시해. 필요하면 쏴버려."

그는 화를 내며 방을 나갔다. 터펜스는 그녀 앞에 서 있는 강한 인상의 안나를 호소하듯이 쳐다보았다.

"정말 쏠 건가요?" 터펜스가 물었다.

안나가 조용히 대꾸했다.

"나를 설득하려 해도 소용없어. 지난 전쟁 때 내 아들 오토는 죽음을 당했어. 그때 내 나이 서른여덟 살이었지. 지금은 예순두 살이야. 하지만, 지금도 잊을 수가 없어."

터펜스는 넓적하고 무감각한 얼굴을 쳐다보았다. 그녀는 폴란드 여인 반다 폴론스카를 생각나게 했다. 둘 다 똑같이 소름끼치는 잔인성과 목적에 대한 맹목성을 지녔다. 모성애. 무자비하군! 틀림없이 영국 방방곡곡에 있는 얌전한 존스 부인이나 스미스라는 성을 가진 많은 평범한 부인들도 마찬가지이리라.

젊은 자식을 잃은 어머니. 그때 여자의 심정이 어떠리란 건 논의할 필요도 없다. 터펜스의 머리 한구석에 뭔가 동요가 일었다(어떤 성가신 회상). 그녀가 항상 느낌으로 접하고는 있었지만 결코 머리 한가운데에 분명하게 떠오르지 않던 그 무엇이었다. 솔로몬, 솔로몬 왕이 머릿속 어딘가에서 떠올랐다……

문이 열렸다. 헤이독이 방 안으로 들어왔다.

미친 듯이 격분한 그는 소리를 버럭 질렀다.

"그게 어디 있지? 그걸 어디다 숨겨 놓았어?"

터펜스는 그를 쳐다보았다. 그녀는 완전히 얼떨떨해졌다. 그녀는 그가 말하는 소리를 도저히 이해할 수 없었다.

그녀는 아무것도 갖지 않았으며 숨긴 일도 없다.

헤이독이 안나에게 말했다.

"꺼져버려!"

그 여자는 그에게 권총을 건네주고는 신속히 그 방을 나갔다.

헤이독은 의자에 털썩 주저앉으며 애써 마음을 가라앉히려고 하는 것 같았다. 그가 말했다.

"당신은 그것을 가지고 도망칠 수 없다는 사실을 알아야 해. 지금 내 손에 잡혀 있는 상태야. 그리고 나는 사람들을 자백시키는 방법도 알고 있지. 별로 유쾌한 방법은 못 되지만, 당신은 결국 진실을 털어놓아야만 해. 자아, 그것을 어떻게 했지?"

터펜스는 최소한 이 대목에서 뭔가 협상할 가능성이 있다는 것을 재빨리 알아챘다. 자기가 가지고 있다고 의심받는 물건이 무엇인지 알 수만 있다면 가능한데…….

그녀가 조심스럽게 말했다.

"내가 가지고 있다는 걸 어떻게 알았죠?"

"빌어먹을 멍청이 같으니. 당신이 말한 것으로 봐서 알 수 있지. 당신이 현재 가지고 있지는 않아. 왜냐하면 당신이 완전히 이 복장으로 바꿔 입었기 때문이지."

"그것을 다른 사람에게 부쳤다고 생각하나요?" 터펜스가 물었다.

"바보짓 하지 마시오. 어제부터 당신이 부친 것은 다 조사해 보았어. 당신은 그걸 부치지 않았어. 그럴 리 없지. 당신이 할 수 있는 것은 꼭 한 가지뿐이야. 오늘 아침 떠나기 전에 상 수시 여관 어딘가에 숨겨 놓은 거야. 숨겨 놓은 장소가 어딘지 말할 때까지 꼭 3분간만 여유를 주겠소."

그는 테이블 위에 시계를 내려놓았다.

"토머스 베레즈포드 부인, 3분간이오."

벽난로 선반 위에 있는 시계가 째깍거렸다.

터펜스는 멍하니 무표정한 얼굴로 아주 조용히 앉아 있었다. 그 표정 뒤에 숨겨진 복잡한 생각들을 전혀 드러내지 않으면서.

그때 어떤 영감이 그녀의 뇌리를 스치고 지나가면서 그녀는 모든 사실을 파악할 수 있었다. 사건의 전모가 이제 명백히 드러났으며, 그녀는 마침내 전체 조직의 핵심이 누구인지를 깨닫게 되었다.

그것은 헤이독이 숫자를 세는 동안 그녀에게 하나의 충격처럼 전달되었다.

"나머지 10초……."

그녀는 마치 꿈속에서 헤매는 사람처럼 그를 쳐다보았으며, 총구가 올라가는 것을 보았고 그가 수를 세는 것을 들었다.

"하나, 둘, 셋, 넷, 다섯……."

그가 여덟을 셀 때 탕하고 총소리가 울렸다.

넓적하고 불그스름한 얼굴에 당혹감을 감추지 못하면서 헤이독은 의자 앞으로 고꾸라졌다. 그는 자신의 포로에 너무 열중한 나머지 뒤에서 서서히 문이 열리는 것도 의식하지 못한 것이다.

순간적으로 터펜스는 벌떡 일어섰다. 그녀는 출입구에 있는 제복 입은 사나이들을 밀어젖히고 나아가서 트위드 천을 감은 팔을 덥석 잡았다.

"그랜트 씨."

"자, 자, 부인. 이젠 괜찮습니다. 부인은 정말 멋지게 해내셨습니다."

터펜스는 이렇게 안심만 하고 있을 수 없었다.

"서둘러요! 꾸물거릴 시간이 없어요. 여기에 차를 가지고 왔나요?"

"예." 하고 말하며 그랜트 씨는 그녀를 쳐다보았다.

"빠른 찬가요? 즉시 상 수시 여관으로 가야만 해요. 그들이 여기로 전화해서 연락을 하기 전에 먼저 도착할 수 있어야 할 텐데."

2분 뒤에 그들은 차에 올라탔다. 그리고 레더배로우 시내를 요리조리 빠져나갔다. 이윽고 확 트인 시골길에 들어서자 속도계의 바늘이 점점 올라갔다.

그랜트 씨는 아무것도 묻지 않았다. 터펜스가 속도계를 마음 졸이며 쳐다보는 동안, 그는 만족한 듯이 조용히 앉아 있었다. 운전사에게 더 속력을 내라고 재촉하자, 차는 최대의 속력으로 질주해 갔다.

터펜스는 딱 한 번 입을 열었다.

"토미는?"

"아주 무사합니다. 30분 전에 풀려났죠."

그녀는 고개를 끄덕였다.

이윽고 그들은 리햄프턴 근처에 왔다. 그들은 시내를 곡예 하듯이 벗어나

쏜살같이 언덕 위까지 올라갔다.

터펜스는 차에서 내리자마자 그랜트 씨와 함께 진입로로 뛰어올라 갔다.

평상시와 마찬가지로 대문은 열려 있었다. 안에는 아무도 보이지 않았다.

터펜스는 가볍게 계단을 뛰어올라 갔다. 그녀는 뛰어가면서 자기의 방 안을 힐끗 쳐다보았다.

어수선하게 열려 있는 장롱 서랍과 어지럽혀진 침대를 물끄러미 쳐다본 뒤 고개를 끄덕이고는, 복도를 따라 케일리 부부가 묵고 있는 방으로 들어갔다. 그 방은 비어 있었다. 평화스럽게 보이기는 했지만 약간 약 냄새가 났다.

터펜스는 침대로 가서 시트를 잡아당겼다. 시트가 바닥 아래로 떨어지자 터펜스는 매트리스 밑으로 손을 쑤셔 넣었다. 그녀는 의기양양하게 낡아서 해어진 유아용 그림책을 손에 들고 그랜트 씨에게 갔다.

"자, 이것 보세요. 여기에 모든 게 다 있어요."

"무엇에 관한 거죠?"

이 말에 그들은 뒤를 돌아보았다.

스프롯 부인이 출입구에 서서 지켜보고 있었다.

터펜스가 말했다.

"그럼, 자아……, M을 소개해 드리겠습니다! 바로 스프롯 부인이에요! 처음부터 그 사실을 알았어야 했는데."

곧바로 출입구에 도착한 케일리 부인의 등장은 이 사건의 파국을 알리는 전환점이 되었다.

"오, 맙소사."

케일리 부인은 시트가 벗겨진 자기 남편의 침대를 낙심한 듯이 쳐다보며 말했다.

"우리 남편 케일리가 무슨 말을 할까요?"

제15장

"처음부터 이 사실을 알았어야 했는데." 터펜스가 말했다.

그녀는 오래된 독한 브랜디 한 잔을 마시고 쇠약해진 기력을 되찾은 뒤, 토미와 그랜트 씨를 번갈아 보며 환하게 웃었다. 그리고 맥주 한 잔을 앞에 놓고 싱글벙글 웃으며 앉아 있는 앨버트에게도 미소를 지어 보였다.

"우리에게 모든 걸 얘기해 봐요, 터펜스."

토미가 재촉했다.

"당신부터 하세요." 터펜스가 말했다.

"난 별로 할 이야기가 없어. 아주 우연한 기회로 무선 통신기의 비밀을 알게 되었지. 나는 그 순간을 잘 모면했다고 생각했는데, 헤이독은 아주 영리해서 나에게 속지 않더군."

터펜스가 고개를 끄덕이며 말했다.

"그는 즉시 스프롯 부인에게 전화를 걸었어요. 그러자 그녀는 밖으로 뛰어나가서 망치를 들고 당신을 기다리고 있었던 거예요. 그녀는 브리지 게임 테이블에서 단지 3분 정도 자리를 비웠죠. 나는 그녀가 약간 숨을 헐떡이고 있다는 걸 눈치채긴 했어요. 하지만, 결코 그녀를 의심하지는 않았죠."

토미가 말했다.

"그 뒤에는 전적으로 앨버트의 공로를 인정해야 해. 그는 충견처럼 냄새를 맡으며 다니다가 내가 갇힌 곳을 지나치게 되었지. 내가 필사적으로 코를 골아 모스 신호를 보내자, 그가 알아채고는 신호에 반응을 보였어. 그는 그랜트 씨에게 급히 소식을 전해 주었고, 그 둘은 나를 구하러 어젯밤 늦게야 되돌아왔지. 난 계속 코를 골았어! 결론적으로, 헤이독 일당이 도착하면 그들을 모조리 잡아들인다는 계획하에, 나는 계속 그곳에 남아 있기로 합의를 본 거야."

그랜트 씨가 자기의 의견을 덧붙였다.

"헤이독이 오늘 아침 떠난 뒤에, 우리 요원들은 스머글러스 레스트 저택을 덮쳤습니다. 그리고 오늘 밤 그 보트를 나포했지요."

토미가 말했다.

"자아, 터펜스, 당신이 말할 차례야."

"나는 처음부터 가장 멍청한 바보였던 셈이에요! 스프롯 부인만 제외하고 여기에 있던 모든 사람들을 의심했으니까! 비록 항상 위험 속에 있기는 했지만, 난 꼭 한 번 위기의식을 느꼈어요. 그건 그달의 4일에 관한 메시지를 전화로 엿듣고 난 뒤였어요. 그때 거기에는 세 사람이 있었죠.

나는 피레나 부인과 오루크 부인을 의심했어요. 정말 헛짚은 거였죠. 진짜로 위험인물은 어수룩해 보인 스프롯 부인이었어요.

토미도 알겠지만, 남편이 사라질 때까지 나는 얼렁뚱땅 해나갔어요. 그 뒤에 내가 앨버트와 계획을 짜고 있을 때 뜻밖에도 갑자기 앤터니 마스든이 나타난 거예요. 처음에는 아주 그럴 듯해 보였어요. 데보라가 종종 데리고 다녔던 아주 평범한 젊은이였으니까요.

하지만, 두 가지 면에서 약간 의심이 가더군요. 우선 첫째로, 그와 말을 주고받으면서, 전에 그를 만났던 기억이 없을 뿐만 아니라, 그가 아파트에 온 적도 없다는 사실을 점점 더 확신하게 되었어요.

둘째로, 그는 리햄프턴에서 내가 하는 일을 죄다 알고 있었으면서도, 토미가 스코틀랜드에 있기라도 한 것처럼 말하는 게 마음에 걸렸어요. 거기서 모든 것이 다 잘못된 것 같은 느낌이 들었지요.

생각해 보세요. 만일 그가 이번 일에 대해 알고 있다면, 나야 다소 비공식적인 위치에 있었으니 당연히 토미에 대해 더 잘 알고 있어야 했잖아요?

그 점이 나로서는 아주 이상하게 생각되더군요. 그랜트 씨가 나에게 '제5열'의 요원들이 곳곳에, 가장 있을 것 같지 않은 장소에까지 있을 거라고 말씀하셨잖아요. 그렇다면 그들 중 한 명이 데보라의 직장에도 끼어들어 있다고 충분히 짐작할 수 있지 않겠어요?

나도 확신은 하지 못했지만, 그를 충분히 함정에 빠뜨려도 될 만큼 의심나는 면은 있었어요. 그에게 토미와 내가 서로 연락할 수 있는 암호를 조작해 놓았다고 말했죠. 물론 진짜 암호는 본조 우편엽서였지만, 앤터니에게는 '겉만 번지르르한 2펜스짜리 싸구려 물건'이라는 동화 같은 얘기를 들려주었지요.

내가 바라던 대로 그는 보기 좋게 그 미끼에 걸려들고 말았어요!

나는 오늘 아침 그에게서 온 편지를 받아 보았어요. 그 계획은 미리 다 세심하게 검토했었기 때문에 재단사에게 전화를 걸어 옷 맞추는 일을 취소하기만 하면 됐어요. 그것은 물고기가 걸렸다는 암시였지요."

"아!" 앨버트가 탄성을 질렀다.

"나에게는 전혀 말할 기회도 주지 않는군요. 나는 빵집 트럭을 몰고 가서 대문 밖에다 산더미만큼 쌓아 놓았지요. 그건 아니스 열매였으니까, 아마, 그 냄새가 났을 겁니다."

터펜스는 그 이야기를 계속 이어나갔다.

"그렇게 하고 나서, 나는 밖으로 나와서 트럭에 탔어요. 물론 빵집 트럭이 역까지 따라왔으니, 내가 예로우행 열차표를 사는 것을 엿듣기는 쉬웠을 거예요. 그다음부터가 힘들었겠죠."

"개는 냄새를 아주 잘 맡지요." 그랜트 씨가 말했다.

"예로우 역에서 그 냄새를 포착한 뒤, 당신이 땅바닥 위에 문질러 놓은 구두 발자국에 이어진 타이어 자국을 따라 다시 추적을 시작했습니다. 그 자국은 잡목 덤불에 이르는 내리막길까지 이어졌고, 오르막길을 가다 보니 십자탑이 나타나더군요. 그다음에는 부인이 시내까지 걸어간 길을 계속 뒤따라간 겁니다. 적들도 부인이 출발하는 것을 직접 목격하고는 차를 반대편으로 몰고 쫓아가고 나서는, 우리가 부인을 쉽사리 추적할 수 있으리라는 생각을 추호도 못 했을 겁니다."

앨버트가 말했다.

"좌우지간, 놀랍군요. 부인이 그 집에 있었다는 것은 알았지만 부인에게 무슨 일이 벌어질 것인지는 까마득히 몰랐어요. 뒷유리창을 보고서야 부인이 위험하다는 것을 알게 된 우리는 그 집에 함께 있던 여자가 계단을 내려올 때 체포했지요. 우리는 아주 아슬아슬하게 제시간에 도착해서 해낸 겁니다."

"당신들이 오리란 걸 알았어요." 터펜스가 말했다.

"나로서는 될 수 있는 한 시간을 질질 끄는 방법밖에는 없었죠. 만일 문이 열리는 것을 보지 못했다면 엉겁결에 아는 것을 몽땅 털어놓고 말았을 거예요. 정말 흥분되는 것은, 갑자기 전체 사건을 알고 나서 내가 얼마나 바보였던가를 깨닫는 순간이었어요."

"어떻게 그것을 알았지?" 토미가 물었다.

"거위야, 바보 같은 거위야." 터펜스는 즉시 대답했다.

"내가 헤이독에게 그 말을 꺼내자마자 그는 갑자기 태도가 돌변하더니 화가 머리끝까지 올라 어쩔 줄 모르더군요. 그 말이 어리석고 조잡했기 때문만은 아니었어요. 물론이죠, 나는 즉시 그 말이 그에게 뭔가를 의미하고 있다는 것을 알았어요. 그리고 그 여자의 얼굴 표정이 떠오르더군요. 안나, 또한, 폴란드 여자의 얼굴과도 같은 모습이었어요. 그다음에 나는 자연히 솔로몬 왕을 연상하고 모든 것을 알게 되었지요."

토미는 화난 듯이 한숨을 내쉬었다.

"터펜스, 다시 한 번 그따위 소리를 하면 내가 직접 당신을 쏴버리겠어. 모든 것을 알았다고? 그리고 도대체 솔로몬 왕이 그 일과 무슨 관계가 있다는 거지?"

"당신 기억하세요? 두 여인이 솔로몬 왕에게 한 아기를 데리고 와서 서로 자기 아이라고 우겼지요. 그러자 솔로몬 왕이, '그렇다면 좋다. 그 아기를 둘로 베어 반씩 갖도록 하라.' 하고 명령했지요. 그러자 가짜 엄마가 말했어요. '좋습니다.' 하고. 그러나 진짜 엄마는, '안 됩니다. 차라리 저 여자가 갖도록 해주십시오.' 하고 말했지요.

아시겠지만, 그 여인은 자기의 아이가 죽는 것을 내버려둘 수가 없었던 거죠. 어쨌든, 그날 밤 스프롯 부인이 폴란드 여자를 쏘았을 때, 여러분은 모두 그게 얼마나 기적 같은 일이며, 또 그렇게 쉽사리 어린애를 향해 총을 쏠 수가 있을까 하고 의아해했을 거예요.

물론, 그때 상황으로 봐서는 아주 간단하게 생각할 수 있는 일이었는지도 몰라요! 만일 그 애가 진짜 자기 딸이라면 그렇게 순식간에 애를 향해 방아쇠를 당기는 무모한 짓은 못 했을 거예요. 그것은 베티가 그녀의 친자식이 아니라는 것을 뜻해요. 그리고 그녀가 단호하게 폴란드 여자를 쏴야만 했던 이유도 바로 그거예요."

"왜지?"

"그 폴란드 여자가 그 어린애의 진짜 엄마였기 때문이지요."

터펜스의 목소리가 약간 떨렸다.

"가엾어라, 정말 가엾어요. 그 여자는 무일푼으로 망명해 와서, 스프롯 부인이 아이를 맡아 키우겠다고 하자 고마운 마음에 선뜻 동의했던 거예요."

"왜 스프롯 부인이 그 애를 양녀로 삼았을까?"

"위장술이죠! 더할 나위 없는 심리적 위장술이에요. 당신도 거물급 스파이가 자신들의 계획에 어린애까지 끌어들이리라고는 상상도 못 했을 거예요. 바로 그 점 때문에 나도 스프롯 부인에 대해 심각하게 생각해 보지 않았어요. 그 어린애 때문이었지요. 하지만, 베티의 친엄마는 그 애를 끔찍이도 원했기 때문에 스프롯 부인의 주소를 알아내서 여기까지 찾아온 거예요.

그녀는 기회를 엿보며 기웃거리다가 마침내 그 애와 함께 도망쳐 버리는 데 성공했지요. 물론, 스프롯 부인은 미친 듯이 날뛰었어요. 하지만, 그녀는 기어코 경찰을 끌어들이지 않으려 했죠. 그래서 그녀는 직접 협박장을 써놓고는 마치 자기 방에 누군가가 던져 놓은 것처럼 가장을 한 다음, 헤이독에게 도움을 청해 그 일에 그를 끌어들인 거지요.

그런 다음, 우리가 함께 그 불쌍한 여자를 추적하자, 그녀는 다른 방법을 찾지 못하고 그 여자를 총으로 쏘아 버린 거예요……. 권총에 대해 아무것도 모르기는커녕, 그녀는 아주 노련한 총잡이였어요! 예, 그녀는 그 불쌍한 여인을 죽여 버렸지요. 그리고 그 이유로 해서 나는 그녀를 동정하지 않아요. 그녀는 아주 철두철미하게 나쁜 여자였으니까요."

터펜스는 잠시 말을 멈추었다가 다시 계속했다.

"나에게 힌트를 준 또 한 가지는 반다 폴론스카가 베티와 아주 닮았다는 점이었어요. 그 여자를 보고 계속 생각나는 것은 베티였거든요. 그리고 또 하나, 그 어린애가 내 신발끈을 갖고 노는 어처구니없는 장난이었어요. 그 애는 소위 엄마라는 여자가 그런 짓을 하는 것을 얼마나 자주 보았겠어요.

칼 폰 다이님은 아니었어요. 하지만, 스프롯 부인은 어린애가 그 장난을 하는 것을 보자마자, 칼이 의심받게 하려고 그의 방에다 증거가 될 만한 많은 것을 갖다 놓고, 비밀 잉크에 담갔던 구두끈까지 슬쩍 갖다 놓던 거예요."

"칼이 그 일과 관련이 없다니 기쁘군. 평소에 그가 마음에 들었거든."

토미가 말했다.

"그가 총살당하지는 않았겠죠?"

터펜스가 이미 일이 저질러지지 않았으면 하는 마음에서 걱정스러운 듯이 물었다.

그랜트 씨가 고개를 젓고 말했다.

"그는 무사합니다. 사실 말이지, 부인이 거기까지 아시는 것을 보고 약간 놀랐습니다."

터펜스는 환한 얼굴로 웃으며 말했다.

"난 아주 기뻐요—실라를 위해서요! 물론 우린 계속해서 피레나 부인에게 혐의가 있을 거라고 잘못 짚은 우를 범했지만요."

"그녀는 I. R. A. 활동에 가담한 적이 있긴 하지만, 그 이상은 아닙니다."

그랜트 씨가 말했다.

"오루크 부인도 약간 의심했어요. 때때로 케일리 부부도요."

"그리고 나는 블레츨리를 의심했지." 토미도 한마디 거들었다.

"우리는 그동안 줄곧 베티의 엄마가 아주 시시껄렁한 인물이라고 생각했어요." 터펜스가 말했다.

"그런데 전혀 시시한 인물이 아니었습니다." 그랜트 씨가 말했다.

"매우 위험한 여자이자 아주 영리한 배우였지요. 그리고 말하기 유감스럽게도 영국인이었습니다."

터펜스가 말했다.

"나는 그녀에 대해 연민의 정을 느끼거나 찬사를 보내고 싶은 마음은 조금도 없어요. 그녀는 더욱이 자기 조국을 위해 일한 것도 아니었잖아요."

그녀는 새로운 호기심이 동했는지 그랜트 씨를 쳐다보았다.

"당신이 원하는 것을 찾으셨나요?"

그랜트 씨가 끄덕였다.

"그것은 낡아빠진 유아용 그림책들에 죄다 들어 있더군요."

"베티가 더럽다고 투덜거리던 책들이었어요." 터펜스가 소리쳐 말했다.

"그것은 지저분하기가 이를 데 없더군요." 그랜트 씨는 냉담하게 말했다.

" 《꼬마 잭 호너》란 책은 우리 해군의 배치도에 관한 아주 상세한 사항으로 꽉 차 있었습니다. 《공군 사령관 자니》라는 책에는 공군의 배치도에 관해 같은 식으로 기록되어 있더군요. 육군에 관한 사항도 《소총을 멘 난쟁이》란 책 속에 잔뜩 들어 있었습니다."

"그럼 《거위야, 바보 같은 거위야》는요?" 터펜스가 물었다.

그랜트 씨가 말했다.

"투명한 잉크로 쓰인 그 책을 적당한 약물로 처리하니까, 우리나라를 침략할 때 적국을 지원하기로 서약한 중요 인물들의 명단이 모두 나타나더군요. 그들 중에는 두 명의 경찰서장, 공군 부사령관, 두 명의 장성, 군수공장 책임자, 장관, 많은 경찰 간부들, 지역방위자원 위원회의 책임자들, 그리고 많은 육군과 해군의 조무래기들뿐만 아니라 우리 정보부 내의 요원들까지 들어 있더군요."

토미와 터펜스는 서로 기가 막힌다는 표정으로 쳐다보았다.

"믿어지지 않는군!" 토미가 말했다.

그랜트 씨는 고개를 설레설레 흔들었다.

"당신들은 독일의 선전 활동이 얼마나 큰 위력을 가졌는지 모르고 있습니다. 그들은 인간의 권력에 대한 어떤 욕망이나 탐욕에 호소합니다. 이러한 인간들은 돈을 위해서가 아니라, 자기들이 성취하고자 한 일종의 과대망상적인 오만함을 충족시키기 위해서 기꺼이 자기 조국을 배반했습니다. 어느 지역이나 이 점은 다 똑같습니다. 그것은 루시퍼(사탄, 혹은 샛별)—아침의 아들, 루시퍼에 대한 숭배행위입니다. 자만심과 개인적인 영광에 대한 욕망이죠!"

그가 덧붙였다.

"국익에 위배되는 명령을 하달하면 군사작전을 교란시키는 사람들 때문에 언제든지 위험천만한 침략행위가 성공할 수 있다는 사실을 깨달을 수 있을 겁니다."

"자아, 그러면?" 터펜스가 물었다.

그랜트 씨가 웃으며 말했다.

"자아, 올 테면 오라지요! 우리는 그들을 맞을 채비를 단단히 갖추는 겁니다!"

제16장

"엄마." 데보라가 불렀다.

"내가 딸로서 차마 엄마한테 품지 못할 생각을 했었다는 것을 아세요?"

"그랬니? 언제?" 터펜스가 물었다.

그녀는 자애로운 눈초리로 딸의 검은 머리를 응시하고 있었다.

"엄마가 아버지를 만나러 스코틀랜드로 갔을 때, 나는 엄마가 그레이시 고모님과 함께 있는 줄로만 알았어요. 그래서, 나는 엄마가 다른 사람과 연애를 하고 있다고 생각할 뻔했잖아요."

"저런, 데보라, 정말이냐?"

"물론, 사실이 아니겠죠? 엄마 나이에 그럴 순 없어요. 물론, 엄마와 아버지가 서로에게 헌신적이라는 걸 알아요. 사실 내가 그렇게 생각하게 된 것은 순전히 토니 마스든이라는 얼간이 때문이었어요. 엄마, 아세요? 엄마에게 말씀드리려고 했는데, 그 작자는 나중에 '제5열'의 요원으로 판명됐어요. 항상 이상한 말만 지껄이더니, 어쩜, 세상에 그럴 수가 있어요? 아마 히틀러가 승리했다면 더 가관이었을 거예요."

"너, 음……, 그 사람을 조금이라도 좋아했니?"

"토니요? 오, 천만에요. 그는 늘 좀 따분한 데가 있었어요. 가서 춤이나 춰야겠어요."

데보라는 금발의 젊은이에게 사랑스러운 미소를 지으면서, 그의 팔에 안겨 너울너울 춤을 추었다.

터펜스는 한참 동안 그들이 빙글빙글 도는 모습을 지켜본 뒤, 공군 제복의 훤칠한 젊은이가 금발의 날씬한 아가씨와 춤추는 곳으로 시선을 옮겼다.

"토미, 이런 생각이 들어요. 우리 애들이 아주 멋있어 보이는군요."

"저기 실라 양이 오는군." 토미가 말했다.

그는 실라 피레나 양이 자기들 테이블 쪽으로 다가오자 자리에서 일어섰다.

그녀는 에메랄드빛 야회복을 입고 있었는데, 그 때문에 그녀의 우울한 아름다움이 돋보였다. 왠지 오늘 밤 따라 더욱 음울한 아름다움이 발하는 그녀는 초대한 주인 내외를 달갑지 않은 표정으로 쳐다보며 인사했다.

그녀가 말했다.

"보시다시피, 제가 왔어요. 약속드린 대로요. 하지만, 왜 저를 초대하셨는지 모르겠군요."

"우리는 아가씨를 좋아하기 때문이지요." 토미가 웃으면서 말했다.

"정말이세요?" 실라가 반문했다.

"이유를 알 수가 없군요. 전 두 분께 몹시 무례하게 굴었는데."

그녀는 말을 멈추었다가 기어들어가는 듯한 목소리로 말했다.

"하지만, 감사드립니다."

터펜스가 말했다.

"아가씨와 함께 춤출 멋진 상대를 소개해 줘야겠군요."

"전 춤추고 싶은 마음이 없어요. 춤이라면 지긋지긋해요. 저는 단지 두 분을 뵈려고 왔을 뿐이에요."

"아가씨를 만나게 해달라고 부탁한 상대가 꼭 마음에 들 거야."

웃으며 터펜스가 말했다.

"저는……." 실라가 말을 꺼냈다. 그러고는 말문이 막혀 버렸다.

칼 폰 다이님이 연회장을 가로질러 오고 있었기 때문이다.

실라는 얼빠진 사람처럼 그를 바라보았다. 그녀는 중얼거렸다.

"당신은……."

"바로 나요." 칼이 말했다.

오늘 밤에 칼 폰 다이님은 좀 색다르게 보였다.

실라는 약간 당황한 듯 그를 유심히 쳐다보았다. 그녀의 양볼이 서서히 물들기 시작하더니, 마침내 새빨갛게 달아올랐다.

그녀는 숨이 가쁜지 자지러지듯이 말했다.

"나는 당신이 무사하리라는 걸 알고 있었어요. 하지만, 그들이 계속해서 당신을 가두어 두지나 않을까 하고 염려했어요."

칼은 고개를 저었다.

"나를 구속할 이유가 없어요." 그는 계속했다.

"실라, 당신을 속인 점, 용서해 주시오. 나는 칼 폰 다이님이 아니오. 나 자신의 신상에 관한 이유 때문에 다른 사람의 이름을 빌려 썼지요."

그가 터펜스를 향해 눈짓을 하자, 그녀가 말했다.

"계속해요. 그녀에게 다 말해 줘요."

"칼 폰 다이님은 내 친구였어요. 몇 년 전 영국에서 우연히 그를 알게 되었죠. 전쟁이 발발하기 바로 전, 독일에서 다시 그와 만날 기회가 생겼어요. 그당시 나는 조국을 위한 특별한 사업차 거기에 들렀지요."

"당신도 정보부에 있었나요?" 실라가 물었다.

"그렇습니다. 내가 거기에 가 있을 때, 이상한 일들이 벌어지기 시작했어요. 한두 번 나는 거의 탈출에 성공하기 직전까지 갔죠. 하지만, 그들에게 알려져선 안 될 시기에 나의 계획이 누설된 거예요. 나는 뭔가 잘못되어도 단단히 잘못됐다는 것과 그들이 표현을 빌자면 '이중첩자'가 실질적으로 내가 몸담고 있던 부서에도 침투해 들어왔다는 사실을 깨닫게 되었지요.

나는 우리 국민에 대해 실망하지 않을 수 없더군요. 칼과 나에게는 피상적으로나마 어떤 유사성(나의 할머니는 독일인이었거든요)이 있었어요. 그런 이유로 나는 독일에서 활동하기에 적합했던 거지요.

칼은 나치가 아니었어요. 그는 순전히 자기 일에만 관심이 있었어요. 나 자신도 또한 실습을 해본 일, 화학 연구였죠. 그는 전쟁이 발발하기 직전에 영국으로 탈출할 것을 결심했어요. 그의 형제들은 정치범 수용소로 끌려갔거든요. 그는 자신이 탈출하는 데에는 상당한 어려움이 뒤따를 것이라고 예상했습니다만, 거의 놀랄 만한 방법으로 모든 어려움을 수월하게 처리했지요.

그가 나에게 설명해 준 사실이 다소 의심스럽게 느껴지더군요. 그의 형제들과 다른 친척들이 정치범 수용소에 갇혀 있었고, 그 자신도 반나치 사상 때문에 의심을 받는 마당에, 어째서 독일 당국은 폰 다이님으로 하여금 아주 쉽사리 독일을 떠나도록 내버려두는 걸까요? 그것은 그들이 어떤 이유로 해서 영국에서의 그의 활동을 원했기 때문인 것으로 보입니다.

한편, 나 자신의 위치도 점점 위태롭게 되었지요. 칼의 하숙집은 나와 같은 곳이었는데, 슬프게도 어느 날 그가 침대 위에 누운 채 죽어 있는 것을 발견했지요. 그는 상심하다 못해 편지 한 장을 남겨두고는 목숨을 끊은 겁니다. 나는 그 편지를 읽은 뒤 주머니에 넣었지요.

난 그때 바꿔치기하기로 결심했습니다. 나도 솔직한 심정으로 독일을 벗어나고 싶었거든요. 그리고 칼이 왜 죽으려고 작정을 했는지 그 이유도 알고 싶었지요. 나는 그 시체를 내 옷에 싸서 내 방 침대 위에 눕혀 놓았어요. 머리에 대고 총을 발사했기 때문에 몰골이 말할 수 없이 흉해졌더군요. 여주인이 반소경이라는 것을 알고 나는 그렇게 할 수 있었죠.

나는 칼 폰 다이님의 편지를 들고 영국으로 건너가서 그에게 명령이 하달된 장소로 갔습니다. 그 주소는 상 수시 여관이었지요. 나는 그곳에 있는 동안 칼 폰 다이님의 역할을 했으며, 결코 방심하지 않았어요. 그는 거기에 있는 화학공장에서 일해야 한다는 것을 알게 되었지요. 그 일로 해서 나는 처음에 나치를 위해 일하도록 강요받는 게 아닌가 하고 생각했어요.

나중에야 나의 불쌍한 친구에게 주어진 임무가 남 대신 죄를 뒤집어쓰는 역할이라는 것을 깨달았지만요. 날조된 증거로 체포되었을 때, 나는 아무 말도 하지 않았어요. 나는 될 수 있는 한 나의 정체가 폭로되는 것을 지연시키고자 했습니다. 일이 어떻게 되어가나 알고 싶었기 때문에도 그랬지요. 불과 며칠 전에 나는 우리나라 국민으로 밝혀졌고, 사건의 진상도 밝혀졌지요."

실라가 책망하듯이 말했다.

"진작 나한테 그런 말씀을 해주셨어야죠."

그가 부드럽게 말했다.

"그렇게 생각한다면, 죄송할 뿐입니다."

그는 그녀의 눈을 쳐다보았다. 그녀는 화난 듯하면서도 자랑스럽게 그를 쳐다보았다. 그러자, 분노는 눈 녹듯이 사라졌다.

그녀가 말했다.

"당신이 하던 일을 계속해야 하지 않을까요……."

"실라……." 그는 넋을 잃고 있었다.

"함께 춤을 추실까요……?"

그들은 함께 나아갔다.

터펜스가 한숨을 쉬었다.

"왜 그래?" 토미가 물었다.

"이제는 저 사람도 모든 사람들로부터 따돌림받는 독일인이 아니니까, 실라가 그를 좋아하게 되었으면 하고 바라는 거죠."

"그녀도 아주 마음에 들어 하는 눈치던데."

"그래요, 하지만, 아일랜드인은 몹시 완고하거든요. 게다가, 실라는 타고난 반항아예요."

"그런데 왜 그가 그날 당신 방을 뒤져 보았을까? 그 때문에 우리는 미친 듯이 정원길을 뛰어갔거든."

그러고 나서 토미는 웃음을 터뜨렸다.

"나는 그가 블렌켄솝 부인이야말로 알다가도 모를 사람으로 여길 거라고 추측했어. 사실—우리가 그를 의심하는 동안 그도 우리를 의심하고 있었을 거야."

"두 분 말이에요."

부모님이 앉아 있는 테이블 맞은편에서 아가씨와 춤을 추는 데릭 베레즈포드가 외쳤다.

"와서 춤추시지 않겠어요?"

그는 그들을 향해 힘을 북돋아 주듯이 웃어 보였다.

"저 애들은 우리한테 참 친절하지요, 축복 있기를……." 터펜스가 말했다.

곧 쌍둥이 남매와 베레즈포드 부부는 자리로 돌아와서 앉았다.

데릭이 아버지에게 말했다.

"일자리를 구하셨다니 기쁘군요. 제 생각인데, 별로 재미있는 일이 아닌가 봐요?"

"주로 틀에 박힌 일이지." 토미가 말했다.

"상관없어요. 아버지는 뭔가 중요한 일을 하고 계실 거예요. 굉장한 일이겠죠?"

"엄마도 일자리를 구하게 되어서 정말 기뻐요." 데보라가 말했다.

"엄마는 아주 행복해 하시는 것 같아요. 너무 따분한 일은 아닐 거예요. 그렇죠, 엄마?"

"하나도 따분한지 모르겠더라." 터펜스가 말했다.

"훌륭해요." 감탄하며 데보라는 덧붙여 말했다.

"전쟁이 끝나면 엄마에게 내 직업에 관해 말씀드릴 수 있을 거예요. 그건 정말 대단히 흥미진진하지만, 극비예요."

"얼마나 스릴 만점이겠니." 터펜스가 말했다.

"오, 정말 그래요! 물론이죠, 하늘을 날아다니는 것만큼은 못 되지만……."

그녀는 부러운 듯이 데릭을 쳐다보면서 말했다.

"데릭은 곧 추천을 받을 거래요."

데릭이 재빨리 말했다.

"데보라, 제발 입 다물지 못하겠니."

토미가 말했다.

"얘야, 데릭, 넌 그동안 뭘 하고 지냈니?"

"아, 대단한 건 없었어요. 우리 모두가 하는 그런 종류의 일이죠 뭐. 그들이 왜 나를 선정했는지 모르겠군요."

젊은 비행사는 얼굴을 붉히며 중얼거렸다. 그는 마치 가장 치명적인 죄목으로 고소를 당한 사람처럼 당황해 했다.

그가 일어서자 금발의 여자도 같이 일어섰다.

데릭이 말했다.

"이 중에 어떤 것도 놓칠 순 없어요. 내가 이곳에 머물 수 있는 마지막 밤이니까요."

"자, 나가요, 찰리." 데보라가 말했다.

그들 둘은 각자의 파트너와 함께 훌쩍 자리를 떠버렸다.

터펜스는 마음속으로 빌었다.

'오, 제발 저 애들이 무사해야 할 텐데……. 그들에게 아무 일도 일어나지

않게 해주소서.'

그녀는 토미의 눈을 쳐다보려고 고개를 들었다.

그가 말했다.

"그 어린애 말인데, 우리가 맡을까?"

"베타? 오, 토미, 당신도 역시 그렇게 생각했었다니 매우 기뻐요! 나 또한 어머니가 될 사람은 바로 나라고 생각했어요. 당신도 정말 그걸 바라시는 거죠?"

"우리가 그 애를 양녀로 받아들인다? 안 될 것도 없잖아? 그 애는 부당한 취급을 받았어. 그리고 우리가 어린애를 기른다니 얼마나 재미있겠소"

"오, 토미!"

그녀는 손을 죽 뻗어서 그의 손을 꼭 잡았다. 그들은 서로 한동안 바라보았다.

"우리는 항상 똑같은 것을 원해요."

터펜스가 행복하게 말했다.

데보라는 복도에 서 있는 데릭 곁을 지나치면서 그에게 속삭였다.

"저 두 분을 봐. 손을 꼭 잡고 있잖아! 두 분이 아주 다정해 보이는데. 우리는 전쟁 중의 이런 지루한 시간을 두 분이 보상받을 수 있도록 최선을 다해야 돼……."

<끝>

■ 작품 해설 ■

여기서 소개하는 《N 또는 M(1941, N or M?)》은 애거서 크리스티(Agatha Christie, 영국, 1890~1976)의 38번째 추리소설이자, 29번째 장편이다.

이 작품에는 '토마―터펜스 부부 탐정'으로 알려진 베레즈포드 부부가 등장해 활약한다. 토미의 본명은 토머스 베레즈포드(Thomas Beresford), 터펜스는 프루던스 카울리(Prudence Cowley)이다.

토미는 제1차 대전이 끝나자마자 제대한 육군 중위 출신으로, 좀 멍청하게 생겼지만 한번 물면 절대로 놓지 않는 순수한 영국종 불도그 같은 면이 있다.

한편, 터펜스는 작고 볼품없이 생겼다는 뜻에서 그렇게 별명이 붙여졌다.

이 두 사람은 크리스티 여사의 두 번째 작품인 《비밀결사(1922, The Secret Adversary)》에서 처음 등장하여, 그 작품 마지막에서 서로 결혼을 약속하게 된다.

이 두 콤비가 등장하는 두 번째 작품은 1929년에 출판된 단편집 《부부 탐정(Partners in Crime)》이다. 32세의 토미와 25세의 터펜스는 비밀탐정사무소를 열고서 활동을 하게 된다. 이 연작(連作) 단편집에서 이들 부부 탐정은 기존의 명탐정들―셜록 홈스, 장님 탐정 맥스 캐러도스, 프렌치 경감, 다방 구석의 노인, 심지어는 포와로―헤이스팅스 콤비까지 흉내 내면서 사건들을 희극적으로 해결하는 재능을 발휘한다.

그 이후 20년의 세월이 흐른 뒤, 이들 부부는 세 번째로 《N 또는 M》에 등장하게 된다. 토미와 터펜스는 중년의 나이로 접어들었다.

그들은 중년이라는 나이 탓에 국가를 위하여 봉사하고 싶어도 기회가 주어지지 않고 따돌림을 받는 무료한 나날을 보낸다. 그러던 차에 정보부의 고관이 불쑥 토미를 찾아온다.

이로 인해 비로소 일을 갖게 된 이들은, 모호한 단서만을 쥔 절박한 상황 속에서도 그들 특유의 재치와 여유를 잃지 않는다.

크리스티 여사는 제2차 대전을 배경으로 한 이 작품에서, 실제로 그 당시에 영국을 위기로 몰고 갈 뻔한 '제5열'―즉, 내부의 스파이에 관한 문제를 다루고 있다. 따라서, 이 작품은 전쟁 중에 애국심이라는 가치를 국민에게 은밀히 심어주는, 매우 현실적이고도 계도적인 내용이라고 할 수 있다.

뒤에 두 사람은 《엄지손가락의 아픔(1968, By the Pricking of My Thumbs)》에 등장하고, 크리스티 여사의 마지막 작품인 《운명의 문(1973, Postern of Fate)》에서 할아버지 할머니 탐정이 되어 등장한다.

이상에서도 어렴풋이 느꼈겠지만, 토마―터펜스 부부는 크리스티 여사가 창조해 낸 탐정 중에서 가장 사랑받았던 주인공이다. 독자들에겐 오히려 에르큘 포와로나 제인 마플 양이 친근할지 모르겠으나, 크리스티 여사는 이들 부부에게 각별한 애정을 쏟았던 것 같다.